김영강 소설집

무지개 사라진 자리

무지개 사라진 자리

초판 1쇄 인쇄 • 2019년 07월 22일
지은이 • 김영강
펴낸이 • 이승훈
펴낸곳 • 해드림출판사
주 소 • 서울 영등포구 경인로82길 3-4(문래동1가 39)
　　　　센터플러스빌딩 1004호(우편07371)
전 화 • 02-2612-5552
팩 스 • 02-2688-5568
E-mail • jlee5059@hanmail.net

등록번호 • 제2013-000076
등록일자 • 2008년 9월 29일

* 책값은 표지에 있습니다
* 잘못된 책은 바꿔드립니다

ISBN 979-11-5634-352-3

무지개
사라진
자리

김영강 소설집

해드림출판사

차
례

아버지의 결혼 7

스러져가는 별들 39

욕망의 유산 61

무지개 사라진 자리 89

하얀 까마귀의 눈물 109

갈림길 147

나는 살고 싶다 167

내 영혼 어디에 189

+ 작가의 말 – 수많은 인연과 사연 속에서 글로 세월을 풀다 271

아버지의 얼굴이 붉으락푸르락하는데도
큰아들은 조금도 개의치 않았다.
"아니!,
지금 아버지 연세가 몇이신데 결혼을 하시겠다고 그래요?
아버지가 사시면 앞으로 얼마나 더 사시겠어요?
자식들 얼굴에 똥칠하고 싶으세요?
집안 망신이에요. 집안 망신!"

큰아들의 말이 좀 지나치다 싶었는데 아버지도 똑같이 대응을 했다.
"그래, 난 앞으로 살날이 얼마 안 남았다.
그러니까 내 뜻대로 한 번 살아보겠다는 거다.
늙었다고 마음도 늙은 줄 아냐?
내 맘은 아직도 이. 팔. 청. 춘. 이다--아--아---."
그는 '이팔청춘'이라는 말에 잔뜩 힘을 주고,
끝말 '다'를 길게 늘어뜨리며 한껏 목청을 높였다.

'이 팔'이든 '팔 이'든 그 답은 '십육'이니 청춘은 청춘이다.
아버지는 지금 여든 둘이다.

아버지의 결혼

아버지의 성화가 부쩍 더 심해졌다. 오래전부터 반복되어 온 일이라 좀 있으면 잠잠해지겠지 하고 생각을 했었는데 이번에는 좀 달랐다. 더는 끌 수가 없으니 이제는 무슨 결판을 내야겠다는 것이다. 결판이란 이혼을 의미한다.

90을 눈앞에 둔 나이에 이혼이라니…….”

눈만 마주치면 이혼 타령이라 슬슬 피하기도 해봤으나 계속 그럴 수도 없었다. 남편은 신문에 날 일이라고 허허 웃으며 망령기가 발동한 탓이니 한 귀로 듣고 한 귀로 흘려버리라고 대수롭잖게 말을 하지만 정미는 생각만 해도 가슴이 답답하다.

아버지는 앉기만 하면 "그게 눈만 뜨면 나가 싸돌아다닌다고. 시민권 공부한답시고 핑계를 대지만 어디 젊은 놈하고 눈이 맞았는지 알아?" 하고 역정을 냈다.

70 노인이라도 아버지 눈에는 젊은 놈이다. 정미는 그럴 리가 없다고 수차 말했으나 그가 한 번 정해 놓은 마음은 바늘 끝조차도 들어갈 틈이 없었다. 변호사한테 가서 물어보았더니 6개월 별거하면 자동 이혼이 되나, 지금 와서 그 여자를 쫓아낼 수는 없으니 아버지보고 집을 나오라고 했다 한다.

그가 집을 나오면 어디로 가야 하나? 만일 이혼이 가능하면 누구하고 살아야 하나? 천생 두 아들밖에 없다. 그러나 두 아들이 순순히 아버지를 받아줄까? 역시 노인이 된 남편과 함께 원 베드룸 아파트에 사는 정미는 도저히 아버지를 모실 수가 없다. 더구나 지금, 정미는 아버지와 아래위층에 살고 있으니 더 그렇다.

어머니 돌아가시고 바로, 아버지를 위해 같은 노인 아파트로 이사를 왔으나 요즘은 차라리 멀리 사는 것이 더 좋았을 뻔했다는 생각이 든다. 입주를 하려면 10년 이상 걸리는 수도 있고 보통은 몇 년씩 기다려야 하는 것이 이곳 노인 아파트의 실정이다.

그런데 정미는 그리 오래 걸리지 않아 입주하게 되어 팔짝팔짝 뛰면서 좋아한 게 엊그제 같은데, 지금은 마음이 변했다.

로스앤젤레스의 올림픽 가, 한국 타운 중심부에 있는 이 노인 아파트는 깨끗할 뿐 아니라 모든 것이 편리해 좋기만 한데 아버지의 성화 때문에 정미는 지금 속을 썩고 있다. 목구멍까지 치솟는 말이 있었다.

'내가 오르락내리락하면서 아버지 수발 다 들어주고 있으니 오빠들이 주는 용돈으로 맛있는 거나 사 잡숫고 살았으면 되는 건

데, 왜 재혼은 해 가지고 그래요?'

아버지는 5년 전에 재혼을 했다. 그때 나이가 여든둘이었다. 여자는 60살인데 하필이면 정미와 동갑이었다.
어머니 돌아가시고 몇 달도 채 안 됐는데 이 여자 저 여자와 만나는 것을 눈치를 챈 정미는 서운하기도 했지만 혼자 외롭게 지내는 것보다는 차라리 잘된 일이라고 이해를 했었다.
나이가 나이인지라 정미는 아버지가 재혼하리라는 생각은 꿈에도 안 했다. 소문을 들으니 아버지가 여자를 고른다는 것이었다. 70대는 거들떠보지도 않고 60 안팎에서 고른다고 했다. 6, 70대에서도 재혼을 원하는 여자들이 있다는 사실이 정미에게는 놀라웠다.
나이가 그렇게 많은데도 여자들이 줄줄이 서 있고 심지어는 50대 여자도 있다고 해 더더욱 놀랐다. 놀라운 일이 한두 가지가 아니었다. 딴 세상 같았다.
옆집 여자는 어디서 들었는지 쉰두 살짜리도 있는데 너무 젊어 아버지가 싫다고 했다며 수다를 떨었다. 쉰둘이면 정미보다도 한참이나 아래인데 정말 이해할 수가 없었다. 아버지는 물려줄 재산도 없다. 어떤 여자들이 그렇게 줄줄이 서 있는지 궁금했다.
"영주권 때문에 그러지. 자식들한테 의지 안 해도 노후가 보장되니까 방문으로 왔다가 무작정 눌러앉아 영주권 받으려고 다들 야단이라고. 노인들 재혼하는 거, 요즘은 하나도 흉 아냐. 세상 물정에 왜 그리 어두워? 지금이 뭐 조선시대인 줄 알아? 진짜 몰라서 그러는 거야? 아니면 혼자만 순진한 척 내숭 떠는 거야?"

흉을 본 것이 아니라 그냥 물어본 것뿐인데도 그녀는 뭐가 그리 못마땅한지 얼굴을 구겼다.

"더구나 할아버지는 굉장히 건강하시고 또 멋쟁이잖아? 모든 면에 박식하고 유머도 있고 말씀도 잘하시니까 여자들이 따르기 마련 아니겠어? 지난번에 보니까 쌀 두 포대를 양손에 들고 끄떡없이 걸어가 누군가 했더니 바로 할아버지더라고. 뒷모습이 어찌나 꼿꼿한지 꼭 청년 같더라니까."

옆집 여자는 자기가 아버지한테 반하기라도 한 것처럼 침까지 튀겨가며 열을 올렸다. 청년 같다는 그녀의 말에는 과장이 심했으나 어쨌든 아버지의 건강은 과히 놀라울 정도다.

돋보기 없이는 신문도 못 보는 정미에 비해 그는 아직도 맨눈으로 신문을 줄줄 읽으니 하늘이 내린 건강을 타고난 특수 체질인 것은 명백한 사실이다.

한 번은 병원에 갔다가 벽에 붙은 시력검사표를 괜히 줄줄 읽은 적이 있다. 곁에 있던 간호사가 깜짝 놀라 "어마나, 군대 가셔야 되겠어요." 하고 농담을 던져 다들 웃었다.

정미는 아버지 연세가 지금 몇인데 결혼을 하겠느냐고, 절대 결혼 같은 것은 안 할 것이라고 그녀의 말을 막았다. 돌아서는 정미의 뒤통수에다 대고 옆집 여자는 목청을 높였다.

"나이가 무슨 상관이야? 아무리 나이가 많아도 마음은 젊은 사람하고 똑같다니까. 자식이 돼 갖고 어찌 그리 부모 마음을 몰라? 지난번에 회장 얘기 듣고서도 그러네. 그 광고지 당신도 봤잖아."

8층짜리 이 노인 아파트에는 워낙에 한국 사람이 많아 한 달에 한 번씩 회의도 열리고 회장, 부회장 등 간부도 있다. 그 회장이라는 여자가 좀 말이 많은 편이라 자기 오빠 얘기를 떠벌리고 다녀 그 사실은 모르는 사람이 없을 정도다.

그녀의 오빠는 아내가 죽은 지 겨우 한 달 지났는데 자신의 신상명세서를 프린트해서 만나는 사람마다 광고지 돌리듯 건네준다는 것이다. 정미 같으면 쉬쉬하겠건만 회장은 오빠한테 무슨 억하심정이 있는지 광고지를 온 아파트 사람들에게 돌렸다. 물론 정미도 보았다. 그래도 그녀의 오빠는 아버지보다 10년이나 젊은 나이였다.

나이 72세, 키 170, 학력 예일대 졸업, 재산 백만장자, 그리고 한 달 고정 수입에다 또 쌓아놓은 연금까지 상세히 적혀 있었다. 사진도 나와 있었는데 아주 허여멀건 하게 잘생겼었다.

거기에다 전 부인이라는 타이틀 아래 '이 아무개' 하고 이름까지 적혀 있어 아연실색할 노릇이었다. 그녀가 한국 사회에서는 좀 유명한 여자여서 정미도 이름을 들은 적이 있다. 줄리아드 음대를 나온 피아니스트였다. 회장이나 그 오빠나 그 집안에는 치매기가 빨리 오나 하고 정미는 한참을 어리둥절했었다.

배우자 자격은 나이는 55세 이하여야 하고, 학력은 미국에서 대학을 나와야 하며, 키 160 이상으로 날씬한 몸매의 소유자야 한다고 못을 박아 놓았었다. 광고지를 받은 주위의 친한 사람들이 가족에게 이 사실을 알려 주어 아들이 아버지에게 충고를 한 적이 있었다.

"아버지 지금은 너무 이르니 조금만 참으세요."

한데, 아버지라는 사람의 말이 걸작이었다. 내지르는 목청이 하늘을 찔렀다.

"뭐 조금만 참아? 얼마나? 1년? 2년? 난 이제 시간이 얼마 남지 않은 몸이야. 하루가 급하다고. 네가 내 생각을 조금만 해도 아버지 등 떠밀며 '빨리 결혼하세요.' 그래야지. 뭐 너무 이르다고? 이 불효막심한 놈아."

거울 앞에 서 있는 시간도 점점 늘어나고 좋은 식성도 더 좋아져 아버지는 날이 갈수록 훤해져 갔다. 그런데 이상하게도 정미만 보면 자꾸 우는소리를 하는 것이다.

"이렇게 살아서 뭐 하느냐. 밤에 불 꺼진 집에 들어가기가 죽기보다 더 싫다. 밥맛도 없고 잠도 제대로 안 온다. 혼자 자다가 그냥 죽으면 어쩌나 하고 무서운 생각이 들어 잠을 이룰 수가 없다."라는 등등의 말을 늘어놓고 한숨을 푹푹 쉬면서 외로워서 못 살겠다는 것이다.

어떤 날 전화를 하면, 의기양양한 목소리로 "여보세요?" 하다가 딸인 줄 알고는 별안간 다 죽어가는 목소리로 "그래, 나-- 아-다." 하고 앓는 소리를 내곤 했다. 결혼을 해야겠다고 까놓고 밝힐 수는 없어 은근히 딸 입에서 결혼 말이 나오기를 기대하고 있다는 것을 눈치를 채고 정미는 당황했다. 아마 두 아들까지 설득해서 자신을 결혼시켜달라는 속셈인지도 모른다.

이 무슨 변괴인가? 여든이 넘은 나이에 결혼이라니…….

정미는 아버지 마음을 빤히 들여다보고 있었지만 모르는 척했다. 차츰차츰 아버지는 짜증을 부리기 시작했다. 반찬이 맛이 없느니, 짜느니 싱거우니 하면서 일일이 트집을 잡았다. 정미는 아버지가 은근히 밉기까지 해 계속 입을 꽉 다물었다.

그런데 하루는 가족회의를 소집하고 자신이 직접 결혼하겠다고 발표를 했다. 정미는 예상했던 일이었으나 두 아들은 상상조차 못 해본 현실에 너무 놀라 눈이 휘둥그레졌다.

"아버지, 나 같음 재혼 안 하고 혼자 깨끗하게 살겠어요. 더구나 아버진 지금 정미가 바로 옆에 있으면서 시중을 다 들어 드리고 있는데 뭐가 부족해서 결혼하신다는 거예요."

정미는 불쑥 화가 치밀었다.

'큰오빠는 왜 나한테만 모든 걸 맡겨놓고 나 몰라라 해요? 도대체 이 집 큰며느리는 뭐 하는 사람이에요?'

큰올케한테 몇십 년을 두고 쌓인 감정에 정미는 목구멍까지 치솟아 오르는 말을 하마터면 밖으로 쏟아놓을 뻔했다. 침을 꿀꺽

삼키며 말도 함께 삼켰다. 이럴 때 아버지가 한 말씀 하시면 오죽 좋으련만 아버지는 옛날부터 큰아들 큰며느리라면 끔벅 죽는다.

사실 큰아들은 어릴 때부터 집안의 자랑이며 자존심이었다. 항상 수(A)로 총총 엮은 성적표에다, 수재만 모이는 대학에도 거뜬하게 합격을 해 아버지를 기쁘게 해드렸다.

경제학 박사가 되어 권력과 재력을 갖춘 아주 근사한 집안의 예쁘고 똑똑한 딸을 며느릿감으로 데려왔을 때, 두 부자는 양어깨에 날개를 달고 하늘 높은 줄 몰랐다.

아버지의 얼굴이 붉으락푸르락하는데도 큰아들은 조금도 개의치 않았다.

"아니, 지금 아버지 연세가 몇이신데 결혼을 하시겠다고 그래요? 아버지가 사시면 앞으로 얼마나 더 사시겠어요? 자식들 얼굴에 똥칠하고 싶으세요? 집안 망신이에요. 집안 망신!"

큰아들의 말이 좀 지나치다 싶었는데 아버지도 똑같이 대응을 했다.

"그래, 난 앞으로 살날이 얼마 안 남았다. 그러니까 내 뜻대로 한 번 살아보겠다는 거다. 늙었다고 마음도 늙은 줄 아냐? 내 맘은 아직도 이. 팔. 청. 춘. 이다-- 아-- 아---."

그는 '이팔청춘'이라는 말에 잔뜩 힘을 주고, 끝말 '다'를 길게 늘어뜨리며 한껏 목청을 높였다. 다들 눈을 마주치며 터지는 웃음을 참느라 입을 다물었는데 그 표정이 가관이었다.

'이 팔'이든 '팔 이'든 그 답은 '십육'이니 청춘은 청춘이다.

아버지는 작은아들에게 눈길을 주었다. 형 그늘에 가려 빛도 못 보고 자란 작은아들은 매사에 너무 소극적이라 자신의 의견을 펴지 못한다. 형 눈치, 아버지 눈치를 살피면서 난처해하는 표정이다. 결론은 자식이 셋 다 반대라는 쪽으로 표가 던져졌다. 정미는 아버지가 이미 여자까지 정해 놓고 있어 쉽사리 물러서지 않으리라는 사실을 알고 있었다. 자식이 셋 다 반대를 하니 아버지는 부르르 떨면서 냅다 소리를 질렀다.
"그래 좋다. 난, 혼자서는 외로워서 도저히 못 살겠으니 차라리 콱 자결을 해버리겠다."
모두 깜짝 놀랐고 결과는 아버지의 완전 승리로 끝이 났다.

결혼식은 한국 식당 구석진 방에서 가족들만 참석한 가운데 식사를 같이하는 것으로 조촐하게 치러졌다. 식당 측에서 준비를 했는지 "신랑 이명훈, 신부 최숙자" 혼인식이라는 팻말이 방 입구에 마련돼 있었다. 여자의 이름이 최숙자라는 것도 정미는 그날 처음 알았다.
신랑 신부가 상석에 나란히 앉고 여기저기에 꽃을 장식해 방안 풍경은 화사하고 아름다웠다. 신부 측에서는 중매해 준 친구 한 사람이 참석했을 뿐이다. 어머니가 세상을 떠난 지, 만 1년 후에 아버지는 22년이나 나이 차이가 나는 젊은 여자를 아내로 맞았다.

딸과 동갑인 여자를…….

숙자 씨는 키도 크고 체격도 크고 얼굴도 그만하면 괜찮았다. 분홍색 한복을 입고 머리를 틀어 올린 모습이 좀 촌스럽기는 했으나 굉장히 건강해 보여 우선 안심이 되었다. 아버지는 연신 싱글벙글 좋아서 어쩔 줄을 몰랐다. 연세보다는 워낙 젊어 보이는 아버지이기에 둘은 잘 어울리는 한 쌍의 부부로 정미 눈에 비쳤다.

자식들은 뒷전이고 어머니만 끔찍이 위해 주던 그렇게도 사이가 좋은 부부였는데…… 심장마비라는 갑작스런 어머니의 죽음 앞에 아버지는 몸부림을 치며 통곡했다. 그땐 자신이 재혼하리라고는 아마 꿈에도 상상 못 했을 것이다. 언뜻 어머니의 모습이 떠올라 콧잔등이 찡해졌다.

눈물을 삼키려고 애를 쓰다가 잠깐 나갔다가 들어오니 아버지가 숙자 씨의 손가락에 다이아몬드 반지를 끼워주고 있었다.

큰오빠가 싱글싱글 웃고 있었다. 정미도 따라 웃었다. 그녀와의 결혼 날짜를 잡고, 아버지는 두 아들한테 느닷없이 다이아몬드 반지를 해내라고 떼를 썼다. 그것도 1캐럿. 다들 생각지도 못했던 일이라 뭐라 말을 못 하고 멀뚱멀뚱 얼굴만 쳐다보고 있는데 아버지가 화난 목소리로 언성을 높였다.

"야, 나는 너희들 결혼할 때는 다이아반지 해줬는데, 너희들은 왜 못 해주냐?"

의논이 아닌 완전 명령이었다. 돈이 문제지 아버지 의견이 틀린 것은 아니다. 갑자기 큰아들이 하늘 높이 웃어 젖혔다.

"아버지는 3붓자리 해줘 놓고 왜 1캐럿 해달라고 그래요?"

아버지는 그때랑 지금은 시대가 다르다는 논리를 펼치며 1캐럿을 강조했다.

숙자 씨는 정미에게 꼬박꼬박 존대를 했다. 말씀 낮추시라고는 했으나 그것은 그냥 인사지 말을 놓으리라고는 생각 안 했다. 따지고 보면 그녀에게는 정미가 만만찮은 존재이고 정미에게도 그녀는 쉽게 좋아질 수 없는 존재이다. 법적으로 보면 엄연한 모녀 지간인데 나이가 동갑이니 둘은 참으로 어설픈 사이다.

그런데 호칭이 문제였다. 어머니라는 호칭은 정미 입에서 절대로 나올 수가 없는 소리다. 아이들이 할머니라고 부르니 정미도 그렇게 불렀다. 숙자 씨보다 나이가 많은 두 아들도 그렇게 불렀다.

그리고 그녀는 아들들에게 최고의 존칭을 썼다. 아들, 딸, 며느리, 사위, 손자, 손녀, 남편에게까지 그녀는 만인의 할머니였다. 그녀 역시 남편을 할아버지라고 불렀다. 호칭과 촌수와 대화체가 몽땅 엉망진창이 돼버렸다. 메주콩 집안에 다 늦게 강낭콩 하나가 끼어든 결과이다.

결혼 후, 햇수가 거듭될수록 그들의 관계는 예상했던 바가 아닌 다른 방향으로 흘러갔다. 아버지가 할머니에게 폭 빠져버릴 줄 알았는데 그게 아니었다. 불만을 슬슬 털어놓기 시작한 것이다.

뭐가 다른지 조강지처하고는 다르다는 말을 강조했다. 옛날에는 어머니가 눈에 거슬리는 행동을 해도 이해가 되어 아무렇지도 않았는데 그녀가 눈에 나는 행동을 하면 밉다고 했다.

어머니날이나 한식날 등, 산소에 가야 하는 날도 아버지가 꼬박꼬박 먼저 챙겼다. 그 나이에 기억력도 좋았다. 기일도 한 번도 잊은 적 없이 일주일 전부터 아들들한테 연락해서 알리곤 했다.

한 번은 그녀가 "할아버지는 맨날 죽은 마나님 생각만 하고 살아요." 하고 농담 비슷하게 불평을 한 적이 있다. 그러나 그녀의 표정이나 말투에 질투 같은 감정은 하나도 섞여 있지 않았다.

아버지는 숙자 씨가 외출하는 것을 제일 싫어했다. 밉다고, 보기 싫다고 하면서도 나가는 것은 싫어하는 것이다. 가끔 '젊은 놈' 운운하며 엉뚱한 소릴 하기도 했다.

"아버지, 할머니도 좀 나가 다녀야 살맛이 나지 어떻게 허구한 날 아버지 얼굴만 바라보고 있겠어요? 그리고 딴 데 가는 것도 아니고 노인 학교에 영어 배우러 다니는데 뭐 어때요? 그러면 아버지도 같이 노인 학교에 다니시면 되잖아요. 그렇게 하세요."

아버지는 영어를 곧잘 하는 편이다. 옛날에 한 번 이런 말을 한 적이 있다. 기초 영어를 배우기 때문에 당신하고는 수준이 맞지도 않고, 머리가 허연 노인들만 앉아 있어 싫다는 것이었다. 아버지가 70이 넘었을 적 이야기다.

정미가 아버지한테는 그녀를 감싸고돌았으나 외출이 잦은 것은 사실이다. 영어를 배우러 간다고 하지만 노인 학교 끝난 다음에 집으로 바로 들어오는 일은 거의 없다. 그러나 끼니는 꼬박꼬박 잘 챙겨드렸다. 나갔다가 점심때 들어오지 못할 때는 꼭 점심상을 차려놓곤 했다. 숙자 씨가 없을 땐 정미가 내려와서 아버지 시중을 드는 것은 정한 이치다.

그러한 정미한테 고마움을 느꼈는지 그녀는 정미한테 참 잘했다. 맛있는 반찬을 만들면 꼭 들고 올라왔다. 어쨌든 아버지 곁에 누군가가 있다는 한 가지 사실만으로도 정미는 족했다. 숙자 씨의 존재가 없는 것보다는 있는 것이 백배 나았기 때문이다.

아버지는 날이 갈수록 숙자 씨에게 싫증을 냈다. 큰소리로 야단을 치고 어떤 때는 나가라는 말까지 서슴없이 했다. 정말 도망이라도 가면 어쩌려고 그러느냐고 물었더니 아버지 말씀이 걸작이었다.

"아직 영주권도 안 나왔는데 어딜 도망을 가?"

아버지가 그런 이유로 그렇게 자신만만하셨구나. 그러면서 차라리 도망이라도 갔으면 좋겠다는 것이었다.

"아버지 도대체 왜 그래요? 아버지가 좋아서 선택한 여자잖아요? 제발 좀 의좋게 사세요."

"의좋게 살아? 그게 성질이 얼마나 고약한지 네가 몰라서 하는 소리다."

갑자기 높아진 언성에 정미가 흠칫하는데 아버지는 그녀가 꽤 씸해 죽겠다는 듯이 잔뜩 인상을 쓰며 말을 이었다.

"어찌나 쌀쌀맞고 찬바람이 쌩쌩 도는지…… 나를 늙었다고 아주 무시한다고…… 어쨌거나 부부지간이고 내가 남편 아니냐? 그런데 이불을 똘똘 말아 쥐고는 밤에 날 옆에도 못 오게 하니……."

정미는 깜짝 놀랐다. 남편은 벌써 오래전에 침대에다 삼팔선을 그었는데 아버지 연세에?

젊은 여자를 고른 것도 그런 이유에서였을까?

옆집 여자가 하던 말이 생각났다. 어찌 된 일인지 옆집 여자는 정미를 보는 눈이 곱지가 않았다. 땅딸막한 몸집에 널따란 얼굴을 한 그녀는 정미를 볼 때마다 "아니, 어디 아파? 얼굴이 왜 그렇게 못 쓰게 됐어? 며칠 사이에 폭삭 늙었네." 하고 빈정댔기에 그녀가 하는 말을 늘 건성으로 들었었다.

아버지가 결혼을 한 바로 직후였던 것 같다. 워낙에 말이 많고 말도 안 되는 말을 함부로 내뱉는 그녀인지라 그땐 그냥 '미쳤어?' 하고 속으로 콧방귀를 뀌며 흘려버린 말이다.

하루는 복도에서 딱 마주쳤는데 그냥 지나치려는 정미를 붙들고 여자가 느닷없이 말했다.

"왜 그 약 있잖아. 당신도 알지? 기적의 명약 바.이.아.그.라."

여자는 약 세일즈맨이나 되는 것처럼 바이아그라에다 악센트를 강하게 주면서 한 자 한 자 똑똑 떨어지게 말했다. 암말 하지 않고 아무 표정도 없이 멀뚱멀뚱 서 있었다가 돌아서는 정미를 다시 붙들고 여자는 뭐가 그리 못마땅한지 얼굴을 잔뜩 찡그렸다.

"도대체 당신은 순진한 거야? 바보야? 아니면 모르는 척하는 위선자야?"

그리고 혀를 끌끌 차며 뒷말을 바로 이었다.

"멀쩡하게 생겨가지고 맹하기는…… 남편도 있으면서."

정미는 다시 돌아섰다.

"아니, 사람이 말을 하면 좀 들어야지. 왜 자꾸 도망을 가? 내가 할 말이 있다니까."

주위를 두리번거리면서 정미에게 바짝 다가온 그녀는 무슨 일급비밀이라도 전달하는 복병처럼 소곤거렸다.

"실은 말야. 내가 며칠 전에 약방에 갔다가 할아버지가 바이아그라 사는 거를 봤지 뭐야."

얼마 후, 옆집 여자는 아들네로 들어간다면서 이사를 갔다. 다행이었다. 그런데 소문을 들으니 남자를 만나 동거를 한다는 것이었다.

이불을 똘똘 말아 쥐고 아버지를 거부하는 숙자 씨의 모습이 눈앞에 그려진다. 앵도라져 돌아누운 얼굴, 눈썹 사이에 내 천자가 패였다. 이불을 잡아끌며 치근거리는 아버지, 숙자 씨가 베개를 안고 거실로 나온다. 80이 넘은 노인에게 시집을 왔으니 그녀는 그런 현실이 도사리고 있을 줄은 몰랐을 것이다.

정미야 홀가분한 몸으로 살아 편하지만, 남편이 귀찮아 죽겠다고 노골적으로 불평하는 친구도 있다.

문득, 역시 여든이 넘어 재혼했다는 친구의 시아버지가 생각났다. 나이 차가 무려 25년도 더 되는 젊은 여자였다. 친구의 남편이 그랬다. 아버지가 첫날밤에 일을 치렀을까 어쨌을까 하고 말이다. 친구는 "무슨 그 연세에!" 하고 반기를 들었으나 남편은 딴청을 부렸다.

"아냐. 분명히 치렀을 거야. 나도 그 나이에 할 수 있을 것 같거든."

친구의 시아버지는 아주 의좋게 잘살고 있다. 혼자 살 땐 자식들을 들들 볶아 스트레스가 쌓여 죽을 지경이었는데 이제는 자주 찾아가지 않아도 전혀 서운해 하지 않고 마누라한테 폭 빠져 있다는 것이다. 그렇다면, 그 여자는 이불을 똘똘 말아 쥐지 않는 것일까?

아버지는 얼른 화제를 바꾸었다.

"내가 괜히 생명 보험을 들어줬다고. 그 돈 때문에라도 도망가기는 글렀지 글렀어."

진짜 도망을 가기라도 바라는 간절함이 섞인 그 음성과 표정에 정미는 아버지가 한심하기도 하고 불쌍하기도 했다. 3만 달러짜리 생명 보험을 들었다는 말은 언젠가 들은 적이 있다. 다이아 1캐럿을 고집하던 아버지의 마음이 변하기 전이었을 것이니 결혼 직후에 들었을 것이 분명하다. 월부금을 그녀가 붓는다고 하니 그 말은 맞을 것이다.

구두쇠인 아버지가, 더구나 지금은 미움으로 응어리져 있는 아버지가 그 돈을 낼 리 없기 때문이다. 할머니를 위해 돈을 써야 한다고 늘 강조를 하지만 신혼 초에도 아버지는 구두쇠 노릇을 했다.

"그냥 탁 취소해버리면 속이 시원하겠는데…… 정말 후회가 막심하다. 막심해."

정미는 뒤틀리는 속을 꾹꾹 누르면서 애써 언성을 낮추며 말했다.

"아버지, 그런 말 같지도 않은 소리 꺼내지도 마세요. 그 돈 때문에 도망을 못가면 아버지한테는 차라리 잘된 일이에요. 그만하면 괜찮은 여자이니 감사하게 생각하고 제발 좀 조용히 사세요. 제가 이렇게 부탁할게요."

두 손을 싹싹 비비면서 말을 하는 정미에겐 관심도 없는 듯 아버지는 생명 보험 생각에만 골똘하고 있었다. 그리고 큰 소리로 말했다.

"그러니까 그게 나 죽기만 기다리고 있을 거 아니냐? 어떻게 취소할 수가 없을까? 이혼을 하면 자동으로 취소가 되겠지?"

어느 할아버지가 생명 보험 때문에 고민하고 있다는 이야기를 들은 적이 있다. 재혼을 해 할아버지 아파트로 들어온 여자가 몇 달도 안 돼 보따리를 쌌다는 것이다.

할아버지 말이 결혼 전에는 그런대로 고분고분하고 다소곳해 괜찮아 보였었는데 결혼 후 함께 기거하고부터는 일일이 말대꾸를 하면서 싸우자고 덤벼들어 도저히 같이 살 수가 없었다고 한다.

딸네 집으로 가버렸던 여자가 무슨 마음이 내켰는지 도로 오겠다고 하는 것을 할아버지가 받아주지 않겠다고 선언을 해 완전히 결혼 파탄이 된 사례다.

그런데 생명 보험이 문제였다. 갈라서면 보험은 자동으로 해약되는 줄 알았는데 그게 아니었다. 보험을 들 때, 계약 조건이 어떠한지 알지도 못하고 그냥 서명을 한 것이 오산이었다. 이혼과는 상관없이 그 여자가 서명을 해야만 취소가 된다는 것을 그는 몰랐다. 그런데 여자가 해약할 수 없다는 의사를 밝혀 할아버지가 속을 썩고 있었다.

보험료를 내달라는 것도 아닌데 속상할 일이 뭐가 있느냐는 주위 사람들의 위로에 그는 이렇게 말했다. "어딘가에서 내가 죽기를 손꼽아 기다리는 사람이 있다고 생각하니 너무 기분이 나빠 자다가도 벌떡 일어난다고요. 암만해도 내가 제명에 못 죽을 것만 같아요." 하고.

사실, 정미는 노인들이 재혼해 오순도순 재미있게 산다는 이야기를 더 많이 들었다. 죽은 아내가 관광 따라 어디 가까운 데 여행 좀 가자고 그렇게 노래를 불러도 끄떡 안 하다가, 새 부인을 맞은 다음에는 라스베이거스를 비롯한 가까운 곳은 물론이고 나이아가라, 하와이까지 돌아다녀 얼굴도 보기 힘든 경우가 있었다.

그리고 침대에서부터 모든 가구를 새것으로 바꾸고 젊은 사람 못지않게 신혼 재미에 빠져, 죽은 아내는 깡그리 잊어버리고 새

아내가 원하는 것은 다 해주어 주위 사람들에게 원망을 사는 일도 허다했다.

회장 오빠라는 사람도 마흔일곱 살 먹은 멋쟁이 여자를 집에 들여앉혀 아주 행복하게 잘살고 있다. 어찌나 외국 여행을 자주 다니는지 회장은 오빠 얼굴 보기도 어려웠다.

보기도 어려울 뿐 아니라 너무 세련되고 젊어져서 몰라볼 정도였다. 성형수술이 한몫을 단단히 한 것도 사실이나, 주위 사람들은 젊은 여자랑 사니 회춘을 한 모양이라고 수군거렸다. 오빠가 젊어져서 행복하게 잘살고 있으면 동생도 기분이 좋아야 할 텐데 그녀는 정반대였다. 오빠가 못 할 짓이라도 하는 듯, 얼굴을 잔뜩 찡그리고 열변을 토했다.

지금 정미의 심정은 아버지가 어머니를 깡그리 잊어버려도 좋고, 돈이 있으면 그녀에게 몽땅 주어도 좋으니 무난하게 잘 살아주기만 바랄 뿐이다. 정미는 아버지 생명 보험의 계약 조건을 모른다. 그러나 생명 보험이란 타는 사람이 취소해야 해약이 된다고 못을 박아버렸다.

그러는 가운데 세월은 흘러 숙자 씨는 결혼의 목적이었던 영주권을 받았다. 노인이랑 결혼했던 여자들이 영주권만 받으면 몰래 도망을 간다는 이야기를 들은 적이 있으나 그녀는 그럴 여자 같지는 않았다.

돈 관리는 여전히 아버지가 했고, 구두쇠 노릇도 변함이 없었다. 한두 푼을 두고 따지고 들 때는 정말 얼굴이 화끈거렸다. 전화요금이 평상시보다 더 나왔을 땐, 고지서를 그녀 코앞에 내던지며 소리를 질렀다.

한 번은 아들들한테 할머니에게 용돈을 주지 말고 그 돈을 당신에게 달라고 했다.

"아버지, 자식들이 할머니한테 잘해야 할머니도 아버지한테 잘해요."

아버지는 다 필요 없다고 화를 냈다. 언제 그녀와 갈라설지 모르는데 당신 수중에 돈이 있어야 한다는 것이었다.

언젠가는 정미가 막 들어서는데 아버지가 뭔가를 황급히 감추어 그냥 예사롭게 넘겨버렸는데 가만히 생각해보니 그것이 돈이었던 것 같다.

얼마 전에는 5백 달러를 옷장 서랍에 넣어두었는데 없어졌다고 해서 숙자 씨가 없을 때 찾느라고 법석을 떤 적이 있다. 물론 못 찾았다. 그전에도 그런 일이 있었다. 그건 아버지의 기억력 문제이기도 하니 숙자 씨를 백 프로 의심할 수도 없는 일이다.

어느 날, 양복 단추를 다는 중에 어쩌다 안주머니를 엿보게 되었다. 한쪽에는 20달러짜리가 족히 열 장은 넘게 들어 있고, 다른 한쪽에는 1백 달러짜리 두 장이 들어 있었다. 돈을 넣어 놓고도 잊어버린 것이다. 돈을 꺼내 들고 아버지에게 내밀었더니 주머니는 왜 뒤지느냐고 소리를 버럭 질렀다.

정미는 아버지한테 돈이 있다는 사실을 확실히 알게 되었다. 그리고 여기저기 감춰놓다 보면 어디에 두었는지 기억도 못 할 테니 잃어버리고도 모를 수도 있다. 100달러가 80달러로 둔갑을 했더라도 '80불이었나?' 하고 넘어갈 수도 있는 문제다. 만일 그것이 숙자 씨의 짓이라고 해도 그녀가 아버지한테 잘해준다면 그 대가를 받는 것이니 손해날 것은 없다.

언젠가 한 번은 참말로 어이없는 말을 한 적이 있다.

"그게 그동안 나하고 살면서 방세도 한 푼 안 냈다고."

법적으로 묶여진 어엿한 부인한테 그런 망발이 없다. 숙자 씨가 이불을 똘똘 말아 쥐기 때문에 아내라는 감정이 없어 그럴까? 돈으로 따지자면 자신의 뒷바라지를 해주고 있는 할머니한테 도리어 아버지가 돈을 내놓아야 한다. 그런데 그는 방세 운운하면서 돈타령을 했다.

아버지의 이혼 타령은 그칠 줄을 몰랐다. 들어줘야 하는 상대는 항상 정미이니 그 스트레스가 이만저만이 아니었다. 어떻게 하면 아버지 입에서 이혼 말이 안 나오게 할까 하고 곰곰이 생각해 보았다. 좋은 안이 떠올랐다.

"아버지, 요즘 돈 받고 하는 계약결혼 때문에 단속이 굉장히 심하대요. 아버지가 지금 이혼을 하면 이민국에서 당장 조사가 나온다고요. 영주권 받자마자 이혼했다고 할머니는 추방당할 게 뻔하고, 아버지한테까지 화가 미쳐요. 자칫 잘못되면 감옥 갈지도 모르니 제발 이혼 소리 이제 그만 하세요."

그냥 해본 소리이지만 해놓고 보니 좀 심했다 싶었다. 그런데 아버지의 반응은 담담했다.

"걱정하지 마라. 내가 그런 것도 안 알아봤을까 봐 그래?"

그리고 한심한 눈빛으로 딸을 바라보았다.

드디어 아버지는 결단을 내렸다. 변호사의 말대로 우선은 큰아들 집에 들어가 6개월 별거를 하겠다는 것이다. 그러나 아버지는 큰아들한테 한마디로 거절을 당했다. 아내가 퍽 오래전부터 온 전신이 저리는 병에 걸렸는데 하와이에 용한 한의사가 있어 치료를 받으러 간다는 것이었다. 아버지는 혼자 있을 수 있다면서 계속 고집을 피웠다. 통하지를 않자 큰아들은 아버지가 제일 싫어하는 양로원을 들먹거렸다.

"아버지 혼자 밖에 나갔다가 길 잃어버리면 순경이 잡아가요. 잡아가서는 그다음 날로 당장 양로원으로 보낼 텐데, 아버지 양로원 가시고 싶어요?"

큰아들한테 그렇게 화를 내기는 생전 처음이었다. 어디서 그런 큰 소리가 나오는지 아파트가 떠나가는 것 같았다. 아비가 늙었다고 이제 양로원에 갖다버리려고 한다면서 벽에다 머리를 쾅쾅 찧었다.

아버지는 며칠을 끙끙 앓았다. 하늘같이 믿었던 큰아들로부터 단단히 충격을 받은 것 같았다. 양로원 이야기를 자꾸 들먹거렸다. 생각할수록 원통하고 분한 모양이었다. 아버지는 양로원이라는 말만 들어도 거부반응을 나타낸다.

아버지는 계속 큰아들 욕만 했다. 그러다가 갑자기 엉뚱한 말을 던졌다.

"돈, 다 뺏어 먹고, 이제 나를 헌신짝처럼 버려?"

정미는 깜짝 놀랐다. 돈을 뺏어 먹다니…….

아버지는 뜻밖의 사실을 고백했다. 한국서 가지고 온 돈을 큰아들에게 몽땅 주었다는 것이었다. 정미는 남의 이야기를 듣는 것처럼 담담해지려고 노력을 했으나 심기가 몹시 불편했다.

"아버지, 큰오빠한테 돈 준 이야기를 왜 나한테 해요? 아버지가 큰오빠보고 다른 형제들에게는 절대 비밀로 하라고 하셨을 텐데 왜 아버지가 그 얘기를 하세요?"

아버지의 사업이 완전히 도산하고 살던 집마저 은행으로 넘어가고 미국으로 왔기에 정미는 아버지에게 돈이 한 푼도 없는 줄 알았다. 미국에 온 후에도 큰오빠가 생활비를 댄다고 해 그런 줄 알았다.

나 죽으면 그래도 큰아들이 제사를 지내줄 것이고 또 앞으로 여생을 큰아들한테 맡겨야 하겠기에 있는 돈 다 줬는데 그놈이 배신했다고 치를 떨며 분해했다. 이제는 작은아들한테로 들어가는 수밖에 없단다. 그런데 돈이 조금밖에 없다는 것이다. 돈이 있다는 사실은 정미도 짐작한 바 있다.

아버지가 불쌍했다. 아들한테 돈을 주어야만 당신 한 몸을 의탁

할 수 있다고 생각하는 것이 정말 안됐었다. 그렇다면, 딸인 정미는 아버지를 도저히 못 모실 형편에 처해 있으니 돈을 한 푼도 줄 필요가 없다는 답이 나온다. 정미는 아버지한테 돈이 얼마 있느냐고 물었다. 아버지는 "3만 불"이라고 또렷이 말했다. 정미는 깜짝 놀랐다. 3만 달러라면 정미에게는 무지하게 큰돈인데 아버지는 '조금'이라고 한 것이다.

그렇다면, 큰오빠한테 도대체 얼마를 주었을까? 가물에 콩 나듯 가끔 와서는 개밥 주듯 던져주는 1백 달러짜리 한 장, 코빼기도 안 내미는 큰올케를 생각하면 껄끄러운 기분이었으나 그래도 정미는 고맙게 받았다. 그게 다 아버지 돈이었다고 생각하니 쓴웃음이 절로 나왔다. 아버지는 이제 돈 3만 달러를 들고 작은아들네로 들어가려고 하는 것이다.

작은며느리는 좋은 점을 많이 가진 여자다. 할 말은 다 하면서도 자신의 의무에는 충실하고 또 아주 싹싹하다. "아버님, 아버님" 하면서 시아버지를 자상스럽게 대해주어 아버지는 작은아들은 제쳐놓고 며느리에게 이런저런 상의를 한다.

무능한 남편 때문에 거의 평생을 직장 생활을 하며 혼자서 가계를 꾸려나가고 있지만, 그녀는 늘 명랑하다. 어릴 때부터 큰아들만 편애한 시아버지를 은근히 원망하면서도 그런 내색은 안 한다. 그 바쁜 중에도 자주 찾아뵙지 못해 죄송하다면서 정기적으로 안부 전화를 걸고 정미한테도 수고한다는 말을 잊지 않는다.

그렇지만, 지금의 상황에서 시아버지를 모실 작은며느리는 결코 아니다.

"아버지, 한국 사람도 없는 외딴 데서 온종일 집 안에 갇혀 어떻게 사신다고 그러세요? 작은오빠 집은 아버지가 계실 방도 없잖아요?"

아버지는 얼른 방을 하나 들이면 된다고 했다. 돈 3만 달러가 있으니 방 들이는 값은 당신이 부담하겠다는 뜻일 게다.

"아버지, 돈하고 아버지 모시는 거하고는 아무 상관이 없어요. 아버지가 돈이 한 푼도 없다 하더라도 정 계실 곳이 없으면 자식이 마땅히 모셔야죠. 그런데 지금 아버지는 그게 아니잖아요. 집도 있고 돈도 있고 부인도 있잖아요. 아버지가 우겨서 한 결혼이니까 그 결혼에 대한 책임을 지고 끝까지 잘 살아야죠.

어쨌든 지금 아버지는 할머니하고 살아야 해요. 그만하면 할머니 아무 나무랄 데 없는 사람이에요. 아버지가 할머니하고 잘 살아야 오빠들도 자주 오지, 맨날 못 살겠다고 그러면 부담을 느껴 오기도 싫어한다고요."

아버지는 이야기를 듣는지 마는지 계속 큰아들 욕만 했다.

"아버지, 아들네로 들어갈 생각 마시고 그 돈 가지고 아버지 펑펑 쓰고 사세요. 아니면 차라리 할머니한테 몽땅 맡기세요."

아버지는 또 젊은 놈, 운운하면서 그녀한테는 돈을 맡길 마음이 없는 것 같았다.

그날 밤, 정미는 잠을 이룰 수가 없었다. 돈 관계에 생각이 얽혀 머리가 혼란스러웠다. 뒷바라지는 자기가 다했는데, 아들만 자식이고 딸은 자식이 아닌가 하는 생각이 들어 아버지가 야속하고 괘씸했다. 한데, 돈 3만 달러를 어디에 감춰놨는지가 궁금했다. 아버지도 은행에 비밀 박스라는 것을 가지고 있을까? 말이 나왔을 때 물어볼 걸 그 생각을 미처 못 했었다.

느닷없이 자동차 한 대가 눈앞에서 왔다 갔다 했다. 낡은 차였으나 그런대로 잘 굴러가는 도요타를 가지고 있었는데 한 두어 달 전에 그만 차가 서버렸다. 고치는 값이 너무 비싸, 버리다시피 차를 없애고 보니 불편하기가 이만저만이 아니다. 지금까지 아버지 전용 운전사였으니 차 한 대쯤은 사줄 수 있지 않겠는가?

한, 1만 달러만 있으면 쓰던 차라도 괜찮은 것으로 살 수가 있다. 이런저런 생각에 밤새 뒤척거리다 보니 정미는 한없이 치사해져 가는 자신이 비참했다. 그러나 기회 봐서 한 번 말을 꺼내보기로 작정을 했다.

아버지는 기어이 작은아들 내외를 불러 본인의 의사를 밝혔다. 무슨 맘에서인지 돈 3만 달러에 대한 이야기는 일절 안 하고 다만 웰페어를 내놓으면 너희에게 좀 도움이 되지 않겠느냐는 말만 했다. 작은며느리는 분명하게 말했다.

"아버님이 안 도와주셔도 저희는 잘사니까 그런 걱정은 조금도 마세요. 아버님이 할머니랑 정 못 사시겠다면 차라리 양로원으로 가시는 것이 어떻겠어요. 요새는 양로원이 많이 좋아져 내 집처럼 편안하다고 그래요."

　아버지가 가장 싫어하는 단어를 들먹거리면서도 작은며느리는 지극히 태연했다. 그 말씨도 아주 부드러웠다. 참으로 시아버지를 위해서 하는 소리 같았다. 아직도 건강한 시아버지 앞에서 그런 소리를 하다니…… 아버지는 잠자코 듣기만 했다. 그야, 무능한 작은아들을 생각하면 암말 못하는 것이 어쩌면 당연하기도 하다. 우두커니 앉았던 작은아들이 아내의 말에 당황했는지 얼른 아버지 계실 방이 없다는 핑계를 댔다. 드디어 아버지가 소리를 질렀다.

　"뭐 방이 없어? 옛날에는 단칸방에서도 늙은 부모 모시고 살았다. 다 그만둬라. 나 하나 나가 없어져버리면 될 거 아니냐? 차라리 자결을 하겠다."

　결혼 발표를 했을 때도 자식들의 반대에 자결을 무기로 들고 나왔던 아버지다. 이혼을 하겠다면서 또 자결을 무기로 들고 나왔으나 이번에는 통하지 않았다.

　마침, 외출 중이던 숙자 씨가 들어오는 바람에 아버지의 노기는 그것으로 그치는 수밖에 없었다. 다들 안도의 한숨을 쉬었다.

　참으로 이상하다. 딸 앞에서는 이혼을 입에 달고 있으면서도 할머니한테는 비밀로 하고 있는 아버지이다. 가족회의를 한 것에 대해서도 일체 함구하라는 명령을 한 바 있다. 숙자 씨에게 소리를 버럭버럭 지르며 나가라는 말을 함부로 하면서도 이혼이라는 두 글자는 입에 담지 않는다. 괜히 자식들의 관심을 끌려고 그러는 것일까?

그 며칠 후, 내려가 보니 두 분이 사이좋게 마주앉아 차를 마시고 있었다. 아버지의 얼굴은 아주 평화로웠다. 뭐가 그리 좋은지 숙자 씨도 생글거리고 있었다.

돈을 숙자 씨한테 몽땅 줘버렸나?

하도 궁금해서 한 번은, 그녀가 없는 틈을 타서 아버지한테 돈 이야기를 꺼냈다. 할머니에게 돈을 맡겼느냐고 물어본 것이다.

그런데 이게 웬일인가? 돈은 갑자기 무슨 돈이냐고 되묻는 것이었다. 정미는 아버지가 3만 달러 있다고 했는데 그게 지금 어디 있느냐고 다시 물었다. 아버지는 펄쩍 뛰었다.

"내가 3만 불이 어디 있냐. 나 그런 돈 없다. 네가 3천 불을 3만 불로 잘못 들었나 보다."

그래도 그런 말 한 적 없다고 잡아떼지는 않고 돈 액수를 10분지 1로 확 내리깎았다.

"됐어요, 아버지. 아버지한테 돈이 있든 없든 간에 나하고는 아무 상관이 없어요. 그저 할머니하고 이혼하겠다는 말만 안 하시면, 아버지가 저한테 백만금을 주는 것보다 저는 더 좋아요."

아버지는 화난 음성으로 소리를 높이며 "알았다. 그거하고 살 테니 걱정하지 마라." 하고 역정을 냈다.

"아버지, 그 말씀 예전에도 하셨어요. 이번에는 진짜예요. 큰오빠, 작은오빠 둘 다 아버지 못 모신다고 분명히 말한 거 기억하시죠? 작은올케 말대로 할머니하고 이혼하면 아버지 정말 양로원 가셔야 해요."

작은올케한테서 힘을 얻었는지 드디어 정미의 입에서도 양로원이라는 소리가 나오고 말았다. 뒤이어 아버지의 노한 음성이 온 아파트가 떠나갈 듯이 방안을 진동했다.

"지난번에는 감옥 간다고 공갈을 치더니 이번에는 너까지 양로원이냐? 왜 내가 네 신세 질까 봐 그러냐? 네 신세 안 질 테니 그딴 소리 하지 마라."

정미는 찔끔했다. 본심을 들켜버려 얼굴이 화끈거렸다. 쓰던 차라도 한 대 살 수 있을까 하던 꿈은 산산조각이 났다. 잠 못 이루고 뒤척인 그날 밤을 생각하니 자신이 너무 한심스러워 쓴웃음이 일었다.

아버지가 이혼을 거론하지 않은 지가 꽤 됐다. 세 자식의 입에서 하나같이 양로원 소리가 튀어나오고 보니 암만해도 숙자 씨가 더 낫다는 결론에 도달했는지도 모를 일이다. 도리어 얼굴이 더 훤해졌다. 숙자 씨 역시 뭔가 햇살을 가득 담은 표정이 되어갔다. 정미와 동갑인데도 그녀가 훨씬 젊어 보였.

똘똘 말아쥔 이불을 풀었나? 아버지가 돈을 풀어서?

어쨌든, 정미에게는 그들이 사이좋게 잘 살면 되는 것이다.

오랜만에 정미는 아버지와 함께 어머니 산소를 찾았다. 이번에는 숙자 씨도 동행이다. 웅장한 철문을 들어서니 눈앞에 탁 트인 푸름에 정미의 가슴도 활짝 열렸다. 코끝을 스치는 싱그러움이 무척이나 상쾌하다.

큰오빠가 하와이로 떠나면서 차를 주고 갔기에 정미의 기분이 더 날아갈 듯 가뿐하다. 보험 등등 차에 드는 모든 비용은 큰오빠가 부담하겠다고 했다. 아버지와 정미의 섭섭했던 감정이 차 한 대로 다 풀려버렸다.

 호숫가에는 하얀 오리 떼가 한가로이 노닐고, 한없이 펼쳐진 파란 잔디 위에 즐비하게 늘어선 소나무들이 한 폭의 그림처럼 아름답다. 군데군데 장식해놓은 조각들은 그 그림을 더욱 돋보이게 해준다.

 산등성이에는 무성한 잎사귀들이 울창한 숲을 이루고, 그곳의 숲 향기는 향수처럼 달콤하다. 그 달콤함에 이끌려 눈부신 햇살이 숲을 향해 달려들고, 잎사귀들은 반짝반짝 눈망울을 굴린다. 온통 초록으로 뒤덮인 묘지, 그곳에는 생명의 힘이 용솟음친다. 묘지의 의미와는 상반되는 생명력이다.

 어머니의 산소는 아름답게 펼쳐져 있는 전망을 한눈에 만끽할 수 있는 높은 언덕에 자리 잡고 있다.

 "당신 떠나고, 여기 이 사람이 나를 잘 돌봐주고 있고, 또 앞으로도 내 옆에 계속 있겠다고 했으니 아무 걱정하지 마라."

 늘 그랬듯이 아버지의 독백이 시작되었다. 정미가 같은 아파트에 살아 많이 의지가 된다는 말은 올 때마다 반복되는 말이다. 큰아들이 좋은 차를 정미한테 주었으니 당신도 기뻐하라는 등, 숙자 씨의 존재에는 아랑곳없이 아버지는 계속 이야기를 늘어놓고 있었다.

　정미가 민망해 고맙다는 말을 하려고 그녀의 손을 잡는데 갑자기 콧잔등이 시큰했다. 얼른 고개를 젖혀 하늘을 쳐다보았다. 눈이 시리도록 파란 하늘에 하얀 뭉게구름이 바람에 실려 어디론가 떠가고 있었다.

　떠가는 구름 속에 환히 웃는 어머니의 얼굴이 보였다.

남편은 경자의 허점을 계속 찔러댔다.
얼굴까지 붉으락푸르락했다.
"어디 열쇠뿐이야. 그 비싼 안경도 다 잃어버렸잖아?
샤넬에 크리스찬디올에 또 베르사체……."

'그 비싼 안경이라고? 그걸 뭐 자기가 사 주었나?'
 브랜드 이름이라면 도통 모르는 줄 알았더니,
이럴 땐 잘도 왼다.
나이니나인 스토어에서
99전짜리 안경이나 사 오는 주제에.

스러져가는 별들

"진짜로 이혼한다고오--- 이호--- 온---. 한 번 두 번도 아니고 벌써 몇 번째야?"

남편의 언성이 높아졌다.

"언제 운전을 했는지 기억이 안 난다는 건, 열쇠 없어진 지가 꽤 오래됐다는 얘기 아냐? 이번에 못 찾으면 진짜로 이혼이야 이혼."

'뭐? 열쇠 잃어버렸다고 이혼? 70이 넘은 나이에?'

남편은 '진짜로'를 강조하며 지겨워 죽겠다는 듯이 얼굴을 찌푸리고 이혼 소리를 내뱉었다. 눈이 아예 모로 서 있었다.

"맨날 따라다니며 챙겨줘야 하니 이젠 나도 지쳤다고 지쳤어. 다른 집은 남편 뒤치다꺼리를 와이프가 해준다는데 우리 집은 완전 거꾸로 됐다고."

'언제는 따라다니며 챙겨주는 것이 행복하다고 살랑거리더니,

이젠 맘이 변했다 그거지?'

 남편은 경자의 허점을 계속 찔러댔다. 얼굴까지 붉으락푸르락 했다.

 "어디 열쇠뿐이야. 그 비싼 안경도 다 잃어버렸잖아? 샤넬에 크리스찬디올, 또 베르사체……."

 '그 비싼 안경이라고? 그걸 뭐 자기가 사 주었나?'

 브랜드 이름이라면 도통 모르는 줄 알았더니, 이럴 땐 잘도 왼다. 나이니나인 스토어에서 99전짜리 안경이나 사 오는 주제에.

 명품하고는 거리가 먼 경자이지만 비싼 안경이 몇 개 있긴 했다. 다 선물 받은 것들이었다. 그런데 이상하게도 싸구려 선글라스는 그대로 있는데, 비싼 것들은 다 잃어버렸다.

 "또 냄비란 냄비는 다 태워 먹었잖아? 여자가 왜 그래?"

 그의 말대로 한두 번이 아니니 화를 낼만은 하다. 그런데 정도가 너무 심하다. 화를 잘 내는 사람이라면 그러려니 하겠는데, 아내한테 소리를 지르거나 화를 내거나 하는 그가 아니기 때문에 경자는 언뜻 멍해졌다.

 요즘은 그가 예전하고는 많이 달라졌다. 보통 때 같으면 그냥 넘겨버리던 일인데도 괜히 짜증을 부린다. 잔소리가 엄청나게 심해졌다. 빈방에 불이 켜져 있으면 그냥 꺼버리면 될 일을 꼭 한마디 한다.

 경자는 순간적으로 머리가 획 돌았다.

 '그냥 한판 붙어봐?'

그렇지만 입이 열 개라도 지금은 할 말이 없다. 목구멍으로 말을 삼키는 수밖에 없었다. 참는 쪽으로 방향을 잡았다. 누울 자리 보고 다리를 뻗어야지, 한쪽이 저 정도로 강하게 나오면 한쪽은 참아야 한다. 어쨌든 원인 제공자는 경자 자신 아닌가? 하지만 속은 계속 부글거린다.

'열쇠가 주제면 열쇠 얘기만 하면 되지, 비겁하게시리 왜 지난 일까지 시시콜콜 끄집어내 사람을 긁어? 저렇게 길길이 뛴다고 발 달린 열쇠가 놀라 뛰어나올 리도 만무이고, 이왕지사 일은 벌어졌는데, 좀 점잖은 척 가면을 쓰고 존경스러운 남편 노릇을 한다 해도 발 달린 열쇠가 꼭꼭 숨어버릴 리도 없지 않은가?'

잠깐 말을 끊기에 이제 끝났나 싶었더니 뜻밖에도 미장원 사건을 들추어냈다. 3년 전쯤 일이다. 금세 일어난 일들은 깜빡깜빡하면서 3년이나 지난 일을 잘도 외워댔다.

"집안에서 생기는 일은 괜찮다고 쳐. 그런데 미장원에서 일어났던 사건이 또 터지면 어떡하지? 정말 큰일이야 큰일. 까딱 잘못하다간 감옥 가는 수가 있다고. 제발 정신 좀 차려."

그 일은 지금 생각해도 도무지 알 수가 없다. 늘 동네 미장원에만 가는 그녀가 그날은 딸을 따라 코리아타운에 있는 미장원에 갔었다.

딸은 커트만 했고, 경자는 두어 시간 동안에 아예 딴 사람으로 변신을 했다. 브라운 염색에 하이라이트까지 가미해서인지 10년은 젊어 보인다고 다들 야단이었다. 데리러 온 딸이 좀 늦어 20여 분을 기다리다가 집으로 가는 길이었다.

운전 중인 딸의 휴대전화가 울렸다. 미장원 주인이었다. 경자가 남의 핸드백을 집어 들고 나왔다는 것이다. 그러고 보니 경자 발 앞에 웬 낯선 백이 하나 놓여 있었다. 딸은 머리를 조아리며 죄송하다는 말을 반복했다.

"오늘은 엄마가 핸드백을 안 갖고 나왔는데 그만 깜빡했나 봐요. 백이 비슷하게 생겨서 엄마 건 줄 아셨던 모양이에요. 정말 죄송해요. 요즘은 엄마가 정신이 없어요."

비슷하게 생기지도 않은 백을 비슷하게 생겼다고 변명을 하면서 딸은 한숨을 쉬었다. 마침 딸이랑 동반 외출이라 그녀는 휴대전화만 주머니에 넣고 빈손으로 나왔다. 핸드백도 무거워 들기가 거추장스러워서다.

딸도 그렇다. 엄마가 빈손으로 나온 걸 뻔히 알면서도 손에 핸드백이 들린 것에 신경이 안 간 것이다. 집을 나올 때 빈손인 엄마에게 딸은 분명히 "엄마, 핸드백?" 하고 챙겼었다. 남편한테는 암말 말 걸, 경자 자신도 너무 놀라고 이상해서 그날 밤 다 털어놓았다.

그녀는 요즘 부쩍 기억력이 떨어진 것을 실감한다. 외출을 하려고 여기저기 열쇠를 찾다 보면 가방을 든 손가락에 키가 걸려 있질 않나, 어느 땐 약도 안 먹고 핸드폰도 두고 나와 도로 집엘 들어가서 일단 약 먼저 먹고 핸드폰 찾느라 또 시간을 잡아먹는다.

그럴 땐 전화를 걸어보는 수밖에.

이제는 귀도 갔는지 소리는 들리는데 어딘지를 몰라 이 방 저 방을 헤맨다. 그러다가 찾고 나면 이제는 손에 들고 있던 열쇠가 없다.

어디 그뿐이랴? 식당에서 나와서도 맡겨놓은 키를 찾느라 가방을 뒤지지를 않나. 키뿐이 아니다. 안경 찾느라고 집 안 구석구석을 헤매다 보면 안경은 벌써 귀에 걸려 있다.

텔레비전 리모컨트롤을 전화기 받침대에 꽂으면서 '이게 왜 맞지가 않아?' 하다가 폭소를 터뜨리기도 했다.

경자는 열쇠를 찾는 척하며 서재로 슬쩍 피했다. 다행히 남편이 따라 들어오지는 않았다. 컴퓨터 앞에 우두커니 앉았는데 문 닫는 소리가 '쾅' 하고 들렸다. 속이 시원했다. 얼른 창가로 가 바깥을 내다보았다.

자동차를 타자마자 그는 급하게 시동을 걸었다. 보통 때보다는 더 큰 소리가 부르릉거렸다. 남편의 음성이 자동차 소리보다 더 크게 부르릉거리며 다시금 귓가를 때렸다.

그녀는 본격적으로 열쇠 찾는 작업에 들어갔다. 우선 차 안부터 샅샅이 살펴보았다. 누구는 냉장고에서 전화기를 찾았다기에 냉장고 안도 들여다보았다. 재킷 등, 바지 호주머니까지도 다 뒤져보았다. 침대보에 시트까지도 들춰보았다.

덕분에 침대 위에 퍼질러진 옷들도 걸고 구석구석에 늘려 있는 잡동사니들도 정리를 했다. 바짝 엎드려 침대 밑바닥도 들여다보았다. 심지어 휴지통까지 쏟아 보았으나 열쇠는 나오지 않았다. 물론 방, 거실 부엌 할 것 없이 구석구석 보고 또 보았다.

현관에 있는 장식장 거울 앞이 열쇠 놓는 자리다. 들랑날랑할 때 가장 쉽게 눈에 띄는 곳이다. 거기에 없으면 핸드백 안에 있거나 어디에 있거나 두루두루 찾으면 별 탈 없이 찾곤 했는데 이번에는 아무리 뒤져도 오리무중이다.

열쇠가 한두 개가 아니고 한 뭉텅이가 달렸으니 어디 사이에 끼일 리도 없다. 경자는 자신을 믿을 수가 없어, '혹시 남편 열쇠 놓는 자리에 두었나?' 하고 안방 침대 왼쪽 스탠드 아래까지도 살펴보았다. 밖에서 잃어버렸을까도 생각해 봤으나 그건 절대 아니었다.

정말 기가 막힐 노릇이다. 남편이 주로 운전을 했고, 요즘은 혼자 나간 적이 거의 없어 언제 열쇠를 사용했는지조차도 생각나지 않는다. 기억을 더듬어 거꾸로 쳐 올라가 봤다. 그래도 캄캄했다.

열쇠를 새로 만들려면 돈이 삼백 달러가 넘게 든다. 남편한테 욕먹는 것보다 돈 들어가는 것이 더 속상하다. 보나 마나 남편은 지금 열쇠 만들러 간 게 분명하다. 예전에도 그랬다. 며칠을 참지 못하고 후다닥 튀어나가 열쇠를 주문했었다. 그런데 만든 지 나흘 만에 찾았다. 아깝게 돈만 날려버려, '왜 저렇게 남자가 참을성이 없을까?' 하고 돌아서서 쫑얼거렸다.

이것저것 다 들추면서 남편은 정작 해야 할 반지 얘기는 꺼내지 않아 좀 아리송하다. 한 달 전쯤이다. 반지를 끼고 나가다가 무심코 빼서 어깨에 걸린 백 바깥 주머니에 넣었었다. 그리고 외출 후, 집에 들어와서는 깜빡 잊어버렸다.

 사실, 반지나 시계가 있던 자리에 없어 찾아보면 핸드백 속에 있는 때가 더러 있었다. 그러나 이번엔 경우가 달랐다. 며칠 후, 그 반지가 집 앞 길거리에서 발견이 된 것이다. 그것도 남편한테. 나가다 말고 도로 들어온 남편이 반지를 경자 코앞에 디밀었다. 귀신이 곡할 노릇이었다.

 "이거 당신 반지 아냐? 근데 왜 이게 길거리에 떨어져 있지?"

 그때야 생각이 났다. 그리고 머리도 금세 돌아갔다. 어깨에 메고 있는 백 바깥쪽에 붙은 주머니에 넣는다는 것이 그만 길바닥으로 떨어뜨린 것이다. 시선이 주머니 쪽으로 가지 않았기에 손이 실수를 한 것이었다. 그녀는 시치미를 뚝 떼고 말했다.

 "반지가 좀 헐렁헐렁했는데 저절로 빠진 모양이네."

 남편이 믿을 리 만무한 것을 뻔히 알면서도 그냥 던져본 말이다. 그리고는 바로 자초지종을 실토했다. 진짜로 잔소리를 늘어놓아야 할 상황인데도 웬일로 그는 인상만 잔뜩 구기고 조심하라는 한마디를 남기고 얼른 나갔다. 아마 골프 시간이 급했던 모양이다. 저녁에 들어와서는 한소리 하겠지 했는데 그는 잠잠했다.

 '이상하다. 그 성격에 그냥 넘어갈 사람이 아닌데······.'

 아침에 있었던 반지 사건을 기억 못 하는 것이 분명했다. 다행이라는 기분보다는 약간은 걱정스러웠다. 시험 삼아 경자가 한 번 얘기를 꺼내볼까 하다가 그녀도 침묵했다.

한 번은 이런 일이 있었다. 경자가 마켓을 가려고 문을 나서는데 그가 한마디 했다.
"왜 그, 아침에 먹는 빵 있잖아? 그거 좀 사와."
'아침에 먹는 빵이 어디 한둘인가?'
"아침에 먹는 빵이라니요? 그게 뭔데?"
"왜 있잖아. 똥그란 거. 가운데 구멍 빵 뚫린 거 말야."
"도나스?"
"아니 도나스 말고. 그건 튀긴 거잖아? 튀긴 거 말고 왜 그 있잖아……."
"…… 그 있잖아 뭐어?"
"왜 그 있잖아. 뭐 발라 먹는 거 말이야. 반으로 짜개서 토스트해서…… 그 참 이상하네. 왜 이름이 생각 안 나지?"
머리에 그림은 환히 그려지는데, 입이 따로 놀아 그도 답답한지, "그 있잖아."를 반복했다.
"아-- 아!! 베이글?"
그때야 남편은 어려운 숙제라도 푼 듯, 속이 시원해진 모양이었다.
"맞아. 맞아. 베이글!! 베이글!!"
경자는 남편을 한 번 시험해 보고 싶었다.
"근데, 뭐 발라 먹는 거, 그거 이름은 뭐예요?"
대학 입학 시험문제나 맞힌 듯이 그는 당당하게 대답했다.

"크림치즈지. 크림치이--즈."
그리고 아내를 도매금으로 넘기며 자신의 자존심을 만회했다.
"당신도 깜빡했구나. 크림치즈도 몰라?"

또 언젠가는 이런 일도 있었다. 마침 한국 빵집이 가까운 데에 있어 그는 자주 팥빵을 사 온다. 가끔은 찹쌀 도넛을 딱 두 개만 끼워서. 튀긴 것은 몸에 나쁘니 하나씩만 먹자는 식이다. 식기 전에 먹어야 맛있다며 사오자마자 그는 얼른 하나를 먹어치웠다. 경자는 그다음 날 찹쌀 도넛을 먹으려고 아무리 찾아도 냉장고 안에 없었다.

거실에 앉아 텔레비전을 보고 있는 그에게 물으니 왼쪽 서랍에 있다고 했다. 그러나 거기엔 팥빵만 남아 있었다.

뭘 찾다 보면 눈앞에 두고도 못 찾아 냉장고 안을 몽땅 뒤질 때도 있고, 분명히 서랍 속에 넣어둔 것 같은데 문 안쪽 칸에 있을 때도 있어, 여기저기를 살펴도 찹쌀 도넛은 없었다. 팥빵만 있고 도넛은 없다고 해도 남편은 막무가내였다. 왼쪽 서랍에 분명히 있다는 것이다.

하도 우기기에 경자는 "그럼 당신이 와서 찾아보시오." 하고 언성을 높였다. 그도 언성을 높였다.

"아니 이게 눈에 안 보여?"

그러나 그가 집어 든 것은 찹쌀 도넛이 아니라 팥빵이었다. 팥빵을 집어 들고 도넛이라 외치고 있는 것이었다. 기가 찰 노릇이다. 팥빵을 도넛이라니……. 집어 들기 전에 분간이 갔어야지.
 경자의 음성이 자신도 모르는 사이에 더 높아졌다.
 "아니, 그게 어떻게 도넛이에요? 팥빵이잖아? 팥빠---앙---."
 남편은 얼른 사라져버렸다.
 그뿐이 아니다. 케이크를 파이라고 한 적도 있다. 그리고 배우 이름, 연속방송극도 막 뒤섞어 놓는다. 같은 배우가 등장을 하면 이게 저건지 저게 이건지 제목도 분간을 못 하고, 두 방송극에서 완전 다른 역을 같은 배우가 연기를 할 경우는 부득부득 다른 사람이라고 우긴다.
 경자도 그럴 때가 있긴 하다. 줄줄이 꿰던 배우 이름이 요즘은 생각이 잘 안 난다. 그렇다고 배우의 이름을 바꾸어 놓지는 않는다. 남편하고는 차원이 다르다.
 '그렇다면, 혹시 남편이 어디에다 둔 게 아닐까? 자기 열쇠인 줄 알고 운전을 할 수도 있지 않았을까?'
 얼른 안방으로 가 남편 옷장에 걸려 있는 바지들 주머니를 뒤져 보았다. 그리고 윗도리 주머니도 점검을 했으나 열쇠는 없었다.
 다시 컴퓨터 앞에 앉았다. 갑자기 운동장만 한 남편의 늙은 얼굴이 모니터에 불쑥 나타나 경자는 화들짝 놀랐다. 화면 전체에 화가 잔뜩 나 찌그러진 그의 얼굴이 클로즈업되니 경자의 속은 다시 부글거렸다.

 누구한테 하소연이라도 하고 싶어 민숙이에게 전화를 걸어볼까 하는 생각이 들었다. 그런데도 얼른 행동이 따르지가 않는다. 항상 먼저 전화를 걸어 안부를 전하는 경자인데도 요즘은 그게 맘대로 안 된다.

 마음도 굼뜨고 몸도 굼뜨다. 앉았다 일어설 때도 벌떡 못 일어서고 먼저 방바닥을 짚는다. 바짓가랑이를 끼다가도 나자빠진다. 차에서 내릴 때도 빨랑빨랑 행동이 안 돼 남편한테 핀잔을 듣는다.

 "아니 얼마 전까지만 해도 날아다니더니 요즘은 왜 그래? 학교 때에는 운동선수였다며?"

 송구 선수로 운동장을 휘젓고 다닐 때가 언제 적이라고, 호랑이 담배 먹던 시절 얘기를 끄집어내는 남편, 그것도 좀 이상하다.

 한데 남편은 아직도 행동 하나는 기차게 빠르다. 운전도 쌩쌩 잘한다. 밤눈도 밝아 표시판도 잘 읽는다. 눈 하나는 기차게 타고났다. 안경도 없이 신문을 줄줄 읽는가 하면 바늘귀도 쑥쑥 잘도 꿴다. 경자는 돋보기를 끼고도 바늘귀를 끼려면 장정의 시간을 소모하는데 말이다.

 이빨도 좋고 입맛도 좋아 체력이 흘러넘친다. 70이 넘었다고는 상상이 안 될 만큼 육체적인 건강은 타고난 남편이다. 이런저런 성인병은 다 붙어 아침저녁으로 약을 한 줌이나 먹는 경자에 비해 그는 약 먹는 것도 없다.

 '약을 많이 먹으면 기억력이 떨어진다고 하던데 그래서 요즘 내가 그 모양인가? 장장 20년도 더 넘게 약을 복용했으니……'

 기분이 여엉-- 찜찜하다.

때마침 전화벨이 울렸다. 민숙이었다. 이심전심했다 싶어 눈이 번쩍 띄었다. 자초지종을 읊어대니 민숙은 경자에게 맞장구를 치기보다는 먼저 깔깔대고 웃기 시작했다.

"뭐 이혼? 얘, 우리 남편도 마찬가지야. 그리고 휑 나가버린 것도 마찬가지고. 너도 알지? 우리 교회 나오는 강 집사 말이야. 한번은 그 사람들이랑 팜데일에 파피꽃 구경 간 적이 있었는데 그 다음 날 내 키가 없어진 거야."

민숙이가 열쇠 두는 곳은 거실 전화기 옆이다. 거기에 없으면 핸드백 안에 있거나 어디에 있거나 두루두루 찾으면 별 탈 없이 찾곤 했는데 그날은 아무리 뒤져도 오리무중이었다고 한다.

"지금 네 경우하고 똑같았어. 우리 남편도 이혼 소리 입에 담으며 내 속을 박박 긁더니 휑 나가버리더라고."

그날 민숙이 부부는 강 집사의 차를 탔다고 한다. 아침에 나갈 때 열쇠를 분명히 핸드백 안에 넣었었다. 그리고 하루가 지난 후, 우체국에 가려고 하는데 열쇠가 온데간데없어진 것이었다.

강 집사가 차를 운전했고 민숙이 남편은 앞에 타고 민숙과 미세스 강은 뒷좌석에 앉았었다. 열쇠가 들어있는 핸드백은 연 일이 없다. 식당에서도 그녀는 핸드백을 열지 않았다. 집에 들어올 때 문을 연 것도 남편이었다. 집에 들어온 후에 열쇠를 꺼냈는지 어쨌는지도 기억에 가물가물했다.

"우선은 미세스 강한테 전화를 걸었어. 백 프로 그럴 리가 없지만, 혹시나 그 차에 떨어졌나 하고 말이야."

언젠가 한 번도 열쇠가 없어져 찾느라고 야단법석을 떨었는데 남편 차 뒷좌석 밑바닥에 떨어져 있었었다. "헬로우" 하는 그녀의 부드러운 목소리가 전화선을 타고 흘렀다.

"미세스 강, 지금 제가 이혼을 할 위기에 놓여 있어요."

내용과는 달리 지극히 밝은 민숙의의 음성을 들으면서 그녀는 희망적인 말을 했다. 차 안에서 민숙이가 열쇠 뭉텅이를 만지작거리는 것을 봤다는 것이다. 하지만 민숙은 열쇠를 꺼낸 기억이 도무지 없다.

"지금 미스터 강이 차고로 갔어요. 조금 후면 결판이 나니 희망을 가져보세요. 이혼을 당하느냐 안 당하느냐가 지금 이 순간에 달렸으니 제가 막 떨리네요."

그리고 잠시 후, 활기찬 목소리가 전화통에 울려 퍼졌다.

"아이고, 축하합니다. 드디어 이혼은 면했어요. 찾았어요. 찾았어요. 차 뒷좌석 구석에 있더래요."

아무리 생각해도 민숙은 핸드백을 열고 열쇠를 꺼낸 적이 없었다. 열쇠를 꺼내야 할 아무런 이유도 없었다. 열쇠에 발이 달려 저절로 걸어 나온 것이 분명했다. 핸드백 지퍼까지 열어젖히고……. 유머가 풍부한 미세스 강이 깔깔대고 웃으며 민숙의 말에 맞장구를 쳤다.

"맞아요. 맞아. 어디 열쇠에만 발이 달렸나요? 구루마가 달리고 날개 달린 것들이 얼마나 많은데요. 열쇠 잃어버렸다고 이혼하면 우린 벌써 열두 번도 더 이혼했을 거예요."

스러져 가는 별들

민숙의 얘기는 계속 이어졌다.

"경자야, 너 기억나니? 요세미티 갔다 오다가 내가 식당에 핸드백 놓고 나온 거 말야."

물론 기억한다. 민숙이가 너무나 충격을 받아 진짜로 이혼을 할 뻔했던 사건이다. 아들이 고급 차 한 대를 사 주어, 그 차를 타고 민숙이 부부가 북가주 여행을 갔다 오다가 생긴 일이다. 벌써 10년도 더 되었다.

아들로부터 고급 차를 선물 받고 민숙이 남편은 만나는 사람마다 붙들고 자랑을 해, 그녀는 이제 제발 좀 그만하라고 얼마나 말렸는지 모른다.

"와아!!! 진짜 달리는 궁전이야 궁전."

떠날 때도 좋았고, 아들이 예약해 놓은 호텔에 도착할 때도 좋았다. 해변을 끼고 아름다운 경치를 보며 달릴 때는 콧노래가 절로 나왔다. 중간에 쉬면서 식당에 들러 맛있는 음식도 먹었다. 호텔에 짐을 풀고 일주일을 묵으면서 아들이 짜 준 스케줄대로 관광을 했고 모든 일이 다 순조로웠다. 쉴 수 있는 시간도 많아, 느긋하게 나날을 즐겼기에 하나도 피곤하지 않았다.

그런데 오는 길에 일이 터졌다. 거의 다섯 시간을 달린 후였다. 민숙이의 핸드백이 온데간데없이 사라져버린 것이다. 어깨에 메는 자그마한 백이다. 다행하게도 민숙은 자신의 행적에 대한 기억이 술술 풀렸다.

아침 식사를 하고 호텔을 떠날 때는 분명히 메고 나왔다. 점심은 오는 도중에 어느 카페에서 간단히 때웠는데, 그때 민숙은 의자에 백을 걸어놓고 샌드위치를 먹었었다. 그런데 그만 깜빡 잊고 그냥 나온 것이다. 두어 시간 정도만 가면 도착할 수 있는 거리였다.

차를 돌려 거꾸로 거슬러 올라가는 수밖에 별도리가 없었다. 만일 찾지 못하는 경우는 정말 큰 일이었다. 운전면허증에서부터 크레디트카드 등, 중요한 것은 다 들어있으니 보통 일이 아니었다. 현금도 제법 들어 있었다.

도로 올라가면서 민숙이 남편은 아내에게 언어의 폭력을 행사하였다. 아내를 완전 정신병자 취급을 하고, 아예 치매 환자로 낙인을 찍으면서 이혼이라는 단어까지 입에 담았다.

민숙의 가슴에서는 피가 철철 흘렀다. '차 세워.' 하고 그냥 뛰쳐내리고 싶었다. 그러나 잘도 참아냈다. 참는 수밖에 길이 없었다. 이빨을 악물면서…. 같이 상대를 했다간 교통사고라도 날 것 같은 예감이 들어 더 꾹 참았다.

백은 벌써 누가 집어갔다고 남편은 단정을 지었지만 민숙은 꼭 찾을 것 같았다. 민숙의 예감은 맞았다. 카페에서 잘 보관하고 있었다. 종업원이 의자에 걸려 있는 백을 카운트로 가져다 놓은 것이다. 백 안의 내용물도 그대로였다. 아직도 세상은 살 만했다.

그러나 정작 살 만해야 하는 남편은 그 세상에서 벗어나 있었다.

오는 길에도 그들의 기분은 저기압이었다. 두어 시간 동안 하도 당해서 민숙은 남편과 말을 섞기조차 싫었다. 그도 별 말이 없었다.

집에 온 후에 민숙은 도저히 그냥 넘길 수가 없어 대판 부부싸움을 했다. 도리어 민숙이가 이혼을 걸고넘어지며 강경하게 나갔다.

핸드백을 찾고 못 찾고가 문제가 아니었다. 백을 언제 어디서 잃어버렸는지 기억이 안 났다면 몰라도 그 소재가 분명한데도 아내를 치매 환자로 몰아붙이며 이혼하자고 그 야단을 했으니 민숙이 남편이 너무하긴 했다. 결국은 그가 싹싹 빌어 이혼은 무마가 됐었다.

"뭐, 내가 치매라고? 어떻게 그런 말을 그리 함부로 할 수 있지! 그다음엔 또 뭐라는지 아니? 자기는 치매 와이프 뒷바라지는 도저히 할 수가 없으니 알아서 하래. 참 기가 차더라. 그때 생각하면 지금도 열불 나. 셀폰이 있었더라면 차 안에서 분실신고하고 또 야단법석을 떨었을 거야."

민숙은 휴대전화 없던 시절이 더 좋은 면도 있다면서, 그때 남편이 했던 한마디 한마디를 잊을 수가 없다고 한다. 불쑥불쑥 생각이 날 땐, 가슴에 쪼여와 '안 되지. 이러다가 병나면 나만 손해야.' 하고는 마음을 다스린다고 했다.

세월이 약이었다. 더러는 잊어버리고, 생각이 난다 해도 또렷하지가 않고 희미하고……. 그 후부터 민숙은 '꺼진 불도 다시 보자.'를 되뇌며 조심에 조심을 거듭하고 있다. 아마 민숙이 남편의 말조심도 마찬가지일 것이다.

친구들이 모일 때면 남편의 흉 타령은 반드시 등장한다. 민숙이 남편도, 경자 남편도, 다들 막상막하다. 요즘은 건망증이 주제를 이룬다.

한 달에 한 번씩 정기적으로 만나고 있는 그들은 아직도 대화가 풍성해 수다 떨기에 바쁘다.

지난번 모임 때의 일이다. 이런저런 얘기가 쏟아지다가 경애가 열변을 토하기 시작했다.

"근데, 우리 남편은 말야, 건망증이 눈앞에서 확인이 됐는데도 인정을 안 해. 자기가 그러지 않았다는 거야. 어찌나 부득부득 우기는지 도대체 말이 안 통해. 증거가 나왔는데도 기억을 못 한다는 건, 혹시 치매 아니니? 은근히 걱정이 돼."

다른 친구가 얼른 말을 받았다.

"그건 아냐. 실수를 인정하기 싫어서 그러는 거야. 비겁하게 시리. 그런 남자들이 얼마나 수두룩한데 그래?"

"맞아 맞아 우리 집 남자도 마찬가지야. 도대체 실수를 인정 안 하고 '미안하다'는 말을 할 줄 몰라. '미안하다'고 한마디만 하면 아내 맘이 다 풀릴 터인데 왜 그 말을 못 해 사람 속을 뒤집어 놓는지 모르겠어."

하지만, 이제는 만성이 되어 포기하고 사니 속 썩을 필요도 없더라고 한 친구가 결론을 내렸다.

그리고는 모두 이구동성으로 '늙은 남편들 불쌍하니, 이제는 우리가 봐주자.' 하고 그냥 넘어가자는 쪽으로 의견을 모은다.

스러져 가는 별들

'이런 아내의 넓은 아량을 쪼다 남편들은 알기나 할까?'

"내 얘기 한 번 들어봐. 이건 심해도 너무 심했어." 하고 한 친구가 자신의 건망증을 풀어놓았다.

"며칠 전 일이야. 시장을 잔뜩 보고 계산까지 끝낸 후, 마켓 안에 있는 빵집에서 빵을 사고서는 그만 빵 봉지만 달랑 들고 집에까지 왔지 뭐니? 야채, 과일 등 물건이 잔뜩 담긴 카트를 남겨놓은 채 말야. 그날 하루 종일 기분이 찜찜했어. '혹시 치매로 가는 길은 아닐까?' 하고 걱정이 되더라고."

"어머머, 나도 똑같은 경험 있어. 너는 빵 봉지라도 들고 왔잖아. 한데 난 빈손으로 왔단다. 그것도 서너 시간이나 지난 저녁때야 냉장고가 텅 비어 있는 걸 보고 생각이 났으니 말야. 나도 그날 너무 놀라서 치매 걱정을 했어. 너희들도 알잖아? 우리 친정어머니 치매로 고생하신 거. 그래서 유전인가 하고 너 걱정이 돼."

"그래도 너, 플러턴에서 엘에이까지 운전 잘하고 왔잖아. 친구 만난다는 기대감에 기분도 좋았고. 치매는 아니고 건망증이 좀 도가 지나쳤던 것 같아."

의견이 분분한 가운데 한 친구가 결론을 지었다.

"내가 건망증이랑 치매를 확실히 분간해줄게. 열쇠를 어디다 놓았는지를 몰라 찾아 헤매면 그건 건망증이고, 열쇠를 손에 쥐고 '이게 뭐 하는 것이지?' 하고 요리조리 살피면 그건 치매야."

친구들은 "그래 맞아 맞아." 하면서 스스로를 위로했다. '나만 그런 게 아니구나!' 하는 안도감과 함께 앞으로는 더 조심해야 한다고 다짐을 하면서.

실은 경자 시어머니께서도 돌아가시기 전, 한 1년 남짓 치매를 앓으셨다. 그런 가족력이 있는데도 불구하고 경자는 남편이 '혹시 치매는 아닐까?' 하고 의심해 본 적이 없다. 왜 그런 생각을 못 했는지 아리송하다.

해가 서산에 걸렸는데도 남편에게서는 소식이 없다. 화가 잔뜩 나서 나갔기에 혹시 교통사고라도 났으면 어쩌나 하고 걱정이 되었다.

그의 전적이 하나하나 정수리를 내리치며 극도의 상상이 머리를 어지럽힌다. 거기다가 시어머니의 모습까지 합세를 해 가슴이 마구 뛰었다.

아침에 시시콜콜 외워댄 일을 돌이켜보니 그는 오래된 일은 기억을 하면서도 얼마 전 일은 깡그리 잊어버렸었다. 괜히 화를 내는 것도 그렇다. 늘 먹는 빵 이름조차도 막 섞어 놓는다. 배우 이름, 방송극 제목도 뒤바뀐다.

'혹시 치매?'

시어머니가 바로 그랬다. 다 들어맞는다.

'설마 길을 잃고 헤매는 것은 아니겠지? 치매 시초가 길을 못 찾는 것이라 했는데. 어쩌지? 어쩌지? 인생의 열쇠를 잃어버리면 안 되는데……'

이런저런 걱정과 함께 가엾다는 감정이 전신을 휩싸며 눈물이 났다. 연민의 정이 가슴을 메운다.

어디서 뭘 하고 있는지 너무나 걱정이 되어 전화 걸고 싶은 마음을 주체할 수가 없다.

혹시 운전 중일지도 몰라 겨우 마음을 다스렸다. 보통 때는 신경도 안 썼던 일이 갑자기 왜 이리도 절박한지 모르겠다.

'유전이라는 친구의 말 때문일까?'

드디어 차 소리가 났다. 그렇게 반가울 수가 없었다. 맨발로 뛰어나가고 싶은 심정을 꾹 참았다. 금세 현관문을 열고 들어와야 할 그가 소식이 없어 내다보니 옆문을 열고 뒤뜰로 가서 창고 안으로 들어갔다.

온갖 잡동사니 연장들을 보관하고, 그가 잡일을 하거나 지붕에 올라가야 할 일이 있을 때 입는 작업복들을 걸어두는 곳이다. 한참 후에 남편이 나타났다. 한데 뜻밖에도 그의 손에는 열쇠 뭉치가 들려 있었다. 얼른 열쇠를 뺏어들었다.

"아니…… 이거 내 키잖아? 어디서 찾았어요?"

순간, 경자는 혹시 반지처럼 길거리에서 주웠으면 어쩌지? 하는 상상에 가슴이 철커덩 내려앉았다. 그러고 보니 길거리 생각을 미처 못 했다. 별의별 데를 다 뒤지면서도 길거리를 빼먹은 것이다. 반지의 전적이 있는데도 불구하고.

'아니지. 길거리에서 발견했다면 현관문을 박차고 바로 들어왔

을 터인데 창고로 먼저 들어간 걸 보니 그건 아니야.'

늘 당당하던 그의 자세가 왠지 엉거주춤했다. 그리고 말을 하는 표정이 아주 복잡하고 묘했다.

"며칠 전에 내가 당신 키로 옆문을 열고 들어가 창고 정리를 했거든……. 근데 말야…… 그러니까…… 그때 입고 있던 작업복 바지 주머니에 키를 넣어놨나 봐. 그리고는 그만 깜빡했네. 미안. 미안."

그런데 이상하다. 딴 때 같으면 남편 말이 떨어지자마자 '뭐야? 그래놓고 나한테 이혼하자고 그 야단법석을 떨어?' 하고 소리를 질렀을 것이다. 그러나 그 반대였다.

준비나 한 듯, 경자의 입에서 순식간에 튀어나온 말은 "그게 뭐가 미안해. 그럴 수 있지 뭐."였다.

작업복 주머니에 열쇠를 넣어두었다는 기억이 난 것만으로도 그녀는 만사형통이었고, 남편이 집으로 무사히 귀가했다는 것으로 이미 맘의 평화를 얻었기 때문이다.

아내의 반응에 남편이 놀란 듯, 두 눈을 동그랗게 떴다. 아침에는 모로 섰던 눈이 이제는 편안하게 누웠다.

서쪽 하늘을 수놓은 노을이 유난히도 아름다운 저녁이다.

비록, 별들은 스러져가고 있지만…….

지금은 보고 싶다거나 그립다거나, 그런 감정은 아니고,
뭔가 연기 같은 것이 가슴에 가득 차 있어
숨을 크게 뿜어내도 시원하게 걷히지가 않아
답답한 그런 심정이다.
언젠가 만날 수 있는 날이 오면,
미안하다는 말 한마디는 꼭 하고 싶다.

결혼 이 년 후에 안 일이다.
어머니가 현아를 만나,
결혼할 여자가 있으니 경민을 단념하라고 했다는 것이다.

그날, 무슨 맘이 내켰는지 어머니가 느닷없이
현아 얘길 꺼냈었다.
시집가서 잘 사느냐고.
아내가 두 번째 유산을 한 그즈음이었다.

욕망의 유산

　요즈음은 가끔 아내가 불쌍한 생각이 든다. 아내와 함께한 세월이 흐르는 동안 그녀는 늘 자기 하고 싶은 것 다 하고 사는 팔자 좋은 여자라고만 생각해 왔었다. 그런데 어느 날 문득, 그녀의 주름진 목덜미를 보는 순간 그 속에 잠긴 깊은 슬픔의 그림자를 보았다.
　오늘은 아내의 생일이다. 경민은 생전 처음으로 장미 꽃바구니를 집으로 보냈다. 당신이 꽃 보냈느냐며 화들짝 놀라는 그녀의 목소리가 전화선을 타고 흐르는데 경민은 그렇다는 대답이 얼른 나오지 않았다.
　"여기 당신 이름 쓰여 있는데…… 혹시 다른 사람이 당신 이름으로 보낸 거 아녜요? 케티가 보냈나?"
　케티는 아내에게 삶의 등불인 외동딸이다. 그제야 경민은 멋쩍은 목소리로 자신이 보냈다고 대답했다. 한데 그 반응이 예상 밖이었다. 좋아하기는커녕 불안한 목소리로 웬일이냐고 조심스럽게 묻는 것이다.

"나한테 뭐 특별히 할 얘기라도 있어요? 평생 안 하던 짓을 하니까 이상해서 그러죠. 설마 이혼하자는 건 아니겠죠. 괜히 겁나네."

그는 어이가 없어 별소릴 다 한다는 말로 대꾸를 한 후, 일찍 들어갈 테니까 어디 가서 저녁이나 먹자면서 전화를 끊었다.

식당에 마주앉아 있으면서도 아내는 편치가 않은 기색이다. 장미꽃 때문에 그렇게 불안하냐고 경민은 싱긋이 웃으며 아내를 바라보았다.

"아녜요. 그동안 묵은 한이 다 풀렸는걸요. 실은 케티한테서 소식이 없어 좀 걱정이 돼요."

그러고 보니 케티한테서 아직 소식이 없다. 케티는 매사에 엄마를 끔찍이 위하며, 또 그들은 친구처럼 친한 사이다. 그러나 아버지인 경민에게는 아득히 먼 곳에 서 있는 딸이기에 케티 생각을 하면 늘 마음 한구석이 텅 빈 것 같다.

예전에는 별 느낌 없이 지나쳤던 사실이 요즘 들어 그를 허전하게 만들고, 어깨에 힘이 쑥 빠지면서 어딘가에 기대고 싶은 심정이 드는 것이다.

아내가 케티에게 서너 번이나 전화를 했으나 메시지만 흘러나왔다.

케티는 샌프란시스코에서 대학을 졸업하고, 계속 그곳에 머물면서 그래픽 디자이너로 일하고 있다.

그는 항상 아내로부터 딸 소식을 듣고 있으며, 스티브라는 남자 친구가 생겼다는 이야기도 최근에 들었다. 말이 없고 무심한 남편에게 아내는 딸에 대한 일들을 아주 상세하게 보고를 한다. 또한 주위에서 일어나는 얘기도 곧잘 한다.

"지난번에 갔을 때, 뭐가 잘 안 되는 것 같았어요. 스티브가 여자들한테 너무 인기라 케티가 속이 많이 상한가 보던데, 깨지기라도 했나?"

"깨졌으면 잘됐지 뭐. 여자관계 복잡한 애는 안 돼."

"누가 여자관계 복잡하다고 했나요? 여자애들한테 인기가 있다고 했지. 여자들이 따라도 다 자기 하기 나름 아닌가요?"

아내 말이 맞는지도 모른다. 그에게도 결혼 전엔 따르는 여자들이 많았으나 여자관계가 복잡하지는 않았다. 지금도 마찬가지다. 다만 사업을 너무 크게 벌여놓아 항상 바쁘고 출장이 잦아 가정에 충실할 수 없는 것이 흠이다. 일에만 몰두하는 성격 때문이기도 하다.

아내는 자신이 반하기나 한 것처럼 스티브에 대한 말을 줄줄 이어갔다. 나이는 케티보다 네 살이 위였다. 아내는 나이도 딱 알맞다면서 천생연분을 만났다고 미리부터 좋아서 야단이었다. 유학생으로 미국서 만나 결혼을 한 부모는 둘 다 의사로 아버지는 외과 전문의이고 어머니는 산부인과 전문의였다.

본인도 의사로 지금 샌프란시스코 의대에서 일하고 있으니, 그만하면 최고 신랑감 아니냐고 아내는 미리부터 좋아서 야단이었다.
"의사면 최고 신랑감이야?"
경민의 목소리에 짜증이 잔뜩 묻었는데도 아내는 케티에게만 신경이 쏠려 있었다. 자신의 생일 파티에도 아랑곳없어 보였다. 기분이 씁쓸했다. 괜히 안 하던 짓을 한 번 해보려고 한 자신이 우습기까지 했다.

케티가 태어나기 1년 전쯤에 미국으로 주거지를 옮긴 경민은 엘에이 근교 우드랜드힐에 보금자리를 꾸몄다.
자연스럽게 일어나는 삶의 향기가 온 동네에 서려 있는 곳이다. 태양의 따스한 손길이 있었고 바람의 싱그러운 속삭임이 있었다. 푸른 하늘에 두둥실 떠 있는 한 조각의 흰 구름은 참으로 여유로웠다. 온통 초록의 잎으로 하늘을 찌를 듯이 뽐내며 서 있는 가로수들, 융단처럼 집 앞을 장식하고 있는 새파란 잔디를 보면 그는 활기에 차, 저절로 힘이 솟았다.
더구나 소나무만큼이나 커다란 나무에 꽃망울들이 도란도란 서로를 감싸 안고 한 뭉텅이씩 달려 있는 보라색의 자카란타는 정말 신기했다. 각양각색의 색깔로 나지막하게 피어 있는 이름 모를 꽃들도 너무나 예뻤다.
그런데 요즘은 모든 것이 다 시들하다.

귀가하는 차 안에서도 연신 딸한테 전화를 걸더니 거실에 들어서기가 바쁘게 아내는 집 전화부터 점검을 했다. 그리고 제로라는 메시지 넘버를 보는 순간, 안절부절못하며 옷도 갈아입지 않고 수화기를 들었다. 마침 통화가 되었다.

"그랬구나. 스티브랑 연극 관람 중이었구나. 전화를 안 받기에 난 또 무슨 일이 있나 하고 걱정했지."

아내는 금세 평안을 되찾은 밝은 목소리로 장미꽃 이야기에서부터 이탈리아식당에 가서 맛있는 바다가재를 먹었다고 경민을 한껏 추어주었다.

케티가 아버지를 바꾸란다면서 아내가 수화기를 내밀었다. 지금까지 없었던 일이다. 어쩌다가 아버지가 먼저 전화를 받았을 때도 케티는 별말 없이 엄마를 바꾸라고 했었다.

"요새 너무 바빠서, 그만 엄마 생일을 깜박 잊어버렸어요. 엄마한테 장미꽃 선물하고, 식사도 같이하셨다니 너무 기뻐요. 아빠한테 그런 면이 있는 줄은 정말 몰랐어요. 고마워요. 아빠."

케티가 지나치게 감격해 경민은 좀 멋쩍었다. 딸한테서 고맙다는 말을 듣는 것도 이상했다. 그러나 식당에서부터 내내 씁쓸했던 감정이 딸의 말 한마디에 말끔히 가셨다.

그간 아내에게 얼마나 무심했으면 딸한테서 이런 소리를 들어야 하나 하는 생각이 들며 딸하고 가까워지려면 아내에게 잘해야겠다는 것을 새삼스레 느꼈다.

"나보다 케티가 더 좋아하네. 장미꽃 한 다발에 온 집안에 웃음

꽃이 피었어요. 스티브하고는 별일 없대요. 어째 일이 잘될 것 같은 예감이 드네요."

그날 밤, 아내는 곧 샌프란시스코로 가서 스티브도 만나보고 그의 부모도 한 번 만나볼 참이라고 했다. 경민은 장인 장모가 일사천리로 진행시킨 자신의 결혼에 얽힌 일들을 되돌아보며 아내에게 물었다.

"둘이서 결혼 약속이라도 했대?"

"아직 그런 말은 없었지만, 결혼까지 가도록 추진을 해야죠."

"너무 서두를 것 없어. 그쪽 부모는 결혼이 확정된 후에 만나도 돼."

"당신, 케티가 지금 몇 살인지 알기나 해요? 서른이 넘었다고요? 도대체 결혼할 생각을 안 해 얼마나 걱정했는지 알아요? 좋은 짝 만났을 때 빨리빨리 서둘러야 돼요."

"서두를 것 없어. 아직 멀었어."

"아직 멀었다고요? 하나밖에 없는 딸한테 아버지라는 사람이 왜 그리 무심하죠? 당신은 그냥 가만히 계세요. 내가 다 알아서 할게요."

아내는 이야기를 하다 말고 갑자기 화제를 바꾸었다.

"왜, 그 헨콕팍에 사는 오 사장 있죠? 그 집 딸이 드디어 결혼하겠다고 해 경사가 나긴 났는데, 남자 집안이 너무 볼 게 없다는 거예요. 한데 소문을 들으니 2년이나 동거를 했다고 그래요. 그러니 허락 안 할 수 있겠어요? 딸애가 인물도 좋고, 똑똑해 은행장 집에서 탐을 냈거든요. 얼마 전에 미주은행에 새로 취임한 사람, 당신도 알죠? 그 집 아들이 변호산데, 하버드 법대 나온 수재래요. 그러니 미세스 오가 얼마나 속이 상했겠어요?"

아내 성격에 동거를 했다는 사실을 그냥 넘어가 버려 조금 의아했는데, 정작 본인은 착실하고 똑똑하며 예의도 바르고 심성도 곱다고 칭찬을 아끼지 않았다. 그는 무심코 한마디를 던졌다.

"본인 하나 괜찮으면 됐지 뭘 그리 따지고 그래."

언뜻 한 여자의 슬픈 얼굴이 섬광처럼 뇌리를 스치고 지나갔다.

'본인 하나 괜찮으면 돼?'

경민은 얼굴이 화끈거렸다.

그 며칠 후, 아내는 샌프란시스코로 떠났다. 텅 빈 집에 들어오니 왠지 쓸쓸하다. 불을 켰다. 고개를 들어 크리스털 샹들리에의 불빛을 올려다보았다. 휘황찬란한 빛깔이 눈이 시리도록 아름답다. 영롱하게 한 알 한 알 반짝이는 불빛이 눈물처럼 차오르며 집 안을 밝혔다. 아내가 구입한 비싼 그림들, 조각들이 멀뚱멀뚱 그를 바라보았다.

이제 이 집도 곧 처분해야한다. 미련은 조금도 없고 도리어 홀가분한 기분이다. 커다란 액자 하나가 정면으로 그를 향해 다가왔다. 평상시에는 무심코 지나쳐버린 가족사진이다. 부부에 딸 하나, 너무 단출하다고 느껴진다.

가족이라는 단어가 새삼스럽게 가슴에 닿는다. 가족이란 늘 가까이에서 마주보며 함께 생활하는 사람인지라 흔히 소중함을 잊고 지낼 수도 있다. 그가 그랬다. 순간, 아내와 딸이 곁에 없는 세상을 상상하니 갑자기 눈앞이 캄캄해졌다.

 자리에 누웠으나 잠을 이룰 수가 없었다. 한 여자의 모습이 점점 또렷해지며 그를 과거의 추억 속으로 이끌어갔다. 정말 오랜 세월 동안 까맣게 잊고 살아온 여자다. 케티의 결혼 문제로 아내와 이런저런 얘길 하다 보니 언제부터인가 그녀가 언뜻언뜻 떠올랐다.
 하얀 파도가 바위에 부서지며 그의 가슴속으로 밀려들었다.
 "파도 소리 들리는 쓸쓸한 바닷가에 나 홀로 외로이 추억을 더듬네……."
 자신의 노래 소리가 멀리서 희미하게 들려왔다. 노래 소리는 점점 가까워졌다. 그때 그녀는 "어머나 어쩜, 가수보다도 노랠 더 잘 불러요." 하고 그의 팔에 매달리며 마냥 행복해했다.
 그녀와 함께 바닷가를 거니는 아련한 모습이 한 폭의 그림이 되어 눈앞에 펼쳐졌다. 이제는 노랫말 그대로 나 홀로 추억을 더듬고 있는 경민, 그는 추억 속으로 달려가고 있었다.
 "그대 내 곁을 떠나 멀리 있다 하여도……."

 오현아, 경민은 그녀랑 3년 남짓 사귀었다. 친구들이 하얀 코스모스라고 별명을 붙여준, 얼굴이 유난히도 하얗고 예쁜, 가녀린 몸매의 여자였다. 그녀는 어릴 때 교통사고로 부모를 여의어 할머니 손에서 자랐다.

  할머니가 온갖 정성을 다해 손녀딸을 키웠으나 그 당시에 치매 증세가 있어 경민을 봐도 누군지 알아보질 못했다. 간병인이 스물네 시간 붙어 있었지만 현아는 할머니를 지극 정성으로 보살핀 참으로 착한 여자였다. 대학원에 입학하자마자 만난 그들은 동급생이었다.

  어머니는 처음부터 현아를 탐탁지 않은 눈으로 보았었다. 집에선 되도록 그녀 이야기를 피했고, 눈치 빠른 어머니가 가끔 물을 때는 그냥 친구라고 얼버무렸다. 기회 봐서 부모님을 꼭 설득하리라 생각했었으나 어머니의 반대는 상상을 초월할 정도로 강했다. 결혼 말은 본인끼리도 오간 적이 없는데, 현아와의 결혼은 절대로 안 되니 더 깊어지기 전에 끝내라고 했다.

  그때 이미 그의 부모는 며느릿감을 정해 놓고 있었다. 무역회사를 경영하는 김 사장의 딸로, 바로 지금의 아내다. 김 사장은 공직에 있던 아버지와 가까운 사이기도 했다.

  경민은 대학원 재학 중에 이미 김 사장 회사에 스카우트가 되었고, 졸업 후에는 굴지의 기업들이 손을 내밀었으나 그는 김 사장을 선택했다. 아버지의 권유도 한몫을 했었다. 그즈음의 아내는 대학을 갓 졸업하고 사회에 첫발을 내디딘 새내기였다.

  어머니가 마련한 자연스러운 자리에서 아내를 처음 만났고 아내 쪽에서 더 적극적으로 다가왔었다. 현아가 하얀 코스모스라면 아내는 붉은 장미였다. 너무나 조용하고 소극적인 현아에 비해 온몸으로 열기를 내뿜으며 잡아당기는 아내에게 끌렸고 지나치게 사려가 깊은 현아보다는 단순한 아내의 성격이 좋기도 했다. 재잘재잘 말도 잘해 귀엽기도 했다.

한 번은 현아에게 '날 좀 꼭 붙잡아달라고' 말했으나 그 반응은 냉랭했고, 왜 그런 말을 하느냐고 묻지도 않아 그녀의 마음을 헤아릴 수가 없었다. 그를 붙잡으려는 기색이 손톱만치도 없어 보였다. 그러나 그때, 거기에는 그럴 수밖에 없었던 이유가 있었던 것을 그는 몰랐다.

그의 발길은 자연히 현아에게서 멀어져갔다. 약속을 어기고도 연락을 안 했으나 그녀로부터는 아무런 반응이 없었다. 흐지부지 소식이 끊어져버린 것이다.

한때는 서로 사랑했으나 그들은 '잘 있어라, 잘 가라'라는 말 한 마디 없이 헤어졌다. 그냥 지나치다 옷깃을 스친 사람들 모양 뒤도 한 번 안 돌아보고 제 갈 길을 간 것이다.

한데, 그 몇 달 후, 어느 날, 그들은 명동에서 우연히 마주쳤다. 그날 밤, 현아는 이상하게도 그녀답지 않게 그를 놓아주지 않았다. 그리고 그의 품을 파고들었다. 늘 몸을 도사리며 애를 태우던 그녀였는데 그날 밤은 달랐다.

현아는 곧 프랑스로 유학을 간다면서 모든 추억들은 한국 땅에다 버리고 떠날 것이라 했다. 이제 할머니도 돌아가셨으니 한국에는 아무 미련도 없다며 돌아오고 싶지 않다고 했다. 할머니가 돌아가셨는데도 자신이 몰랐다는 사실에 경민은 씁쓸한 기분이 들었다.

현아는 프랑스에 그냥 눌러앉아 살고 있는지도 모른다. 그림을 전공한 그녀는 워낙에 예술 감각이 뛰어나 대학 재학 중에 이미 국전에서 특선을 했고, 대학원 때에는 파리에서 열린 어느 권위 있는 대회에서도 동양인으로서는 처음으로 입상을 해 미술계를 떠들썩하게 했었다. 지금쯤은 아주 유명한 화가가 되었을 것이다.
그러나 40년에 가까운 세월이 흘렀건만, 그녀의 소식은 바람결에도 들리지 않았다.

집으로 돌아온 아내는 스티브 칭찬에 여념이 없었다.
"애가 참 괜찮더라고요. 성격이 서글서글한 게, 예의도 바르고, 미국에서 태어났는데도 어찌나 한국말을 잘하는지 깜짝 놀랄 정도였어요. 케티만큼 잘하더라고요. 키도 크고 어찌나 잘 생겼는지 영화배우 같았어요."
미국에서 태어난 딸이지만 아내가 정성을 들인 보람이 있어 그녀는 통역을 할 만큼 한국어에 능통하다. 한창 이야기를 늘어놓더니 아내는 사진 한 장을 내놓았다. 스티브의 논문이 어느 학술지에 뽑혀 시상식을 겸한 연회가 있었을 때, 그의 부모님과 동생들, 그리고 케티도 참석하여 다 같이 찍은 사진이었다.

아버지 어머니 둘 다 아주 인상이 좋고 동생들도 무던해 보였다. 그중에서도 스티브가 인물이 빼어났다. 곁에 선 케티랑 아주 잘 어울렸으며 활짝 웃는 모습이 낯설지가 않고 어디서 본 듯한 친밀감이 가는 얼굴이었다.

사진을 들여다보며 경민은 자신이 스티브의 부모를 부러워하고 있는 사실을 깨닫고 좀 놀랐다. 아들이 셋씩이나 있으니 얼마나 든든하고 좋을까 하는 생각을 했기 때문이다. 아내는 두 번이니 유산이 된 후 아주 어렵게 케티를 낳았다.

두 번 유산 후, 아이가 생기지 않아, 본인들보다는 부모들이 더 걱정을 했는데, 미국으로 거주지를 옮긴 그해에 임신이 되어 케티를 낳은 것이다. 결혼한 지 4년 만이었다. 미국물이 좋아서였나 보다고 다들 기뻐했으나, 그러나 그 후에는 더 이상 아이를 갖지 못했다.

그는 딸 하나 있는 것으로 만족했고, 남의 아들을 부러워해 본 적은 한 번도 없었다. 스티브를 보자 내게도 이런 아들이 하나 있었으면 하는 생각이 들어 자신도 의아할 정도였다. 이런 감정은 정말 처음이었다.

둘이 서로 사랑하는 것이 역력히 눈에 보였고, 스티브가 케티 아파트에 자주 들러 한국 음식을 즐겨 먹는다면서, 아내는 딸 음식 솜씨가 는 것까지 스티브의 공으로 돌렸다. 스티브 부모 만나는 것은 뒤로 미루었다고 하면서도 아내는 어서 빨리 결혼을 했으면 하고, 딸에게 자주 묻곤 했으나 그 후로는 별 진전이 없는 것 같았다.

한데, 그 두어 달 후 케티가 휴가를 받아 집에 왔다. 한 여자애가 끼어들어, 둘이서 다투었다는 것이다. 정말이지 아이들 일은 한 치 앞을 내다볼 수 없었다. 결혼은 자기한테 꼭 적합한 남자를 만나 할 테니 아무 걱정하지 말라고 속상해하는 엄마를 케티가 도리어 위로했다. 그렇다면 스티브는 케티한테 적합한 신랑감이 아니란 말인가?

"사귀다가 싸울 수도 있죠. 그러다가 화해하면 전화위복이 될 수도 있을 거예요."

한 여자가 끼어든 심각한 상태인데도 아내는 희망을 버리지 않았다. 끼어든 여자애는 의대에 갓 입학한 신입생이었다.

"케티 말이 여자들이 스티브한테 걸 프렌드가 있는 것을 뻔히 알면서도 꼬리를 친대요. 그리고 스티브는 그 애들한테 다 잘해 주고요. 지난번에는 약속을 어기고도 전화 한 통화 없더니, 한참 만에야 그날 너무 바빴다고 그러더래요. 눈치를 보아하니 그 의대생이랑 만나는 것 같다면서 스티브가 맘이 변했다고 눈물을 글썽였어요. 생각해 보니까 스티브가 자기를 좋아한 것 같지도 않대요. 그러면 스티브를 붙들고 자기 맘을 표시하고 따질 것 따지고 할 말을 하고 그래야지, 애가 왜 그리 답답한지 모르겠어요."

아내는 딸을 붙들고 누누이 설득을 했다. 속에 있는 말을 다 터놓으라고.

하지만, 케티는 스티브가 점점 멀어져가는 것이 눈에 선히 보여, 속을 터놓았다가는 더 멀리 사라져버릴 것만 같아 자신이 없었다. 사귈 때부터 이런 일로 속을 썩이는 남자, 결혼 후에도 그럴 수 있다. 그녀는 그와 결혼을 하면 평생을 눈물로 세월을 보낼 것 같은 불길한 예감이 들어 맘이 혼란스러웠다. 자신감은 자꾸 없어져 가고…….

경민은 차라리 깨지는 것이 케티의 장래를 위해서는 다행한 일일 것 같았다. 그러나 아내는 조금도 흔들리지 않았다.
"이럴 때일수록 적극적으로 나가 스티브를 붙잡아야 하는데, 도대체 누굴 닮아 맘이 저렇게 약한지 모르겠어요. 내 딸이지만 나 닮은 데라곤 하나도 없다니까."
다시금 현아가 눈앞에 떠올라 눈을 한 번 질끈 감았다가 뜨니, 아내가 그를 빤히 바라보며 말했다.
"우리 사귈 때 말예요. 당신, 얼마나 미지근했는지 알아요?"
아내와 남편은 같은 시각에, 같은 시간대의 추억 속으로 되돌아갔으나 둘은 각기 다른 길목에 서 있었다.

그 마지막 날 밤의 기억이 어젯밤 일같이 눈앞에 펼쳐지며 또다시 그녀가 그의 품속을 파고들었다. 지금 와 생각하니 모두가 다 아름다운 추억들이다. 찻집에 앉아 음악을 들어도, 또 어디를 가더라도 현아와 같이 있다는 그 자체가 행복이었다. 찻집의 분위기는 생동감에 가득 찼고, 실내에 흐르는 피아노의 선율은 한없이 명쾌했다.

밤이 되면 그녀를 집으로 보내야만 하는 것이 괴로웠다. 대문 앞까지 와서도 들여보내지 못하고 한참이나 담벼락에 기대서서 그녀를 안고 있었다.

지금은 보고 싶다거나 그립다거나, 그런 감정은 아니고, 뭔가 연기 같은 것이 가슴에 가득 차 있어 숨을 크게 뿜어내도 시원하게 걷히지 않아 답답한 그런 심정이다.

언젠가 만날 수 있는 날이 오면, 미안하다는 말 한마디는 꼭 하고 싶다. 결혼 2년 후에 안 일이다. 어머니가 현아를 만나, 결혼할 여자가 있으니 경민을 단념하라고 했다는 것이다.

그날, 무슨 맘이 내켰는지 어머니가 느닷없이 현아 얘길 꺼냈었다. 시집가서 잘 사느냐고. 아내가 두 번째 유산을 한 그즈음이었다.

어머니 앞에서 고개를 숙이고 앉아 있는 현아의 모습이 어른거린다. 그 모습을 그는 눈에 본 듯이 선명하게 그려낼 수 있다. 마음이 여린 현아가 엄청난 상처를 입었을 것은 뻔한 사실이다. 하고 싶은 말도 못 하고 할 말도 못 하는 현아다. 그 답답함이 가끔은 경민을 힘들게 했었다.

그가 갈팡질팡하며 '날 좀 꼭 붙잡아 달라'고 괴로워했을 때도 그를 붙잡지 못한 현아, 암말 못하고 돌아서야 했던 그 마음속엔

피눈물이 흐르고 있었을 것이다.

　부모 앞에서는 태연한 척했지만 케티는 울었다. 아내 역시 눈물을 삼키며 딸의 눈치를 살폈다.

　그렇게 며칠이 지난 후, 하루는 케티가 화사하게 차리고 경민의 사무실엘 들렀다. 근처에 볼일이 있어 나왔다가 그냥 들러본 것이라면서 약간은 멋쩍어했다. 그리고는 의자에 앉자마자 뜻밖의 이야기를 꺼냈다.

　그동안 아버지한테 너무 무심했다면서 죄송하다는 것이었다. 사업에 바빠 동분서주하는 아버지를 이해 못 하고, 어릴 적엔 아빠랑 손잡고 가는 아이들이 너무 부러워 그를 많이 원망했다고 한다. 경민도 딸에게 무심했던 지난날을 사과했다. 조금 전까지만 해도 어려워져가고 있는 회사 때문에 어깨가 짓눌렸으나 점점 가뿐한 기분이 되었다.

　항상 멀게만 느껴졌던 딸이 이제야 조금씩 가까워지는 것 같아 벅차오르는 기쁨에 콧잔등이 찡했다. 딸이랑 둘이 이렇게 마주앉았다는 자체가 그에게는 행복이었다.

　케티는 자연스럽게 스티브에 관한 쪽으로 화제를 이끌어갔다. 스티브와의 관계가 어찌 되었던 간에 그는 딸이 아버지한테 마음을 열었다는 것이 기뻤다.

　"이쯤에서 제가 마음을 접고 정리를 하는 것이 현명한 판단이라 생각이 들어요."

　태연하게 말은 하면서도 케티의 눈에 언뜻 눈물이 비쳤다. 스티브를 깊이 사랑하고 있음이 틀림없었다.

 그의 머릿속에는 지금 자신의 젊은 시절이 영화필름처럼 돌아가고 있었다. 케티가 아닌 현아와 앉아 있는 듯한 착각에 그는 현기증을 느꼈다.

 그러던 중, 스티브와 화해가 되었다는 소식을 들었다. 그가 단단히 사과를 한 후, 적극성을 띠고 케티에게로 바짝 다가온 것이다. 냉각기를 가지면서 스티브는 자기가 케티를 사랑하고 있다는 것을 절실히 깨달았고, 그녀가 훌쩍 떠나버리고 나니 모든 것을 다 잃어버린 것같이 허전했다고 한다.

 끼어들었던 의대생 하고도 물론 정리가 되었다. 마음을 접으려고 했던 그녀도 시간이 가면 갈수록 그리움만 더해가 도저히 헤어질 수가 없었다. 아내 말대로 전화위복이 되어 그들은 서로의 사랑을 확인하게 된 셈이다.

 둘 사이가 급진전했고 또 스티브의 부모도 케티가 아주 마음에 들어 하루속히 결혼했으면 한다는 것이다. 아내는 좋아서 야단이었으나 경민은 기분이 떨떠름했다. 정지해 있던 기차가 갑자기 쏜살같이 막 달리고 있어 탈선이라도 할 것 같아 불안했다.

 일은 일사천리로 진행되어 그쪽에선 결혼 확정이 다 되었으며, 스티브가 딸 아파트에 매일 들러 저녁을 먹는다는 말을 아내로부터 들었다. 주말엔 아예 같이 지내는 것 같다는 말도 슬쩍 흘렸다. 스티브의 친한 친구 결혼 때에는 하와이에도 같이 가서 며칠을 머물렀다고 한다.

이제 곧 스티브가 인사를 하러 엘에이로 온다고 했다.

그런데 한 가지 문제가 생겼다. 스티브보다 한발 먼저 집으로 온 케티가 놀라운 사실을 털어놓은 것이다.

"스티브가 꼭 말씀을 드리라고 해서 얘기하는 건데요……. 이 일로 인해 우리 결혼을 반대하지 마시고 꼭 승낙해 주셨으면 좋겠어요."

반대를 하다니? 이해할 수 없는 말이었다. 엄마가 절실히 원한 결혼이라는 것을 누구보다도 케티 자신이 잘 알고 있잖은가? 도대체 무슨 일이 생겼단 말인가?

"저는 암말 말자고 그랬는데, 스티브가 그랬어요. 부모님을 속이면 안 된다고요."

속이다니? 무슨 비밀이 있단 말인가? 아내는 너무 답답해 안달을 했다.

"실은 스티브 지금 부모님은 친부모가 아니에요. 낳자마자 바로 입양이 됐어요."

상상조차 못 했던 의외의 말에 무거운 둔기로 한 대 얻어맞은 듯해 기분이 멍해졌다. 어이가 없어 둘이서 얼굴을 마주보는데 케티가 잔잔하게 그 뒷말을 이었다.

이야기는 36년 전으로 거슬러 올라간다. 이곳 미국에서 어떤 한국 여자가 아기를 낳다가 그만 세상을 떠났다. 유학생이었는데, 남편도 죽어 이 세상에 없는 사람이라 아기는 유복자였다. 상상조차 못 한 돌발 사고였다. 병원 측에서도 의사도, 물론 본인도 전혀 예측 못 한 일이 발생한 것이다. 죽음은 그렇게도 올 수 있는 현실이었다.

그리고 아기 엄마는 연고자가 아무도 없어 화장으로 처리가 되었다. 담당 의사는 아니었으나 마침 그때 스티브 어머니가 그 병원에 근무하고 있었다. 같은 한국 사람인 까닭인지 그녀는 아기 엄마에게 자꾸 관심이 갔고 항상 혼자였던 외로운 여자였기에 더 마음이 쓰였었다.

그리고 그 당시 결혼한 지 1년이 지났었지만, 아이를 가질 계획이 없었는데 그녀와 그녀의 남편은 한마음이 되어 눈도 채 뜨기 전에 천애고아가 되어버린 그 아기를 입양한 것이다.

스티브는 자신이 입양되었다는 사실을 전혀 몰랐었다. 언젠가는 꼭 말해주려고 했었는데, 이제 그때가 된 것 같다면서 어머니가 자신의 출생에 대한 이야기를 들려주었다. 그는 모든 사실을 담담하게 받아들였고 진실로 그들에게 고마워했다.

아내는 그의 착하고 솔직하며 긍정적인 됨됨이를 칭찬하면서 감탄을 했다. 애초부터 스티브한테 홀라당 반해 있던 아내라 아무런 조건도 거슬리지 않는 모양이었다.

하지만 경민은 기분이 매우 찜찜했다. 왠지 그는 처음부터 그랬다. 낳은 부모가 누군지도 모르니 지금은 더 그렇다. 그러나 이제는 인정하지 않으면 안 되는 현실이 돼버렸다. 그도 딸의 선택을 존중해야 한다는 결심을 굳혀야만 했다.

드디어 스티브가 엘에이에 온다고 해 아내는 무척이나 흥분했다. 케티한테 스티브가 좋아하는 음식을 물어가며 며칠 전부터 메뉴를 짜고, 도착하는 날은 온종일 저녁 준비에 정신이 없었다.

사내 얼굴이 유난히 해맑았다. 한마디로 귀공자 타입이었다. 아내 말대로 미국 태생인데도 어찌나 한국말이 유창한지 놀랄 지경이었다. 존댓말도 완전하게 구사했다. 외모도 빼어나고 말솜씨도 좋아 여자들이 많이 따르게 생긴 건 사실이었다.

저녁을 먹은 후 모녀가 부엌에서 설거지를 하는 동안, 그들은 세상사는 이야기에 화제의 꽃을 피웠다. 의사 공부 외에도 다방면으로 박식해 말이 잘 통했다.

여자 친구의 아버지를 처음 만난 자리인데도, 그는 조금도 어색해하지 않고 아주 자연스럽게 이야기를 이어갔다. 그 태도가 지나치게 사교적인데도 거부감이 일지 않고, 경민 역시 금세 친근감이 생겨 슬슬 스티브가 좋아지기 시작했다.

스티브의 이야기를 들으면서 경민은 그가 참 건전하게 잘 자랐구나 하는 생각이 들었다. 어머니는 의사 노릇을 포기하고 아들 셋과 남편 뒷바라지만 하다가 막내가 대학에 간 다음부터는 어느 자선 의료단체에 소속되어 부인들에게 봉사하고 있었다. 경민은 부끄러웠다.

그동안 속세의 욕망에만 집착하며 살아온 것 같아 텅 빈 마음에 허허로운 바람이 일었다. 곧 빈손으로 돌아설 날이 다가오고 있다. 그러나 부는 잃었지만, 더 귀중한 것을 얻은 기분이라 움츠렸던 가슴이 활짝 펴지며 따스해졌다.

  한없이 치솟기만 하는 욕망 때문에 성공에 다다를수록 목이 말랐던 경민이다. 이제야 시원한 물을 벌컥벌컥 마음껏 들이켤 수 있을 것 같다. 갑자기 스티브가 뜻밖의 말을 했다.

  "참 이상해요. 케티 아버지를 처음 뵙는데도 낯설지 않고 오래도록 안 사람 같아요."

  경민도 마찬가지였다. 사진을 처음 봤을 때도 그랬고, 집에 들어설 때도 처음 보는 사람 같지 않고 눈에 익어 인상이 좋아서 그런가 보다고 생각했다. 혹시 어디서 만난 적이라도 있나 하고 생각을 해봤으나 둘 다 그런 기억은 없기에 서로 마음이 통했나 보다고 그들은 흐뭇해하며 껄껄 웃었다.

  그런데 아니었다. 활짝 웃는 스티브의 얼굴에 갑자기 한 여자의 얼굴이 겹쳐졌다. 현아다. 현아의 그림자를 보았다. 그러고 보니 눈매가 현아를 쏙 뺐다. 말이 없고 고요한 성격의 소유자였기는 했지만 소소한 일에도 그녀는 잘 웃었다. 웃을 때가 제일 예뻤다. 활짝 웃는 모습은 뭐라고 형언할 수조차 없는 아름다움으로 그의 마음속에 스며들었다.

  가슴이 두근거리기 시작했다. 세상엔 닮은 사람도 허다하다는 생각을 하면서 현아 때문에 요즘 괜히 심란하다 보니 또 그녀가 눈앞에 어른거려서겠지 하고 넘겨버리려고 하는데도 가슴은 계속 두근거렸다.

욕망의 유산   **81**

스티브는 자기가 입양된 이야기로 자연스럽게 화제를 이어갔다.

"저를 낳은 그분은 아주 착하고 아름다운 여자였었는데 저를 낳다가 세상을 떠나셨다고 합니다."

스티브는 자기를 낳아준 어머니를 그분이라고 불렀다.

"그림을 그리는 분이었는데……."

'그림'이라는 첫마디에 두근거리던 가슴이 더 빨리 뛰기 시작했다. 아니야. 그럴 리가 없어. 현아는 미국이 아닌 프랑스로 유학을 가지 않았는가? 그리고 세상에 그림 그리는 여자가 어디 한둘인가?

"저를 입양한 다음에 그분 지도교수가 어머니께 많은 얘기를 들려주셨는데, 굉장히 천재적인 소질을 가지고 있어 앞길이 촉망되는 분이셨다고 합니다. 그렇게 세상을 떠나버려 참 아까워했다고 하셨어요."

스티브의 말이 계속될수록 사실은 점점 확실해지고 있었다.

"대학교 다닐 때 이미 국전에 특선을 했고 또 파리에서 열린 그림대회에서도 큰상을 받았다고 했어요."

그다음 그의 입에서 나온 '프랑스'라는 말은 경민을 순식간에 절벽 끝으로 밀어붙였다.

"처음엔 프랑스로 유학을 가셨다고 해요. 그런데 프랑스에 가자마자 지도교수가 이곳 미국에 교환교수로 오게 되어 특별 케이스로 그분도 같이 오시게 됐다고 합니다."

그렇다면 혹시?

친아버지는 분명히 죽었다고 했는데도 다른 남자와 결혼을 해서 낳은 아이일까 하는 그런 생각은 들지도 않았다. 현아의 아들이라고 느끼자 바로 그 순간, 불길한 예감이 엄습하며 온몸에 소름이 훑고 지나갔다.

"케티보다 네 살이 위라고 했나? 그럼 생년월일은?"

경민의 질문이 연거푸 터졌다.

스티브가 뭐라고 말을 하는데 입술 모양만 눈에 들어오고 소리는 귀에 들어오지 않았다. 귀 안에서 '위이잉……' 하는 소리가 갑자기 그를 덮쳤기 때문이다. 그러나 4월이라는 소리는 어렴풋이 들렸다. 명동에서 우연히 마주쳤던 그 마지막 날 밤을 생각했다. 그날이 언제였는지는 정확히 기억이 안 나지만 무더운 여름인 것만은 확실했다. 다시 한 번 불길한 생각이 세찬 파도처럼 강하게 밀어닥쳤다.

"이상하게도 그분 이야기를 들은 후부터 케티가 더 가깝게 느껴졌습니다. 전공이 아트인 것도 같고, 어머니 말씀이 케티가 그분과 비슷한 데가 있다고 했어요. 그래서인지 케티랑 둘이 다니면 사람들이 그랬습니다. 많이 닮았다면서 진짜 오빠 같다고요."

'진짜 오빠 같다.'라는 소리가 가슴을 후비며 뼛속까지 파고들었다. 순간적으로 자기 아들일지도 모른다는 느낌이 활활 타오르는 불길처럼 온몸을 휩쌌고, 어느새 그 느낌은 확실하게 굳어지고 있었다. 아니 확실했다.

이런 것을 두고 운명의 장난이라고 하는 것일까? 하고많은 사람 중에 왜 하필이면 스티브란 말인가? 아! 이 일을 어찌해야 하나?

스티브가 친어머니에 관해서만 언급을 해, 친아버지는 어떤 분이었냐고 물었다. 친아버지가 죽었다는 사실을 정말로 믿고 싶었다. 그래서 현아의 아들은 확실하지만 자기 아들이 아니기를 바라는 한 가닥 실오라기 같은 희망을 걸어보고 싶었다.

그러나 그 희망이 불가능하다는 것을 그는 잘 안다. 스티브의 나이로 보아 그가 현아의 아들이면 자신의 아들임이 틀림없기 때문이다. 또 그녀가 어떤 여자라는 것을 경민이 잘 알기에 아버지가 다른 남자일 수는 없는 것이다.

"친아버지는 돌아가셨다는 것 외에는 별말씀이 없었습니다. 친아버지가 돌아가신 후, 그분은 바로 프랑스 유학을 떠나셨다고 했어요."

친아버지라는 말에 경민은 감전이 된 듯 전신이 찌릿찌릿했다. 그렇다. 그때 현아에게 경민은 이미 그녀의 가슴에 묻힌 죽은 사람이었다. 가슴 밑바닥에 구멍이 송송 뚫린 것같이 허전했다. 숨을 쉬어도 허방으로 다 새버리는 것 같았다. 맥이 탁 풀리며 귀가 먹먹해져 그는 눈을 감았다.

경민이 그녀를 죽였다. 어머니가 현아를 만나 그녀의 가슴에 비수를 던졌을 때, 그리고 그가 아내를 택했을 때 현아는 이미 두 번 죽음을 당했다. 지금은 그 육체마저 한 줌의 재가 되어 산산이 흩어져버렸다. 바람에 휘말려 저 막막한 하늘 속으로 흔적도 없이 사라지고 말았다.

이제는 미안하다는 말을 영원히 할 수 없게 돼버렸다.

안색이 좋지 않다며 어디 편찮으시냐고 묻는 스티브의 목소리가 가물가물 들렸다. 경민은 손등으로 감은 눈을 한 번 쓰윽 훔쳤다. 그리고 눈을 들어 스티브를 찬찬히 바라보았다.

저 젊은이가 내 아들이란 말인가?

스티브 같은 아들이 하나 있었으면 하던 바람이 이젠 돌이킬 수 없는 회한이 되어 그의 가슴을 저미고 있다. 딸이 스티브와 결혼을 하려 한다는 사실이 숨 가쁜 현실로 다가와 그를 까마득한 천 길만길 낭떠러지로 내몰고 있다.

마음을 가다듬고 경민은 혹시 친부모 이름을 아느냐고 물었다. 스티브가 별걸 다 묻는다고 이상하게 여길지도 모른다는 생각이 들어 잠시 망설였으나 그만 말이 나와버리고 말았다. 아버지의 이름은 모르겠지만 어머니의 이름은 알지도 모른다는 계산을 했기 때문이다.

그리고 이미 진실은 밝혀졌으나 무에서 유를 창조하는 기적도 있으니 혹시 아닐지도 모른다는 희망을 최종적으로 한 번 더 걸어보고 싶어서였다. 계산은 적중했다. 아버지의 이름은 모르지만, 어머니의 이름은 안다고 했다. 경민은 다음 말을 초조하게 기다렸다.

'어머니의 이름이 왜 궁금하세요?' 하고 묻는 듯, 자신을 빤히 바라보는 스티브를 마주볼 수가 없어 경민은 그 눈길을 피하며 앞에 놓인 냉수로 입술을 축였다. 물 잔을 쥔 손이 떨렸다. 스티브가 말을 하려고 입을 막 열려는 찰나였다. 죽음을 목전에 둔 죄수가 기적을 바라는 심정으로 그의 말을 기다리고 있는데 갑자기 아내의 음성이 들렸다.

"둘이 앉아 있는 모습이 비슷해 꼭 부자지간 같아요."

기적은 일어나지 않았고 모녀가 과일 쟁반을 받쳐 들고 다가왔다. 아내는 생글생글 웃으면서 또다시 말했다.

"근데 스티브 음성이 어쩜 그렇게 당신 목소리하고 똑같죠? 웃음소리도 너무 똑같아서 분간을 못 할 정도였어요. 그리고 보니 당신 젊을 때랑 참 많이 닮았어요. 여러 가지로 천생연분인가 봐요."

천생연분이라는 말에 정말 그렇다는 듯 스티브와 케티가 눈을 마주치며 행복한 미소를 지었다. 마주치는 눈빛에 그들의 마음이 실려 있었다.

이제는 둘 사이가 도저히 남매간은 될 수 없는 처지가 돼버렸는데, '아! 이 일을 어찌한단 말이냐?'

갑자기 천지가 진동하는 소리가 고막을 찢으며 거대한 바윗덩어리들이 사람의 얼굴을 하고 벼랑 끝에 서 있는 경민을 향해 굴러오고 있었다. 아내와 케티, 그리고 스티브와 그 부모의 얼굴이었다.

결혼을 승낙해달라는 스티브의 목소리가 아득히 먼 곳에서 희미하게 들려왔다.

졸업식에 오신다고 지금부터 야단인데 큰일 났어.
 다 들통이 날 텐데 말이야.
무슨 핑계를 대서라도 못 오시게 해야 돼.
무슨 좋은 거짓말이 없을까? 도무지 대책이 없다.
졸업을 하는 척하고 그냥 가운을 빌려 입고 쇼를 할까?
 나를 하늘같이 믿고 있는 부모님을
절대로 실망시킬 수는 없어.

부모님께는 영원히 좋은 딸로 남아야 해.
 차라리 교통사고라도 나서 부모님이 돌아가셨으면 좋겠다.
어머머, 미쳤어 내가 미쳤어.
내가 죽으면 되지 왜 그런 끔찍한 생각을?
아냐 아냐, 내가 죽으면 안 돼.
 부모님한테는 이보다 더 큰 형벌은 없어.
엄마도 자살을 해버릴지 몰라. 또 아빠는? 아빠는?

무지개 사라진 자리

제게는 언니가 하나 있습니다. 저보다 다섯 살이 위예요. 어릴 때부터 언니는 커다란 나무가 되어 내 앞에 딱 버티고 서 있었지요. 그래서 저는 햇빛을 제대로 볼 수가 없었답니다.

항상 그늘에서 비실비실 자랐어요. 날씬하고 예쁜 언니에 비해 제 모양새는 제가 봐도 아주 못났어요. 언니처럼 키도 크지 않고 살결도 곱지 못합니다. 언니는 공부도 아주 잘하지만 저는 바닥에서 헤매는 수준이에요. 그래서 심각하게 고민에 빠진 적도 있습니다.

'혹시 내가 엄마 아빠의 친딸이 아닌 걸까?' 하고요.

물론, 언니는 엄마를 쏙 빼닮았는데 나는 그렇지가 않다는 점이 그 이유가 될 수도 있겠지만 그보다 더 큰 이유가 있었어요. 잘난 자식보다 못난 자식에게 더 신경이 쓰이는 것이 부모 마음이라지만 우리 집은 그 반대랍니다. 언니는 지독히 예뻐하면서 나한테는 눈길 한번 안 주셨거든요. 엄마가 외출을 할 때도 꼭 언니만 데리고 다닙니다. 친척들이 와도 언니만 예뻐합니다.

못난 저는 그냥 슬쩍 제 방으로 숨어버리죠. 한국 살 때도 마찬가지였어요. 열 살 때 미국에 왔기 때문에 저는 한국에서의 어릴 적 기억이 아주 생생하답니다.

한 번은 이런 일이 있었습니다. 미국 오기 바로 전, 그러니까 제가 초등학교 3학년 때였어요. 아버지가 부산에서 서울로 전근이 되는 바람에 저 역시 서울 학교로 전학을 오게 되었어요. 그때가 겨울방학 중이라 개학하기 전에 미리 전학 수속은 했었답니다.

그리고 개학 첫날, 등교할 때는 애들이 주르르 학교에 가고 있었기에 그 뒤를 졸졸 따라가 무사히 학교에 갈 수 있었는데 학교 끝나고 집으로 올 때, 그만 길을 잃어버렸지 뭡니까. 지금 같으면 셀폰을 갖고 다녔겠지만, 그때만 해도 옛날이라 집 전화도 채 나오기 전이었어요.

길을 잘못 들어 이리저리 헤매다 보니 나중에는 어디가 어딘지 도저히 분간이 안 되었어요. 아주 낯선 동네까지 와버렸더라고요. 얼마나 울었는지 모릅니다. 바람까지 쌩쌩 불어 너무너무 춥고 무서웠어요. 그래서 길거리에서 그냥 막 엉엉 울었어요.

그때 어떤 아저씨가 제게 다가왔어요. 정말 고마운 분이었어요. 자초지종 설명을 했더니 그 아저씨가 저를 데리고 학교로 갔습니다. 그리고 숙직하는 선생님으로부터 주소를 받아가지고 저를 집에까지 데려다주셨어요.

그때 저는 학교로 도로 갈 생각은 못 했어요. 학교를 찾기가 어려웠으면 물어서 갈 수도 있었을 텐데, 역시 저는 머리가 잘 안 돌아가는 애였나 봅니다.

언니 같으면 분명히 그렇게 했을 겁니다. 아뇨, 언니는 길도 잃어버리지 않았겠지요.

그렇게 집에 왔는데 엄마는 너무나 태연했습니다. 학교 파할 시간이 훨씬 지났는데도 하나도 걱정을 안 한 기색이었어요. 제삼자의 입장에서 보더라도 이건 너무한 거 아닙니까? 그리고 학교에 가는 첫날인데, 갈 때만이라도 데려다줘야 하는 게 엄마의 도리 아닙니까? 물론 아버지는 퇴근 전이었지만 중학생인 언니는 버젓이 집에 들어와 있더라고요.

그들은 속으로 이렇게 부르짖고 있었을지도 몰라요.

'병신같이 왜 길을 잃어버리고 그래? 엎어지면 코 닿을 거리인데, 어떻게 길을 잃어버릴 수가 있어? 뼈엉씨--인.'

그렇지만 설마, 길을 아주 잃어버리기를 바라지는 않았겠죠? 제가 왜 이런 끔찍한 생각까지 하는 걸까요?'

미국에 온 후, 중학교를 졸업할 때까지만 해도 저는 길을 잃어버려 막 울고 다니는 꿈을 자주 꾸었어요. 꿈을 깨고 나서는 '아, 꿈이었구나. 정말 다행이야 다행. 이게 꿈이 아니고 진짜였더라면 어떡

할 뻔했지? 여긴 한국도 아니고 미국인데 참말로 큰일 날 뻔했다. 휴우— 이제 안심이다, 안심이야.' 하면서 막 기뻐하곤 했어요.

 오죽하면 꿈속에서도 '걱정 마. 걱정 마. 이건 꿈이야. 꿈이니까 괜찮아, 괜찮아." 하고 나를 위로했겠습니까? 꿈을 꾸는 중에도 어떤 잠재의식이 있나 봅니다. 그리고 꿈속의 저는 항상 초등학교 3학년 아이였어요.

 지금 저의 부모님은 마켓을 하고 있습니다. 한국에 살 때, 아버지는 넥타이 매고 회사에 다녔었는데 미국에 와서는 완전히 딴 길을 걷게 된 겁니다. 작업복을 입고 박스까지 나르며 노동을 하고 계셔요. 일에만 묻혀 친구들도 못 만나고 살아요. 동창회에도 통 안 나가시고요.

 아버지는 한국에서 남들이 다 부러워하는 일류대학을 나오셨답니다.

 별로 말이 없는 성격의 아버지이시지만 미국에 온 후로는 말이 더 없어지신 듯합니다. 물론 저하고도 별로 말을 안 해요. 할 말도 없고요. 제가 말이 없는 건 아버지를 닮았는지도 모릅니다. 그래도 닮은 게 있긴 있네요. 그 좋은 머리를 좀 닮지……. 좋은 건 언니가 다 앗아가 버려 저한테는 줄 것이 남아 있지 않았나 봅니다.

 마켓을 시작한 후, 처음에는 모든 것이 생소해 고생도 많이 하셨는데 이제는 어느 정도 자리가 잡힌 것 같아요. 제 말은 경제적으로 안정이 됐다는 뜻이에요. 고생은 역시 마찬가지고요.

일 년 열두 달, 노는 날이라고는 며칠밖에 없어 눈코 뜰 새 없이 바쁘게 살고 있으니 그게 고생이지 뭐예요?

언니는 참 이상합니다. 하나뿐인 동생인 저한테는 쌀쌀하게 굴면서 남한테는 너무너무 친절하게 잘해주거든요. 엄마 역시 마찬가지예요.

엄마는 항상 상대방을 칭찬해주고, 치켜세워 준답니다. 물론 그건 엄마의 좋은 점이기도 하지만 제 눈에는 그게 가식으로 보이거든요. 인기를 끌려고 괜히…….

어떤 때, 전화하는 것을 들으면 구역질이 나요.

"애, 너는 어째 늙지도 않고 맨날 그대로냐? 무슨 비결이라도 있니? 나 좀 가르쳐줘라."

진짜 웃겨요 웃겨. 아무 친구에게나 다 그러니까요. 그것도 두 사람의 공통점인 것 같습니다.

한국에 살 때부터 저의 집에는 친척들이 많이 들랑거렸어요. 거의 모두가 뭘 부탁하러 오는 사람들이었어요. 그렇게 부자도 아닌데 미국에 와서도 역시 마찬가지입니다. 한데 저는 그런 사람들이 싫어요.

그중에서도 엄마의 먼 친척 동생뻘이 되는 이모가 제일 싫습니다. 한국 살 때도 저의 집에 자주 들랑날랑했는데 미국 와서도 역시 마찬가지예요. 무슨 인연인지 모르겠어요. 미국에서도 가까이 살게 되었으니까요.

언니도 그 이모를 싫어하면서 앞에서는 아주 잘해줍니다. 남들한테서 착하다는 말을 들으려고 가면을 쓰고 있는 겁니다. 안팎이 완전히 따로 노는 거지요.
"소외된 사람들, 그리고 못 사는 사람들일수록 더 잘해주어야 해. 돈 꾸러 와서 눈치 보는 그 마음이 오죽하겠니?"
저는 속으로 콧방귀를 뀌었습니다. 그런 훌륭한 사고방식을 가진 언니가 어떻게 나 같은 동생 둔 것을 부끄러워할 수가 있습니까? 어릴 때부터 늘 느껴온 것이 있습니다.
부산 살 때, 같은 초등학교에 다녔어도 제가 언니 동생이라는 것을 아는 애들이 별로 없었어요. 선생님은 더 말할 나위도 없고요. 언니의 그러한 마음을 알아 저도 입을 꾹 다물고 있었답니다. 물론 학년 차가 너무 많이 난 탓도 있겠지만요.

하루는 이모가 또 우리 집에 왔었어요. 그런데 저는 그만 듣지 말아야 할 말들을 듣게 돼버렸습니다.
"쟤는 왜 저래? 손윗사람을 보고도 본체만체 지 방으로 쏙 들어가 버리네. 생긴 대로 간다더니 못생긴 게 성격도 되게 못됐어. 도대체 쟨 누굴 닮았어? 지 언니하고는 어쩜 저렇게 다를까."
이모가 이렇게 말하면 엄마가 듣기 싫어해야 하는 거 아닙니까? 자기 딸을 그렇게 말하는데 어떤 엄마가 좋아하겠습니까? 그런데 엄마의 반응은 전혀 예상 밖이었습니다. 이모의 말에 맞장구를 치는 것이었어요.

나는 이모의 말보다 엄마의 말이 더 서운했어요. 서운한 정도를 지나 가슴이 철커덩하고 천길만길 내려앉으면서, 나도 모르는 사이에 눈물이 주르르 흘렀어요. 눈물뿐이 아녜요. 내 가슴에서는 피가 철철 흐르고 있었어요. 엄마의 말이 화살이 되어 내 가슴에 콱 꽂혔거든요.

"그러게 말이다. 지 언니 반만 따라가도 오죽이나 좋겠니? 쟤만 보면 내가 울화통이 터져 못 살겠다. 창피해서 어디 데리고 다니기가 싫다니까."

말 한마디 한마디를 꾹꾹 눌러가며 차지게 뱉어내는 그 음성에는 제가 싫어 죽겠다는 감정이 잔뜩 실려 있었습니다. 엄마의 얼굴도 분명히 일그러져 있었을 것입니다. 당장 문을 박차고 들어가 엉엉 소리 지르며 울고불고할 수도 있었지만, 마음뿐이지 저는 두 번 죽어도 그렇게는 못 합니다.

그날 밤, 저는 뜬눈으로 밤을 꼴딱 새웠습니다. 그리고 내가 엄마 아빠의 친딸이 아닐 수도 있다는 생각을 더 깊이 하게 되었어요. 그러다가 또 혹시, 아빠가 다른 여자와 바람을 피워서 나를 낳아 데리고 온 게 아닐까 하는 극단적인 상상도 했습니다.

언니와 나이 차가 많은 것도 심상치 않았고요. 그러면서 엄마가 언니와 나를 어떻게 차별하나 하고 더 눈여겨보면서 계속 그 문제로 고민을 했답니다.

부모님의 시선을 끄는 방법도 모색을 해봤어요. 좋은 방향으로는 도저히 언니를 따라잡을 수가 없으니 차라리 부모의 속을 썩이는 것으로 관심을 끌어볼까? 담배를 피우고, 술을 마시고, 마약을 해볼까? 하고 별의별 상상을 다 해봤지만, 도저히 그럴 수는 없었어요.

그러다가 진짜로 엄마가 나를 버리면 어떡하나 하는 두려움이 앞섰는지도 모릅니다.

그런 세월 속에서 제가 10학년이 되었을 때, 제 인생에 햇빛이 들기 시작했습니다. 우연한 기회에 집 근처에 있는 한국학교에 다니게 되었어요. 그때도 엄마는 "너는 한국말도 잘하는데 뭣 하러 한국학교엘 다녀?" 하시고는 미간에 주름을 잡으면서 제게 실망을 안겨주셨지요.

그곳에서 저는 난생처음으로 칭찬이라는 것을 들어봤습니다.

'아, 제가 칭찬을 듣다니요…….'

정말 꿈만 같았습니다. 10년 동안이나 학교에 다녔으나 선생님으로부터 칭찬 한 번 들은 적이 없는 저예요. 눈을 닦고 찾아봐도 잘하는 것이라고는 정말 하나도 없는 저입니다. 이모 말씀대로 저는 얼굴도 못났지만 성격도 되게 못돼 먹은 애였어요. 사람들을 무조건 싫어했으니까요.

그런데 한국학교 선생님께서 저를 칭찬해주신 겁니다. 사실, 칭찬을 들을 만큼 뭘 특별하게 잘한 것도 아니었어요. 수업 태도가 좋고 착하다는 거였어요. 그리고 한국말을 잘한다는 것을 상당히 높이 평가해 주셨습니다.

열 살 때 미국에 왔으니까 한국말 잘하는 것은 당연한 일 아닌가요? 아마도 제게는 칭찬할 만한 것이 너무 없었기 때문인지도 몰라요. 그래도 기분이 참 좋았습니다.

제게 조금이라도 변화가 생겼을 땐, 바로 알아보시고 한마디씩 해주셨어요. 머리 잘랐을 때는 물론이고 헤어스타일이 약간 바뀌어도 금세 알아보셨어요. 늘 까만색이나 청바지만 입다가 좀 밝은 색의 옷을 입어도 저한테 더 어울린다고 격려해주셨어요.

엄마 연세 정도의 선생님이셨는데, 결석을 했을 땐, 편지와 함께 과제물을 부쳐주시고 어디 아픈가 하고는 꼭 전화를 걸어주셨어요. 제게 관심을 가져주고, 저를 인정해주는 사람이 있다는 것이 그렇게 기쁠 수가 없었습니다.

타인에게서는 물론이고 가족으로부터도 그들의 관심 밖에서 늘 혼자였던 저였으니까요. 그런 제가 선생님을 만난 것은 복권에 당첨된 것만큼이나 큰 행운이었습니다. 어떤 때는 선생님이 우리 엄마였으면 얼마나 좋을까 하는 생각도 들었어요.

그렇게 하기 싫던 공부였는데 한국어에는 슬슬 재미가 붙기 시작했습니다. 선생님의 칭찬과 격려에 힘입어 성적도 눈에 띄게 올라갔습니다.

한데 너무 놀라운 일은 제가 〈SAT II 한국어〉 시험에서 만점을 받았다는 사실입니다. 조금만 더 열심히 하면 만점을 받을 수 있다고 선생님께서 말씀하셨지만, 저는 만점은 상상조차 한 적이 없습니다.

물론 부모님께서도 깜짝 놀라셨고 저를 보는 눈에 변화가 생긴 건 확실했습니다. 하지만 나와 언니는 여전히 하늘과 땅만큼이나 큰 차이를 두고 있는 부모님입니다.

언니는 지금 남들이 다 부러워하는 보스턴의 명문 H대학에 다니고 있습니다. 수재만 모이는, 하늘의 별 따기만큼이나 들어가기 어려운 학교인데도 언니는 너끈히 합격을 했었어요.
언니가 그랬어요. 자기는 부모님을 기쁘게 해드리기 위해서 공부한다고요. 언니의 소망대로 부모님이 기뻐한 건 말로는 이루 다 표현할 수가 없을 정도였지요.
사실 그때 저는 언니가 똑 떨어지기를 바랐답니다. 참 못된 동생이었어요. 한데 이상하게도 차츰차츰 시간이 흐르니 그게 아니었어요. 미웠던 언니가 조금씩 이해가 되면서 가끔 보고 싶어지기도 했습니다.
만점을 받고 나니 위축되어 있던 어깨가 슬슬 펴졌어요. 언니에게 연락하고 싶은 마음도 생기고요. 그래서 생전 처음 이메일을 보냈는데 언니한테서는 답장이 없었습니다. 엄마가 전화로 제가 만점 받은 얘기를 했는데도 제게는 일언반구가 없었습니다.
언니는 너무 높은 데서 훨훨 날고 있어 저 같은 존재는 눈이 보이지 않았나 봐요. 못난 딸 못난 동생이라는 낙인이 너무나 오랫동안 찍혀 있었기에 그 굴레를 벗어나기가 그리 쉽지는 않았겠지요.
그해 크리스마스 때 언니가 집에 왔었는데 며칠 만에 가버렸기에 나하고는 얘기할 시간도 없었습니다. "만점 받았다며?" 하고 한마디는 하더군요. '그 만점? 별거 아냐.' 하는 식으로요.

한데 저는 깜짝 놀랐습니다. 공부하느라 그 예쁜 얼굴이 반쪽이 됐더라고요. 어디가 아픈 사람 같았어요. 아니 확 늙어버려서 언니가 불쌍해 보였어요. 아픈 사람 같다기보다는 늙었다는 것이 더 알맞은 표현입니다. 엄마는 바리바리 음식을 싸고 보약까지 짓느라 야단이 났었어요.

그리고 긴 여름방학 때는 집에 오지 않았습니다. 방학 동안에 보충해야 될 공부가 많기 때문이라고 했어요. 집에 오지는 않았지만 전화는 여전히 자주 걸어 부모님께는 조금도 걱정하지 않게 해주었습니다.

저는 점점 학교생활이 재미있어졌어요. 좋은 대학에 꼭 합격해야 하겠다는 의욕도 생겼고요. 그리고 친딸일까 아닐까 하는 고민의 벽도 조금씩 흔들리기 시작했습니다. 그러다가 드디어 그 벽이 허물어지는 사건이 일어났습니다.

저는 얼마 전부터 쌍꺼풀 수술을 하고 싶어 갈등을 겪고 있었어요. 쭉 찢어진 작은 눈만 성형을 하면 얼굴이 확 달라질 것 같았기 때문입니다. 거울을 보고 눈두덩 위에 연필로 선을 그어보기도 하고 또 스카치테이프를 붙여보기도 했어요.

물론 이러한 내 맘은 절대로 비밀이었죠. 어릴 때부터 모든 것을 꾹꾹 참기만 하고 살아왔기에 저는 비밀이 참 많답니다.

친구가 쌍꺼풀 수술을 했는데 아주 딴 사람처럼 예뻐졌더라고요. 나도 해야겠다고 결정을 했으나 제일 큰 문제는 돈이었어요. 이천 달러나 되는 거금을 어디서 구합니까?

아무리 생각해봐도 엄마한테 말하는 수밖에 없었어요. 돈이 없다고 한마디로 거절하면 어쩌나 하고 망설이고 망설이는데, 갑자기 한국학교 선생님 말씀이 떠올랐어요. 하고 싶은 말이 있으면 속에 묻어두지 말고 바깥으로 표현을 하라고 하신 말씀이에요.

물론 하고 싶어도 하지 말아야 할 말들도 무지 많지만 저는 해야 할 말도 너무 안 하고 살아온 것 같았습니다. 그래서 크리스마스 방학 때, 하루는 용기를 내 서두를 꺼냈습니다. 그런데 이게 웬일입니까? 엄마가 한마디로 승낙을 하신 겁니다.

"그래. 당장 해라. 내가 왜 그 생각을 진작 못 했을까?"

그리고는 그날 바로 성형외과에 전화를 걸어 문의를 하고 예약을 했습니다. 그때, 만일 엄마가 돈이 없어 못 해준다고 했다면 저는 분명히 친딸이 아니라는 단정을 지어버렸을 거예요. 병원에도 엄마랑 같이 갔었어요. 그런데 일단 병원에 들어서니 겁이 났어요. 할까 말까 망설여진 것입니다. 저는 매사에 이런 식으로 뭘 결정을 못 하는 성격이랍니다.

더구나 의사 선생님의 태도가 '야 너, 되게 못생겼구나. 너 같은 얼굴은 쌍꺼풀 하나마나야.' 하는 듯해 보여서 더 그랬어요. 부풀었던 희망이 단번에 절망으로 나가떨어져 버렸는데, 엄마가 격려를 해주시면서 저를 달랬어요. 쌍꺼풀 수술을 하면 분명히 예뻐질 것이라고요.

쌍꺼풀은 대성공이었습니다. 정말 대만족이었어요. 틈만 있으면 거울을 들여다보았다니까요. 한 줄기 빛이 가슴에 새어 들어오면서 어두웠던 세상이 환해 보였어요.

언니처럼 부모님을 기쁘게 해드리고 싶은 마음도 생겼어요. 물론 언니는 여전히 부모님을 기쁘게 해드리고 있습니다. 언니하고 통화할 때의 엄마 표정은 그렇게 행복할 수가 없답니다. 예전 같으면 엄마의 그런 행동에 속이 뒤틀렸는데 이제는 그렇지가 않아요. 말 한마디라도 곱게 하며 제가 노력을 하니까 엄마에게서도 뭔가 변화를 느꼈습니다.

일일이 퉁명스럽게 군것이 후회가 됐어요. 언니를 너무 미워한 것이 미안했어요. 언젠가는 언니한테 미안하다는 말을 하고 제 마음을 확 풀어야 한다는 생각까지 들었어요.

제가 땅바닥에 엎드려 안간힘을 쓰면서 겨우 기고 있을 당시였어요. 그때 무지갯빛 찬란한 공중에서 훨훨 날고 있는 언니가 너무너무 미워서 그 날개가 부러져버리기를 바랐던 적이 많았어요.

지금 생각하니 참 부끄럽습니다. 그게 다 제 열등의식 때문이었습니다.

오죽하면 엄마와 언니가 남들에게 잘해주는 것까지 가면을 쓴 위선자로 보았겠습니까? 제가 못났기 때문에 상대방의 장점까지도 나쁘게만 생각했던 겁니다. 잘난 사람을 질투하는 못돼먹은 못난이의 시점입니다.

지금 저는 예전처럼 땅바닥에서 겨우 기는 처지가 아닙니다. 이제는 땅 위를 걸을 수도 있고 뛸 수도 있어요. 그리고 언젠가는 언니처럼 날 수 있으리라는 희망도 생겼고요.

그해 크리스마스 때, 언니는 집에 오지 않았고 그 후로부터는 엄마한테 전화도 좀 뜸해졌었어요. 졸업이 가까워져 오니 무지무지 바쁠 것이라고 다들 생각했습니다.

이미 직장이 결정되어, 이제 곧 같이 살게 될 텐데 그까짓 몇 달 참는 것은 아무 문제 아니었죠. 언니한테서 이곳 로스앤젤레스에 있는 회사에 취직이 되었다는 말을 들었을 때, 엄마도 아빠도 저도 얼마나 기뻐했는지 모릅니다.

과연 언니는 언니였습니다. 졸업도 하기 전에 여기저기서 스카우트 제의가 들어왔고, 그중에서도 더 좋은 데를 마다하고 부모님이 계시는 이곳으로 결정을 했다니 말입니다.

드디어 졸업식이 코앞에 닥쳤어요. 부모님은 졸업식에 참석할 계획을 세우며 마음이 들떠 있었습니다. 사실 저도 언니의 졸업식에 참석을 하고 싶었지만, 내색도 못 하고 포기를 했었어요.

졸업생 한 명에 두 사람 이상은 참석을 못 하니 저는 오지 말라고 언니가 그랬대요. 언니가 오라고 해도 저는 학교 때문에 갈 수가 없었지만, 그래도 섭섭하더라고요.

실은 엄마가 언니한테 한 번 가려고 몇 번을 벼르고 벼렸으나 그때마다 언니가 못 오게 했어요. 자기는 너무나 잘 있고 공부도 잘하고 있으니 아무 걱정하지 말라면서 바쁘신데 안 오셔도 된다고 했어요.

엄마 역시 공부에 방해가 될까 봐 자제하셨던 것 같아요. 이번에는 졸업식인데도, 가게 때문에 바쁘실 텐데 안 오셔도 괜찮다고 하는 것을 엄마가 우기고 우겨서 가게 된 겁니다.

콩을 팥이라고 해도 언니의 말은 다 믿는 엄마라 졸업식에 안 오셔도 된다는 말도 서운하게 생각하지 않고 '아이고, 그 착한 것이 부모 생각을 그토록 하다니······.' 하시고는 눈물을 찔끔찔끔 짜면서 언니의 효성스러운 마음을 높이 평가했지요.

여행 계획까지 세워놓고 두 분이 마냥 행복해하시면서 언니한테로 떠난 그날 저녁에 엄마가 전화를 하셨어요.

"지금 막 저녁 먹고, 여기 식당에서 전화하는 거야. 아주 높은 산꼭대기에 있는 일본 식당인데 이렇게 멋진 식당은 생전 처음이야. 전망이 너무나 아름다워 별천지에 온 것 같구나. 크리스마스 때도 아닌데 나무가 다 빤짝빤짝해, 꼭 천국에 온 기분이야. 음식도 어찌나 맛있는지 네 생각 많이 했다. 문단속 잘하고 밥 잘 챙겨 먹어. 내일이 졸업식이니, 끝나고 또 전화할게."

그리고 아주 부드러운 목소리로 같이 왔으면 좋았을 걸, 하는 말을 반복하면서 너 혼자 두고 온 게 마음에 걸린다고 했어요. 다른 엄마라면 마땅히 가져야 하는 그런 마음에 저는 감동을 하였습니다.

도착한 그날로 바로 전화를 걸어준 것도 감동적인데 내일 또 건다고 해 놀랐지 뭡니까? 저는 오실 때까지 전화는 통 기대하지 않았거든요. 엄마하고 통화를 하는데 아빠의 목소리가 들렸어요. 아빠가 큰 소리로 말을 해서 제 귀에도 흘러들어왔어요.

"아빠가 뭐라 그래요?"

"언니가 피곤해 보여 아빠가 운전을 한다고 해도 저렇게 우긴다. 산길이 꼬불꼬불하고 좁아서 내 생각에도 아빠가 운전했으면 좋겠는데, 키를 안 주네."

곧이어 언니 목소리가 들렸어요.

"잘 있지? 혼자 지내기 무섭더라도 이겨내야 해. 너는 똑똑하니까 모든 걸 잘 극복할 거야. 내 말 들리니? 여기가 산꼭대기라 그런지 전화 상태가 좋지 않구나. 하여튼 잘하고 있어……."

언니가 말을 하고 있는데 소리가 잘 안 들렸어요. 그리고 내가 말을 할 새도 없이 전화가 끊어졌어요. 나는 잠깐 멍--- 했다가 얘기를 계속하려고 번호를 눌러 봤는데 신호도 안 가고 전화가 안 되었어요.

암만 생각해도, 언니가 저한테 똑똑하다고 한 것이 이상했어요. 언니는 늘 저를 바보 병신 취급하고 있는 줄 알았는데…… 똑똑하다니요? 도대체 알 수가 없었어요.

여느 때의 쌀쌀한 태도와는 달리 어딘가 따뜻함이 배어 있는 목소리였어요. 조금은 슬픈 기운이 감돌기도 했고요. 그런데도 어조는 아주 단호했어요. 생전 처음으로 저를 걱정해주는 언니가 고

마웠어야 하는데, 그렇지가 않고 뭔가 께름칙한 여운을 남겼어요.

혼자 지내기가 무섭다 하더라도, 그게 뭐 극복을 해야 하는 일이라고…… 그것도 일주일만 지내면 되는데…….

그날 밤, 저는 잠이 오지 않았어요. 사실, 혼자 자려고 하니 좀 무섭기도 했어요. 비가 밤새 퍼부어대서 더 무서웠어요. 우르르 쾅쾅하고 천둥이 치고, 번쩍번쩍 번개까지 칠 때는 화들짝 놀라 이불을 뒤집어썼지요. 낮에는 날씨가 말짱했는데 밤에 갑자기 비가 온 거였어요.

은근히 걱정이 됐어요. 꼬불꼬불 산길을 내려갔을 터인데, 혹시 거기도 비가 오지는 않았나? 하고요. 통화할 때만 해도 비 온다는 얘기는 없었으니 괜찮을 거야 하고 위로도 했지만 왠지 자꾸 신경이 쓰여 이래저래 거의 한잠도 못 잤습니다.

그다음 날 아침이었어요. 저는 한 통의 전화를 받고 그만 그 자리에 쓰러지고 말았습니다. 강풍이 몰아치고 천둥이 하늘을 쪼개는 가운데 벼락이 저한테로 내리친 것입니다.

차가 낭떠러지로 굴러떨어져 언니랑 엄마, 아빠 세 사람이 다 죽었다는 비보가 날아들었기 때문입니다. 얼마나 울었는지 모릅니다. 통통 부은 눈을 뜰 수가 없었습니다. 몸을 가눌 수도 없었어요.

그러나 슬퍼할 겨를조차 없는 급박한 상황이라 저는 바로 보스턴으로 향하는 비행기를 타야만 했습니다.

이제는 언니한테 미안하다는 말을 할 수 없게 돼버렸습니다. 언니한테도, 엄마한테도 지금에야 사랑을 느끼게 되었고, 매사를 삐딱하게만 보아왔던 나 자신을 후회하게 되었는데, 노력할 기회도 주지 않고 그들은 가버렸습니다. 엄마로부터 조금씩 인정받기 시작해, 앞으로 저도 좋은 딸이 되고 싶었는데 모두가 다 허사로 돌아가 버렸습니다.

눈물 속에서 모든 일정을 끝낸 후, 저는 언니의 유품을 정리하기 시작했습니다.
 아, 근데 이게 웬 말입니까? 책상 서랍에서 발견된 한 권의 노트……'
 산만하게 흩어져 있는 언니의 넋두리가 온통 뾰쪽뾰쪽한 바늘이 되어 내 가슴을 사정없이 찔러댔습니다. 가슴팍에 맺힌 핏방울들이 배어들어 온몸은 금세 피투성이가 되고 말았습니다.
 손이 떨려서 노트 장을 넘길 수가 없었습니다. 환각 세계를 왔다 갔다 하며 정신이 오락가락하는 상태에서 쓴 글들이었습니다. 죽고 싶다는 말이 페이지마다 나열되었고, 이제는 구제불능이야 하고 자학하는 구절들이 군데군데 진을 치고 있었어요.
 학교 공부를 따라가지 못하고 방황하다가 언니는 결국 마약에까지 손을 댔고, 심한 우울증에 빠져 있었습니다. 어떤 땐 또 지극히 정상이었고요.
 아, 나는 영원히 좋은 딸, 최고의 딸이 돼야 하는데, 이제는 다 글렀다는 말도 몇 번이나 반복되었어요. 무지개는 사라지고 언니는 추락하고 있었습니다.

　온통 눈물로 얼룩져 있는 언니의 독백……. 도저히 더 이상 읽을 수가 없어 저는 허리를 꺾고 그 자리에 엎드려 엉엉 울었습니다.

　다시 노트 장을 넘기던 저는 맨 마지막 장에서 그만 경악하고 말았습니다. 아주 말짱한 정신으로 쓴 것이 분명했습니다.

　졸업식에 오신다고 지금부터 야단인데 큰일 났어. 정말 큰일이야. 다 들통이 날 텐데 말이야. 무슨 핑계를 대서라도 못 오시게 해야 돼. 무슨 좋은 거짓말이 없을까? 도무지 대책이 없다.

　졸업을 하는 척하고 그냥 가운을 빌려 입고 쇼를 할까? 나를 하늘같이 믿고 있는 부모님을 절대로 실망시킬 수는 없어. 부모님께는 영원히 좋은 딸로 남아야 해.

　차라리 교통사고라도 나서 부모님이 돌아가셨으면 좋겠다. 그러면 나한테 대해 실망은 않을 것 아냐. 어머머, 미쳤어. 미쳤어. 내가 미쳤어. 내가 죽으면 되지 왜 그런 끔찍한 생각을? 아니지, 내가 죽으면 안 돼. 그 뒷감당을 어찌하라고. 부모님한테는 이보다 더 큰 형벌은 없을 거야. 엄마도 자살을 해버릴지 몰라. 또 아빠는? 아빠는?

　그럼 어떡하지? 어떡하지?

　살아도 죽어도 해결이 안 되는 좋은 딸, 언니는 그 좋은 딸로 남아 그렇게 부모님을 동반하고 영원히 가버렸습니다.

수미는 태어나자마자 부모님의 얼굴도 모른 채
고아원 문 앞에 버려졌다.
자라면서 그녀는 '내 부모는 어떤 사람일까?
왜 나를 버렸을까?'
하는 고민 속에 빠져 잠 못 이루는 밤도 많았다.
깊고 고요한 밤 고아원 문 앞에 자신의 분신을 버려놓고
눈물을 흘리며 숨어서 지켜보는 엄마의 모습도 상상해봤고,
뒤도 안 돌아보고 달아나는 엄마의 울음소리도 상상해봤다.

'우리 엄마는 이 세상 사람이 아닐 거야.
아마 저 하늘나라에 있을 거야' 하는 생각도 했었다.
이 세상 사람이라 하더라도
수미에게는 아무런 연결고리가 없다.
　다른 아이들의 서류함에는 이름과 생년월일을 적은 쪽지가
거의 다 보관되어 있었지만 수미에게는 아무것도 없었다.

하얀 까마귀의 눈물

1

티나 짓이 분명하다. 혹시 다른 데에 두었나 하고 기억을 되살려 볼 필요조차 없다. 현금 천 달러를 봉투에 넣어 분명히 안방 화장대 작은 서랍에 넣어두었었다. 그런데 돈이 들어 있는 봉투가 사라져버렸다.

티나는 하나밖에 없는 수미의 딸로 동부에 있는 A 대학에 합격해 곧 집을 떠나게 돼 있다. 수재만 모인다는 A 대학에 너끈히 합격해 부모를 한껏 기쁘게 해준 딸이기도 하다. 학교에서는 책임감 강한 모범생으로 선생님들의 칭찬이 자자해 아빠로부터는 완전 신임을 받고 있는 티나다.

그러나 수미 생각은 다르다. 무슨 엄마가 그리 쉽게 딸을 의심하느냐고 나무랄 수도 있겠지만 수미는 확신한다.

이번 문제는 그냥 넘어갈 수 없다. 티나는 분명히 아니라고 발뺌을 할 것이고, 남편 역시 딸 편을 들 것이 뻔하지만.

수미의 마음은 가슴에 시커먼 돌덩이 하나가 얹혀 있는 듯, 천근만근 무겁다.

수미는 그때 그 일을 지금도 선명하게 기억한다. 티나가 일곱 살이 되던 해였다. 핸드백에 넣고 다니는 지갑에 20달러짜리가 넉 장이 있었는데 석 장밖에 없었다. 그러나 혹시 자신이 잘못 생각했나 하고 그냥 넘겼다. 사실, 돈이 정확히 얼마가 지갑 안에 있는지를 모를 때가 더러 있기 때문이다.

그런데 아니었다. 티나 짓이 확실했다.

두 주일 후 또 그런 일이 생겼다. 많은 액수는 아니었으나 돈이 몽땅 다 없어져버렸었다. 역시 핸드백에 넣고 다니는 지갑에서였다. 엄마의 직감은 정확했으나 티나는 끝까지 발뺌을 했다. 지난번에 20달러 없어진 것까지 들추며 어릴 때 '아이를 바로잡아야 한다.'는 아내의 주장을 무시하고 남편은 '엄마가 어찌 딸을 믿지 못하느냐.'면서 딸 편을 들었다. 말이 없고 지극히 조용한 그가 적극적으로 딸을 두둔했다. 수미가 어디다 쓰고 기억을 못 한다는 것이었다. 그들이 너무 완강해 도리어 '내가 괜한 의심을 하나?' 하고 수미가 얼떨떨할 정도였다.

이런저런 상상이 꼬리에 꼬리를 물면서, 어쩌면 자신이 모르고 있는 사건도 더러는 있을 것이라는 생각이 정수리를 친 적도 있다. 마켓에서 작은 물건을 호주머니에 넣고 나오는 것쯤은 마음먹기 달린 것이기에……. 그것은 분명히 도벽이다.

 어느 날은 친구네서 인형을 몰래 가져와서 자기 방에 감추어놓은 것을 발견했었다. 고급 프랑스제 인형이었다. 느낌만으로도 '몰래 훔쳤다.'와 '감추어놓았다.'는 사실을 확연하게 알 수 있는 상황이었다. 그러나 티나는 아니라고 우기며 부인했다. 친구가 줬다는 것이었다. 친구 누가 줬느냐고 물어도 대답은 하지 않고 엄마를 원망했다.

 '돈 훔쳤다고 야단치고 이번에는 인형 훔쳤다고 야단쳐? 엄마는 내가 그렇게 미워?' 하면서 큰 소리로 대들었다. 수미는 어이가 없었다.

 "왜 내가 널 미워하니? 안 미워해."

 "뭐? 안 미워해? 지금 미워하고 있잖아. 엄마는 나한테 물어보지도 않고 왜 무조건 훔쳤다고 그래? 무슨 그딴 엄마가 다 있어?"

 엄마에게는 말할 기회도 안 주고 티나는 마지막 한마디를 남기고는 자기 방으로 들어가 문을 쾅 닫아버렸다.

 "친구 누구라면 엄마가 알아?"

 엄마를 무시하는 태도가 역력했다. 엄마에게 뒤집어씌우는, 그 미워하는 감정이 티나의 온몸에서 발산되고 있었다. 수미는 티나가 자신이 낳은 딸 같지가 않다는 느낌까지 들었다.

 '엄마가 뭐 어쩌겠어? 영어도 못 하면서.' 하는 소리가 귓전에서 맴돌았다.

　보통 때도 엄마가 영어 못하는 것을 은근히 나타내는 딸이다. 천천히 알아듣게 말을 하면 다 이해할 수도 있을 것 같은데, 일부러 말을 속사포로 쏟아놓으며 못 알아듣게 만든다. 도대체 소통이 안 된다. 정말 못된 딸이다. 수미의 자격지심에서 온 느낌만은 절대 아니다.

　'남편에게 얘기해서 해결을 해야 하나?'
　남편은 항상 딸 편을 드니 이번에도 티나 말을 믿을 것이다.
　'만일 티나가 결백하다면 아빠한테 얘기를 하지 않을까?'
　하지만, 남편에게서는 별말이 없었다. 티나는 더 입을 꽉 다물었다. 딸이 거짓말을 한다는 것을 뻔히 알면서도 수미는 속으로 끙끙 앓기만 했다. 커가면서는 한참은 뜸했으나, 혹시라도 바깥에서 그런 사고를 치면 어쩌나 하는 강박감에 시달리기도 했다. 그리고 어떤 일이 꼭 일어나고 있을 것만 같은 불길한 예감이 들어 전화벨 소리에 깜짝깜짝 놀란 적도 있다.

　남편은 딸을 철석같이 믿었고, 의견이 서로 맞지 않을 때도 그는 항상 딸이 옳다고 했다. 머리가 좋으니 판단력도 옳을 것이란 믿음일 게다. 처음엔 맞서서 주장을 펴봤으나 결과는 늘 수미의 참패였다. 언제나 스코어는 2대 1이니 게임이 안 되었다. 그냥 입을 꽉 다물고 있는 것이 자신을 보호하는 최선의 길이었다. 하고 싶은 말도, 꼭 해야 할 말도 표현을 못 하고 참고 사는 것이 어렸을 적부터 잘 길들여진 수미 삶이다.

2

 수미는 태어나자마자 부모님의 얼굴도 모른 채 고아원 문 앞에 버려졌다. 자라면서 그녀는 '내 부모는 어떤 사람일까? 왜 나를 버렸을까?' 하는 고민 속에 빠져 잠 못 이루는 밤도 많았다. 깊고 고요한 밤 고아원 문 앞에 자신의 분신을 버려놓고 눈물을 흘리며 숨어서 지켜보는 엄마의 모습도 상상해봤고, 뒤도 안 돌아보고 달아나는 엄마의 울음소리도 상상해봤다.

 고아원 하늘에 피어 있는 고운 노을을 쳐다보며 '우리 엄마는 이 세상 사람이 아닐 거야. 아마 저 하늘나라에 있을 거야' 하는 생각도 했었다. 이 세상 사람이라 하더라도 수미에게는 아무런 연결고리가 없다.

 다른 아이들의 서류함에는 이름과 생년월일을 적은 쪽지가 거의 다 보관되어 있는데 수미에게는 아무것도 없었다. 고아원에 들어온 날이 생일이었고, 이름은 원장이 지어주었다. 버려진 아기에게는 아무런 흔적도 남아 있지 않았었다.

 수미는 어린 시절을 무사히 넘기고 고아원 살림살이 전반의 일을 맡아 생활을 하면서 어렵게 고등학교를 졸업하고, 대학생이 되었다.

 입학금은 겨우 마련이 되어 등록은 했으나 그다음이 문제였다. 계속 학비를 조달하는 것은 어림도 없는 일이었다.

 그때 일찍 고아원을 뛰쳐나가 공장에 다니는 친구의 권유에 수미는 혹했었다.

"너는 대학생이고 얼굴도 예쁘고 늘씬하니까 본사 비서실에 들어갈 수 있어. 내가 실장한테 얘기해 놨으니 꼭 될 거야."

그러나 친구는 공장에 다니는 것이 아니고 유흥업소의 호스티스로 일하고 있었다. 아무것도 모르고 있다가 결국은 그녀의 유혹에 넘어갔다는 것을 알았을 적에는 이미 때는 늦었었다. 하지만, 선택의 여지가 없었다. 학비는커녕 당장 먹고 살길조차 막막했으니까.

참 힘든 세상이었다. 그 힘든 세상에서 수미가 터득한 것은 그 누구도 믿어서는 안 된다는 것이었다. 그리고 자신을 그대로 드러내서도 안 되는 것이었다. 불신으로 똘똘 뭉친 그녀 눈에는 세상에 온통 마귀들만 득실거렸다.

대학생이라는 신분 덕에 수미는 일류 호스티스로 인기가 대단했다. 타고난 미모와 몸매가 한몫을 더했다. 학교에는 벌써 휴학계를 낸 상태였으나 수미는 언제나 대학생으로 통했다. 철저히 포장을 한 것이다. 되도록 포장을 하고 살아야 하는 것이 그녀가 사는 세상의 현실이었다.

자신이 고아라는 사실도 숨기고 싶은 수미다.

'고아가 된 것은 내 잘못이 아니다. 내가 원해서 고아가 된 것도 아닌데 왜 나는 고아라는 사실을 숨기려고 애쓰며, 부끄러워하고 주눅 들어야 하는가?'

고아를 바라보는 세상의 눈이 차갑기 때문이다. 본인은 아무 잘못이 없고, 어려운 환경에서도 나쁜 짓 안 하고 착하게 살아도 세상은 비정하다. 수미 역시 착하게 살았다. 그러나 학교 다닐 때 선생님으로부터 차별대우를 받았고, 아이들에게서도 왕따를 당했다. 참 억울하다. 이 모두가 다 부모에게서 버려졌기 때문에 겪는 일임은 틀림없다.

'오죽하면 자식을 버렸을까? 그럴 수밖에 없는 사정이 있었겠지' 하고 낳아준 엄마를 이해하고 또 미화시켜서 홀로 상상을 한 적도 있다. 그러나 밑바탕에는 늘 원망이 깔려 있었다. 포장을 하고 살아야 하는 것도 부모 탓이라 생각을 하니 그들도 이 세상에 들끓는 마귀와 다를 바 없다고 느껴졌다.

포장, 거기에는 또 하나의 비밀이 숨겨져 있다. 착한 일 중에서도 지극히 착한 일을 한 사실에도 수미는 포장을 덮어씌우고 있다. 그녀는 신장이 하나밖에 없다. 고아원에 있을 때, 신장 하나를 떼어냈다. 같은 고아원에 있는 생명이 위독한 친구에게 이식을 해준 것이다. 수미와 가장 친한 친구였다.

공장에 다닌다는 친구의 꼬임에 빠져 고아원을 나온 것이 사실이긴 하지만 신장이식 후, 원장에 대한 불만이 쌓인 것도 또 하나의 이유였다. 대학 4년 학비는 꼭 지급해주겠다던 약속이 입학금 한 번만으로 끝났었다. 그렇다고 학비 때문에 신장을 떼어준 것은 절대로 아니다. 그 당시, 수미는 친구를 살려야 한다는 데에만 급급했었다. 가장 친한 친구를 잃는 것이 두려웠다. 진심이었다.

신장 하나만으로도 잘 살 수 있다는 의사의 말을 듣기 전부터 수미는 자신의 건강에 대해 아무런 걱정을 하지 않았다. 그 말을 들은 후에는 백 프로 그대로 믿었고, 그 믿음이 그대로 이루어졌다.

3

 어느 날 아침이었다. 부리나케 공항 입구로 들어선 수미는 시간이 급해 냅다 뛰다가 그만 어떤 남자와 맞부딪쳐 바닥에 나뒹굴어졌다. 그 남자는 끄떡도 안 했고, 그녀는 바위에 부딪친 느낌이었다. 남자는 외국인이었다. 그는 수미가 나뒹굴어 지자 얼른 일으켜주었는데, 뜻밖에도 그의 입에서 "아이쿠, 미안합니다." 하는 한국말이 튀어나왔다. 미안해서 어쩔 줄을 몰라 하면서 뒤이어 나온 말도 역시 한국어였다.
 "어디 다친 데는 없습니까?"
 수미는 깜짝 놀라 다시 쳐다봤는데 분명히 외국인이었다. 얼굴이 다른 외국 사람과는 달리 이목구비가 선명하지 않고 평퍼짐했다. 키는 작은 편이고 체격은 다부지고 가슴은 넓었다. 그 남자는 그녀와 같은 비행기를 타게 돼 있었다. 서울에 볼일이 있어 왔다가 제주도 집으로 돌아가는 길이었다. 하루하루가 울적한 나날, 어디론가 떠나고 싶어 수미 역시 목적지를 제주도로 잡고 혼자 여행을 가는 중이었다.

그들은 이렇게 운명적으로 만났고, 만나자마자 급속도로 가까워졌다.

그의 이름은 데이브 우드였다. 그는 제주 해양센터의 연구원으로 5년 계약을 맺고 한국에 파견을 나온 해양학박사로 이제 곧 계약 기간이 끝나 미국으로 돌아가게 되어 있었다. 수미의 영어 실력보다는 그의 한국어 실력이 월등히 나아 서로의 의사는 소통을 할 수 있는데도 그는 말수가 극히 적었다. 수미는 고아원에 있을 때도, 호스티스로 일을 할 때도 영어를 접할 기회가 있었기에 조금은 귀가 틔었고 외국인에게 호감을 갖고 있었다.

수미는 데이브가 좋았다. 그의 품은 따뜻하고 편안했다. 어려운 일이 닥쳐도 그가 다 해결해줄 것 같아 든든했다.

그 역시 마찬가지였다. 첫눈에 아주 예쁘다는 데에서 단박에 끌렸고, 화장기 없는 깨끗한 이미지에 우수에 젖은 듯한 눈동자가 신비스럽기까지 했다. 보호 본능의 감정까지 우러나왔다.

수미는 데이브에게 고아원 얘기는 입 밖에도 꺼내지 않았다. 대학에 입학하자마자 교통사고로 부모님이 돌아가셨다고 둘러댔다. 물론 유흥업소에 나간다는 사실도 숨겼다. 제주도와 서울의 거리 때문에 자주 만나지는 못했으나, 신분이 탄로 날까 봐 그를 만날 때마다 불안에 떨었다. 신장이 하나뿐인 것에도 신경이 쓰였다. 신장 하나가 없다는 것을 여느 때는 의식도 못 하고 살아왔는데 데이브를 만나고부터는 그것도 자꾸 마음에 걸렸다.

포장은 두 겹 세 겹으로 갈수록 늘어갔다. 포장이 벗겨져버리면 그가 떠나버릴 것 같아 사실대로 말할 수가 없었다.

불신의 세계에서 외로움에 지쳐 있던 수미에게 데이브의 존재는 든든한 언덕이었다. 사랑의 힘으로 외로움을 씻어 줄 수 있는 넉넉한 강줄기였다. 열 살이라는 나이 차이가 오히려 그녀에게는 의지가 되었다.

데이브는 그녀가 감히 올려다볼 수 없는 거목이고, 자신은 풀포기에 불과하다는 것을 수미는 잘 안다. 차라리 그도 풀포기에 불과했으면 싶다. 그러나 데이브가 결혼하자고 했을 때 수미는 그의 손을 덥석 잡았다.

누군가가 속삭였다.

'너의 인생을 바꿀 수 있는 절호의 기회가 왔는데 왜 망설여? 잡아. 잡아. 데이브 손을 꼭 붙들어. 사랑하잖아? 사랑은 쟁취야.'

4

한국을 떠나면서 수미는 맹세했다. 다시는 돌아오지 않으리라고. 태어나서 스물두 해, 좋은 기억이라고는 하나도 없는 세월이었다. 그녀는 아는 사람이 아무도 없는 미국으로 간다는 자체가 좋았다. 하지만 미국은 좋기만 한 땅은 아니었다.

믿음직하고 든든한 데이브와 결혼을 했건만, 그녀는 자신의 앞날에 대해 확신이 없었다. 뭔가 모를 불길한 예감이 자꾸 앞섰다. 사춘기 때부터 그랬다. 왠지 자신이 빨리 죽을 것만 같다는 엉뚱한 생각에 시달린 적도 있다.

5년 동안의 한국 근무를 마치고 해양연구소 본부로 돌아와 보니, 데이브는 너무나 뒤떨어져 있었다. 그는 어릴 적부터 공부밖에 모르는 공부벌레였다. 항상 수석을 했고, 박사학위도 남들보다 일찍 받았다.

하지만 이제는 달랐다. 앞서가는 후배들을 따라가려면 그들보다 두 배 세 배 시간을 투자해야만 했다. 직장에서의 일상이 너무나 바빴고 집에서도 밤늦게까지 컴퓨터에 매달려 있어야 했다. 논문 제출할 기일이 급박했을 때는 스트레스가 이만저만이 아니었다.

그렇지만 누군가와 같이 있다는 자체가 무거운 스트레스를 덜어주는 데에 큰 도움이 되었다. 아내와 함께하는 것이 좋았다. 왠지 결혼을 못 할 것 같은 예감이 늘 앞을 가로막았던 데이브다. 한국에 나가 수미를 만나고, 결혼까지 했다는 사실은 정말 꿈같은 현실이었다. 크나큰 행운이었다.

그러나 그에게는 아내에게 관심을 쏟을 겨를이 없었다. 오직 직장 일이 우선이었다. 첫 대면에서 보호 본능의 감정까지 느꼈고, 차차 만나면서는 연민의 정을 깊이 느껴 '이 여자는 꼭 내가 지켜주어야 한다.'고 다짐했던 그였다.

 말없이 일에만 몰두하는 남편을 보며 수미는 별별 상상을 다 했다.
 '혹시 나의 실체를 알아버렸나? 아니면 겉모습에 반해 결혼을 했는데 알고 보니 속이 텅텅 비고 말이 안 통해 실망이 커서 저러는 걸까? 결혼을 잘못했다고 후회하고 있는 것은 아닐까?'
 알 수가 없었다. 알 수가 없는 건 그의 가족관계도 마찬가지였다. 아무리 가닥이 다르다 치더라도 수미로서는 이해가 안 되었다. 그는 다섯 살 때 어머니를 여읜 후, 계모 밑에서 자랐고, 의붓동생이 하나 있었으나, 가족 간의 왕래가 일절 없었다. 수미가 미국에 온 한참 후에 인사차 딱 한 번 만났을 뿐이다.
 그때, 시아버지가 하신 말씀은 잊히지 않는다.
 "데이브는 어릴 저부터 참 조용한 아이였어요. 부끄럼을 너무 많이 탔지요. 그래서 나는 아들이 결혼을 못 할 것 같았는데, 내 아들과 결혼해줘서 고마워요."

 수미는 집에서 가까운 옥스나드 커뮤니티칼리지 영어 클래스에 다녔다. 계속 다니다 보니 회화는 조금씩 늘어갔으나 공부는 어려웠다.
 남편은 여전히 연구소 일에만 몰두했다. 수미는 그가 무슨 일을 하는지 잘 모른다. 해양학박사이니 바다에 관한 것이라고만 막연하게 짐작할 뿐이다. 수질이나 병든 물고기 혹은 조개류, 미역, 다시마 등에 관한 연구….

언뜻 이런 생각이 들기도 했다.

'내가 설명을 해주어도 너처럼 무식한 여자가 뭘 알겠니? 다른 부인들은 남편의 논문도 정리를 해주고 하는데 도대체 너는 날 위해 뭘 해줄 수 있니?'

한 번은 연구소의 가족 모임에 남편이 수미를 데리고 갔다. 직원들은 물론이고 부인들도 아주 인텔리 여성들이었다. 웬만한 대화는 할 수 있는 그녀인데도 그날은 그들이 무슨 말을 하는지 하나도 귀에 들어오지 않았다. 누군가가 무슨 말이라도 걸어오면 어쩌나 하는 걱정에 그들을 똑바로 쳐다보지도 못했다. 긴장을 하다 보니 배까지 쌀쌀 아팠다.

세월이 갈수록 수미는 자신이 남편에게 무용지물이라는 생각이 들었다. 외로웠다. 해가 질 무렵, 저녁노을이 붉게 물든 하늘을 바라보고 있노라면 그만 눈물이 주르르 흘러내렸다. 지긋지긋하던 한국이 그리웠다. 집으로 돌아가고 싶었다. 그러나 수미에겐 돌아갈 집이 없었다. 그녀에게는 오직 남편뿐이었다.

어느 날, 남편이 생각지도 못한 뜻밖의 말을 했다. 한국 교회에 한 번 나가보라는 것이었다.

"신앙을 가지면 당신 생활이 활기차고, 지금보다는 더 재미있는 삶을 살 수 있을 거야."

수미도 신앙이 없지만, 그 역시 마찬가지인데, 어찌 그런 생각을 했는지 도무지 알 수가 없었다. 아는 사람이라도 만나 꽁꽁 싼 포장이 벗겨질까 봐 겁이 나서 수미는 즉석에서 거절했다. 그리고 곰곰 생각해봤다.

'내가 자기만 바라보고 사는 것이 부담스러운가? 내 삶의 재미를 교회로 돌려 자기로부터 떨어져나가게 하기 위함일까? 그럼 내가 지금 재미없게 외롭게 살고 있다는 것은 알고 있단 말인가?'

무심한 그가 아내의 건강을 챙기기도 했다. 특히 신장을 거론하면서, 꼭 정기검진을 받아야 한다고. 사실, 수미의 한 겹 포장은 티나를 임신했을 때 벗겨졌다. 그녀는 언니한테 신장을 떼어주었고, 언니는 그 일 년 후에 죽었다고 또 거짓말을 했다.

5

돌이켜보니, 티나를 낳은 후의 2, 3년 동안이 수미에게는 가장 행복한 시기였다. 고아인 그녀에게도 피를 나눈 자식이 있다는 것이 신기했다. 아이는 볼수록 사랑스러웠다. 손가락 발가락 하나하나도 그리 예쁠 수가 없었다. 그것들이 고물고물 움직일 때는 생명의 신비함에 가슴이 떨렸고, 아이가 방긋방긋 웃을 적에는 그녀의 입가에도 활짝 웃음이 퍼졌다.

그 당시, 불현듯 자신을 버린 부모가 떠올라, 뒤엉키는 혼란스러움에 감정을 주체 못 하고 휘청거렸던 기억이 지금도 생생하다.

그러다가 '오죽하면…….' 하고는 다시는 생각하지 말자며 고개를 세차게 흔들었다. 아기가 태어난 큰 축복을 받았으니 이제부터는 좋은 생각만 하고 싶었다. 아이를 통해 보이는 세상은 더없이 아름답게 펼쳐질 것 같았기 때문이다

그러나 아이가 커가면서부터 세상은 전혀 예상 밖으로 흘러갔다. 도난 사건이 그 한 이유일지도 모른다. 부부 사이를 이어줄 딸이라는 끈이 세월이 흐를수록 점점 장애물이 되어가고 있는 것이었다.

티나는 어릴 적부터 아빠하고만 붙어다녔다. 남편은 컴퓨터에 매달려 있다가도 아이가 어딜 가자고 하면 두 말 없이 데리고 나갔다. 필요한 것이 있어도 티나는 엄마와는 외출을 안 했다. 엄마의 말에는 무조건 '노오'였다.

'그래? 아무리 모녀지간이라 하더라도 인간은 상대적인 동물이야.' 한때는 이런 오기가 뻗쳐올라 일부러 쌀쌀맞게 대한 적도 있었으나, 딸에게 가까이 가보려고 노력을 안 한 건 아니다. 어떤 땐 아이가 좋아하는 인형을 사와, 거실 탁자 위에 놓아두고는 그게 바닥에 팽개쳐져 있나, 없어졌나를 살피기도 했다. 없어졌으면 딸이 가져간 것이기에 혼자 속으로 좋아했다.

'엄마가 한국인이라는 자체가 싫은 걸까? 영어를 유창하게 못해 부끄러운 걸까?' 하는 생각을 한 적도 있고, 수미 자신이 엄마의 사랑이 뭔지도 모르고 자랐기에 '내가 딸을 사랑하는 방법을 모르는 것은 아닐까?' 하는 의문이 들기도 했다.

티나가 커갈수록 수미는 딸이 엄마한테 질투심을 품고 있다는 것을 느끼곤 했다. 티나는 아빠를 판에 박은 붕어빵이다. 바로 그의 분신이다. 엄마를 닮은 구석이라고는 하나도 없다.

오래전에 어느 실없는 부인이 티나 앞에서 아주 묘한 얼굴로 "엄마는 미인인데 딸은 엄마를 전혀 안 닮았네요."라는 말을 해, 티나는 그날 집에 와서 엉엉 울었다. 그땐 질투심이라고는 상상조차 못 했다. 그런데 그게 아니었다. 딸이 커갈수록 느끼게 되는 감정, 그것은 분명히 질투였다.

수미 역시 마찬가지다. 남편이 티나를 바라보는 눈에는 그윽한 사랑이 가득 담겨 찬란한 빛이 난다. 수미는 남편의 그 눈빛이 기분 나쁘다. 무슨 일이 있을 때마다 무조건 티나 편을 드는 그가 야속하다.

'내가 티나한테 질투를 하고 있는 것인가? 엄마가 딸한테?'

둔기로 한 대 맞은 것 같다.

6

그렇게 뿌연 안개가 서린 집안에 현금 천 달러가 봉투째 없어진 사건이 터진 것이다. 남편에게 어떻게 얘기를 끄집어내느냐도 문제였다.

돈 봉투가 없어졌을 때, 수미는 얼른 딸 방으로 가 샅샅이 찾아보았었다. 흔적을 남기지 않으려고 애를 쓰면서 옷장에 걸린 코트 호주머니까지 뒤지는데 답답한 가슴이 터질 것 같았다. 그러나 돈 봉투는 없었다.

예상대로 티나는 자기는 절대로 가져가지 않았다고 극구 부인했다. 남편도 완전히 딸에게 엎어져 버렸다. 예상했던 일이다. '어디 다른 데에 두고 애매한 사람을 잡는다'는 것이었다. '당신 어디 아프냐'고 티나와 똑같은 말을 하며 남편도 합세를 했다. '정말, 내가 어디에다 두고 깜빡한 것일까?' 하고 수미의 정신까지 오락가락할 정도로 그들은 강경했다.

또 입을 꽉 다물어버리는 수밖에 별도리가 없었다.

입을 꽉 다물어버리는 데에는 피할 수 없는 슬픈 현실이 도사리고 있다. 수미의 영어가 일상적인 대화는 그런대로 통하지만 깊고 미묘한 속마음을 소통하는 데에는 한계가 있다. 상대방의 마음을 움직여 설득을 할 만한 실력은 더더구나 없다. 남편 역시 마찬가지일 것이다.

그의 한국어에도 한계가 있는 것은 어쩔 수 없다. 수미와 애기를 하다가도 그는 영어를 자주 섞었는데, 티나가 태어나고부터는 아이에게는 영어만을 사용했다. 그녀 역시 어쭙잖은 영어로 말할 수밖에 없었다. 급할 때는 자기도 모르게 한국말이 툭툭 튀어나오곤 했다.

어디 다른 데 둔 것일까 하고 곰곰이 생각을 해봤다. 아무리 생각해도 안방 경대 서랍에 넣어둔 기억은 확실하다. 그래도 혹시나 하고 서랍이란 서랍은 다 열어보고 여기저기를 찾아봐도 지갑은 없었다.

'아, 참. 게스트 룸 생각을 못 했구나.'

수미는 게스트 룸에는 거의 발걸음을 하지 않는다. 항상 텅 비어 있는 게스트 룸에 들어가면 왠지 손님이 된 것 같은 썰렁한 기분이 들어서 싫었다.

'네가 지금 완전 포장을 하고 살고 있는데, 그 포장이 얼마나 가겠니? 그래서 네가 매일 초조하고 불안하고 더 외로운 거야. 그러니 빨리 실토하고 용서를 구해라.'

조소어린 눈빛으로 누가 훔쳐보고 있는 것 같아 흠칫 소름이 끼친다.

돈 봉투가 게스트 룸에 있는 경대 서랍에서 나왔다. 천 달러도 그대로 있었다. 티나가 갖다 놓은 것이 분명하다. 남편은 대뜸 "그거 봐. 당신이 거기다 둔 게 분명하네." 하고는 돈을 찾았다면서 곧바로 딸에게 전화를 걸었다. 그는 딸에게 이렇게 말했다.

"엄마가 돈 봉투를 게스트 룸 경대 서랍에 넣어두었다는구나."

그리고 정신을 어디다 빼놓고 다니느냐면서 앞으로는 제발 정신 똑바로 차리라고 주의를 주었다. 아내 말에는 손톱만큼도 귀를 기울여주지 않았다. 기가 막히고 억장이 무너졌다.

어느 소설에서처럼, 남편과 딸이 합세를 하여 언젠가는 그녀를 정신병원에 처넣을 것 같은 불길한 예감이 들었다. 섬뜩했다. 그들이 몰아붙이면 진짜로 정신병자가 될지도 모를 일이다. 정신 바짝 차려야 한다. 수미는 부모도 형제도 의지가지 하나 없는 외톨이다.

혼자라는 사실이 너무 서글프다.

언뜻, 그들에게서 완전히 버려지는 자신이 상상되었다. 두려웠다.

'차라리, 차라리……. 돈 봉투를 게스트 룸에 두고, 그냥 깜빡했었다고 남편과 딸의 비위를 맞춰 볼까?'

핑--- 눈물이 돌았다.

7

티나의 각본대로 연극은 끝났다. 수미는 며칠 동안이나 정신이 멍했다. 어디든 가야 했다. 마음을 다스려야 했다. 정처 없이 달리다 보니 차는 코리아타운 올림픽가에 와 있었다. 두 시간도 더 달린 셈이다. 한글 간판들을 보니 콧잔등이 찡해왔다.

코리아타운에 들어섰을 때다. 암만해도 차의 상태가 보통 때와는 다르다는 느낌이 들어 우선 눈에 띄는 정비소에 차를 세웠다. 차를 들여다보다가 정비원이 깜짝 놀랐다.

"아니 이 차를 어떻게 운전을 하셨습니까?"

큰일 날 뻔했다는 것이다. 옥스나드에서부터 두 시간 이상을 운전하고 왔다는 얘길 듣고 그는 더 놀랐다.

수미는 남편에게 차에 문제가 있다는 것을 알리기 위해 전화를 걸었다. 차에는 도사인 남편이니 정비사와 얘기를 하면 금방 통할 것이라는 생각이 들어 전화를 바꾸겠다고 하니 그럴 필요가 없다고 했다. 그리고 다음에 이어지는 말에 그녀는 잠깐 어리둥절했다.

차에 문제가 있는 것을 그는 알고 있었다. 지극히 태연한 어조였다. 그녀는 세상이 뒤집어지는 듯한 허탈감에 빠져 그 자리에 풀썩 주저앉았다.

'운전을 하면 안 될 정도로 차에 문제가 있다는데, 그걸 알면서도 아무 말 안 하다니.'

눈앞이 노래지며 줄줄이 늘어서 있는 차들이 한데 엉켰다. 정비원이 놀란 얼굴로 물었다. 어디 편찮으시냐고.

'아, 차라리 이혼을 하자고 그러지······.'

수미는 남편을 기다리면서 근처 커피숍에 앉아 생각에 잠겼다. 애초에는 여기저기 돌아다니려고 했지만, 도무지 그럴 기력도 생각도 없었다. 그가 언제 올지 모르니 시간은 충분했지만, 우두커니 커피숍에 넋 나간 사람처럼 앉아 있었다.

'내가 먼저 이혼을 제안하자. 날 위해서다. 생명의 위협을 받고

는 살 수가 없지 않은가?'

만일 이혼을 하면 재산을 반을 주어야 하는 것이 미국의 법이다. 꼽아보니 그가 가진 재산이 꽤 된다. 갑자기 그가 무서워졌다.

문득 남편에게 여자가 있는 게 아닌가 하는 의심이 들었다.

'혹시 나를 만나기 전에 사귀었던 옛 애인일까? 그렇지, 서른이 넘어 결혼을 한 남자가 결혼 전에 애인이 없었다는 건 말이 안 된다. 와이프가 돼 가지고 어찌 그리 눈치를 못 챘단 말인가?' 해양연구소 직원들의 아내처럼 아주 똑똑한 학벌 좋은 여자일 거야.'

생각이 이어질수록 남편에게 다른 여자가 있다는 것이 어느새 기정사실이 돼버렸다. 남편은 수미보다 열 살이 위이다. 수미는 그의 첫인상에서 그렇게 짐작을 했고, 나이가 든 것이 오히려 더 좋았다.

그러나 데이브는 수미가 그리 어린 줄은 몰랐었다. 그 당시 그녀는 스물두 살 애송이에 불과했으나 보기에는 그 나이처럼 발랄하고 풋풋하지가 않았다. 마음 둘 곳 없는 청춘이었기에…….

실내에는 한국 가곡이 흐르고 있었다.
내 고향 남쪽 바다 그 파란 물-- 눈에 보이네,
꿈엔들 잊으리요오-- 그 잔잔한 고향 바다.
지금도 그 물새들 날으리--
가고파라 가고파----
핑 돌던 눈물이 주르르 흘렀다. 다시는 돌아오지 않으리라 다짐하며 떠나온 고국이 그리움의 파도가 되어 눈앞에서 넘실거렸다.
'이 노래 제목이 뭐더라? 이제는 이 유명한 노래 제목도 잊었단 말인가? 내 고향 남쪽 바다? 아냐. 아냐. 그렇지 가고파, 가고파야. 아---, 가고파. 가고파. 정말 가고프다.'

정확히 두 시간 후, 남편이 도착했다. 정비사와 대화를 주고받더니 남편은 그 차로 옥스나드 집으로 돌아가도 된다고 했다. 지금은 별문제가 발생하지 않을 것이니 안심하라고 태연하게 말했다.

수미는 남편 차에는 익숙하지 못하다. '문제의 내 차를 나보고 운전하라고 할 것인가?' 하는 생각이 뇌리를 치면서 앞이 캄캄했다.

'결국은 나를 죽음으로 몰아넣을 작정인가? 그렇다면 나보고 운전하고 오라고 하지 왜 달려왔지? 그랬어도 내가 운전을 안 하리라는 것을 알기에?'

뜻밖에 그가 이왕 코리아타운에 왔으니 여기저기를 둘러보자고 했다. 온화하고 편안한 표정이었다. 그녀는 그의 제안을 거절했다. 피곤하다는 핑계를 댔으나, 정말이지 남편과 같이 다니고 싶지 않았다. 어서 집으로 가자고 했다. 둘 중 누가 문제의 차를 운전해야 하는지가 빨리 알고 싶었다.

'내가 너무 앞서갔나?'

남편은 수미에게 자기 차를 운전하라고 말하며 차 열쇠를 건네준 후, 태연하게 문제의 차로 향했다.

"내가 뒤따라 갈 테니 먼저 떠나. 운전 조심하고."

순간 걱정이 되기는커녕 수미는 속으로 외쳤다

'아무리 네가 차를 안다고 해도 정비사만 하겠니? 그래, 차라리 네가 죽어라.'

8

운전을 하는 동안 허리가 무겁고 다리가 아팠다. 통증이 점점 심해졌다. 올 때도 조금씩 아프긴 했으나 금세 괜찮아졌고, 운전을 할 때는 자주 그러다가 또 낫곤 해서 별 신경을 안 쓴 것이다.

실은, 서너 달 전부터 왼다리가 욱신욱신 저리고 허리 아래쪽이 묵직했지만 늘 그런 것이 아니어서 이러다가 낫겠지 하고 내버려 두었다. 특히 밤중에 더 심했다.

허리 아래쪽이 뜨끔뜨끔해 몸을 좀 움직였더니 갑자기 왼다리에 쥐가 났다. 엉덩이에서 뭐가 쭉 뻗쳐 발가락 끝까지 침범을 했다. 배까지 아팠다. 식은땀이 났다. 그래도 집에까지는 가야지 하고 참아봤으나, 나중에는 머릿속이 텅 비어 하얗게 돼버렸다. 도저히 참을 수가 없었다.

프리웨이 갓길에 차를 세웠다. 일단 차를 세우니 안도의 숨은 쉬어졌지만, 통증은 여전했다. 몸을 뒤로 젖히고 머리를 의자에 기대니 눈이 저절로 감겼다.

누가 창문을 두드렸다. 실눈을 뜨고 고개를 돌린 수미는 하마터면 외마디 소리를 지를 뻔했다. 웬 남자가 유리창에 코를 문대면서 그녀를 향해 바짝 얼굴을 들이밀었다. 남자의 얼굴이 운동장만 했다. 남편이었다.

그가 얼른 차 안으로 들어왔다. 왼다리를 칼로 후벼파는 것 같은 통증이 몰려와 수미는 '아, 아…….' 신음하며 다리를 엉거주춤 들었다. 다리를 위로 올리니 통증이 조금 덜했다.

응급실로 향하는 중, 운전하는 남편의 표정이 심각했다. 얼굴에 땀이 송송 솟아 있었다. 그 와중에도 수미는 차의 상태가 궁금했다. 남편은 정비사의 오진이 있었다고 하면서 별문제가 없으니 안심하라고 했다.

동시에 수미의 입에서는 "근데, 왜 데리러 왔어요? 그냥 오라고 하지." 하는 말이 튀어나왔다.

"당신이 아프잖아."

전혀 예상치 못했던 말에 수미는 침묵했지만 '이 남자가 이런 언변도 있었나?' 하는 의아함이 생겼다.

검진 결과가 나왔다. 왼다리에 통증이 온 것은 디스크 증세였다. 3번과 4번 사이의 연골이 흘러나와 신경을 눌렀기 때문이라고 했다. 검진 결과가 나올 즈음에는 아픈 것이 많이 완화가 되었다.

그러나 일은 다른 데서 터졌다. 신장에서 종양이 발견된 것이다.

조직검사를 한 결과 암으로 판정이 났다. 수미의 것은 신장암 중에서도 신세포암이라고 했다. 암 때문에 나타난 증상은 아무것도 없었다. 옆구리가 아프냐, 소변에 피가 섞여 나오느냐 하고 의사가 물었으나 수미에게는 그런 증상이 전혀 없었다. 복부에서 만져지는 멍울은 더더구나 없었다. 또한 발열, 빈혈 등도 전혀 느끼지 못했다. 체중이 좀 준 것은 사실이다. 피로하고 식욕부진일 때가 더러 있긴 했다.

신세포암이란 것이 초기에는 별 증상 없는데 다행히 수미의 것은 초기였다. 최선의 길은 근치적 신적출술을 시행하는 것이었다. 쉽게 말하면 신장을 완전히 제거하는 수술인데 수미에게는 불가능했다. 그녀는 신장이 하나밖에 없기 때문이다. 잠시 생각에 잠겼다. 신장을 괜히 떼어주었다는.

이런 일이 생기리라고는 상상조차 못 했었다. 그때 수미는 신체의 일부를 잘라낸다는 것에 대해 심각한 고민을 하지 않았고, 친구의 살릴 수 있다는 데에만 마음이 쏠렸었다. 지금 생각해보니 원장의 눈부신 화술도 한몫을 한 것 같다. 약속은 지켜지지 않았지만.

'그 애는 지금 잘살고 있을까?'

이식수술 후, 고모가 사는 시골로 가게 되어 그들은 헤어졌다. 태어날 적부터 신장이 약했는데, 그걸 모르고 아무런 조치를 안 하고 있다가 그만 두 개의 신장이 다 망가져버린 케이스로 2년을 무척 고생하던 중, 생명이 위험한 상태에 가서야 이식수술을 받게 되었다. 정말 기적이었다. 수미의 신장이 그 애한테 들어맞은 것은 신이 내린 기적이었다. 그 애의 가장 가까운 곳에 수미가 존재하고 있었다는 사실부터가 기적이었다. 또 그 애가 가장 친한 친구인 것도 인연 중의 인연이었다.

'신장적출은 불가능한 일이니, 전이되기 전에 일단 종양을 잘라내야 하겠지? 다행히 초기이고 전이가 되지 않았다고 하니 시간은 좀 벌어줄 거야. 항암치료도, 투석도 병행해야 하고……. 괜히 주위 사람 힘들게 하지 말고 모든 치료를 거부하고 그냥 이대로 내버려둬!'

이리하나 저리하나 이 세상에 남은 기간은 마찬가지일 것 같다. 아무튼 이식을 받는 것이 최상의 길이지만 얼마나 기다려야 할지는 기약이 없다.

현재 수미에게 신장을 떼어줄 사람은 아무도 없다.

'이럴 때 부모형제라도 있다면 얼마나 좋을까?'

얼굴도 모르는 부모가 그립기 그지없다. 원망과 증오의 대상이 된 적도 있었으나, 이제는 마냥 그립기만 하다. 곁에 있기만 해도 위로가 될 것 같다. 이미 하늘나라에 갔을 것이라고 단정을 지었는데도, 천사가 되어서 이 세상에 내려와 주었으면 정말 좋겠다는 생각까지 든다.

9

'나는 왜 이리 운이 없을까? 이제 겨우 마흔둘인데 지금 죽는다는 것은 너무 억울하다. 그리고 무섭다. 이대로 죽을 수는 없다. 남들처럼 내세에 대한 확신이 있어, 천당 간다는 믿음이 굳건하면 억울하지는 않을까? 편안한 마음일까? 그럼 나도 지금부터 하나님을 믿어볼까? 천당 간다는 희망을 갖기 위해.

남편의 말대로 한국교회에 나가 봐? 나의 과거가 탄로 난들 그게 뭐 어때? 삶과 죽음이 맞닿은 상태인데 그런 것이 무슨 대수랴. 만일 하나님이 있다고 믿었더라도 나는 그분을 원망하며 살았을 것이다. 태어나면서부터 지지리도 운이 없었던 나이니까. 남편을 만나 미국에 온 것도 지나고 보니 좋은 운은 아니었다.'

신에게 매달려보고 싶은 욕망이 갑자기 전신을 엄습했다. 원망의 신이 희망의 신으로 바뀌었다.

"하나님, 살려주세요. 죽은 자도 살리시는 하나님이시니 이깟 병 고치시는 것은 아무 문제도 아니잖아요? 제 병만 고쳐주시면······."

기도를 어떻게 하는지를 몰라 그냥 말하듯이 중얼거리는데 콧잔등이 시큰해지며 눈물이 핑 돌았다.

"하나님께서는 제가 그동안 어찌 살아왔는지 잘 아시잖아요. 제가 불쌍하지도 않으세요? 낳자마자 부모한테서 버려져 고아원에서 살다가 친구에게 신장 하나 떼어준 것 아시지요? 그러니까 지금 갚아주셔야 해요."

기도 중이었다. 뭔가가 뇌리를 휙 스치고 지나갔다.

'그 애의 가장 가까운 곳에 내가 존재하고 있었다는 사실에서 기적이 비롯되었다면, 그 기적이 내게도 이어질 수 있지 않을까?'

순간, 암이 낫든 안 낫든 간에 믿음을 가지면 평화와 안식을 얻을 수 있고, 자신에게 의지와 위안이 될 수 있다는 깨달음이 왔다. 수미는 매일 정성껏 기도했다. 절실한 마음으로 신에게 매달렸다.

그러던 중, 가정의 평화를 위해 기도하고 있는 자신을 발견했다. 남편과의 관계, 딸과 관계에서 생긴 매듭을 풀어주십사는 기도를 하고 있는 자신을 보면서 수미는 놀랐다. 그리고 그 매듭은 누구도 아닌 수미 자신이 만들었다는 깨달음에 또 놀랐다.

엄마의 상태를 모를 리 없건만 티나는 별말이 없었다. 하지만 측은한 눈빛으로 엄마를 본다는 것은 느껴졌다. 암 판정을 받은 후부터는 티나에게서 어딘지 달라진 느낌이 수미에게 와 닿았다. 자신의 감정도 그랬다. 딸과의 관계도 그 누구도 아닌 수미 자신 때문에 매듭이 만들어졌다는 사실이 문득문득 뇌리를 쳤다.

항상 딸 편만 드는 남편이 야속했던 수미다. 그런데 아니었다. 오히려 그건 남편이 잘한 일이었다고 감사한 생각까지 든다. 만일 아빠가 엄마 편을 들며 딸을 몰아붙였다면, 그녀는 지금 어찌 되어 있을까? 아빠가 두둔하며 감싸준 것은 티나가 절실하게 원하는 현실이었다.

수미는 딸이 무엇을 원하는지조차도 몰랐다. 그리고 매사에 표현 방법이 지극히 서툴렀다. 말을 하면 핀잔을 받았기에 침묵을 지키기가 일쑤였다. 이러한 수미가 딸에게는 무심한 엄마로 비추어질 수밖에 없었다.

돈 잃고 난리를 겪은 일이 아주 옛날같이 아득하다.

10

뿌연 안개 속에서 새 한 마리가 수미의 주위를 날고 있었다. 새의 형체는 선명하지가 않고 색깔만 어렴풋이 잡혔다. 하얀색이었다. 하얀 참새가 있다는 얘기는 들었으나 참새보다는 컸다. 꿈인지 생시인지 분간이 안 되는 상황이라 아주 희미했다.

어디선가 "엄마, 엄마." 하고 부르는 소리가 들렸다.

멀리서 들려오던 소리가 점점 가까워졌다. 그리고는 또 점점 멀어지다가 긴 여운을 남기며 사라졌다. 엄마를 애타게 찾고 있는 슬픈 목소리였다.

이 세상천지에 수미를 엄마라고 부를 사람은 티나밖에 없다.

갑자기 가슴이 쿵쿵 뛰었다. 벌떡 일어나 후들후들 떨리는 다리를 겨우 가누면서 티나 방으로 향하는데 하얀 새가 따라왔다. 방문 틈새로 불빛이 새나오면서 뿌연 안개는 걷히기 시작했고 하얀 새는 불빛을 따라 티나 방으로 사라졌다.

11

　신장암 때문에 디스크는 밀려났다. 다리의 통증도 가라앉아 그 누구도 디스크는 언급을 안 했다. 암의 위력이 크긴 컸다.
　요즘은 의학이 발달해서 혈액형이 달라도 웬만큼만 적합하면 신장이식이 가능하니 곧 수술을 할 수 있으리라고 남편은 수미를 위로했다. 그리고 용기를 주었다. 말이 없던 그가 이제야 말문이 트인 듯했다.
　그의 진심이 느껴졌다. 고맙고 든든했다. 미안해서 눈물이 났다. 건강할 때는 항상 불안해서 뭔가에 쫓기는 기분이던 것이 건강을 잃고 나니 도리어 마음이 편안했다.
　남편을 꽉 붙들면 살 것 같았다. 멀리서 바라보기만 했던 남편이 이젠 자신의 곁에 있다는 믿음이 생기기 시작했다. 더 이상 혼자가 아니라는 믿음이다.

　응급실에 도착했을 즈음에 수미는 육체의 통증에서 조금씩 벗어났었다. 한데 남편의 얼굴이 그녀보다 더 땀에 배어 있었다. 자신의 통증을 그도 느끼고 있다는 전율이 전신을 엄습했다. 이상했다. 그는 분명히 통증에 시달리고 있었다. 차 안에서부터 내내 그랬다. 티나를 임신하고 신장이 하나밖에 없는 것이 탄로가 났을 때도 그랬다. 그 당시에는 겁부터 앞서 그냥 무사히 넘긴 것만으로 안도의 숨을 쉬었었는데, 이제야 그의 진심이 느껴진다. 속였다는 사실에 대해서도 조금도 섭섭해 하지 않고 걱정스런 눈빛으로 아내를 다독거려 주었다.

그리고 언니에게 신장이식을 해주었고, 그 일 년 후에 언니가 죽었다는 거짓말이 또 추가되었으나 그는 그 말을 그대로 믿었다. 신장이 하나만 있을 경우는, 그 한쪽이 두 쪽의 신장 기능을 하기 위해 더 강해진다고 도리어 아내를 격려해주었다.

'아, 나는 왜 그 당시에는 고마움을 못 느끼고 이렇게 한참 지난 다음에야 깨닫게 되는 것일까? 인간은 궁극적으로 죽음에 직면해야만 깨달음이 오는 걸까?'

거짓으로 똘똘 뭉쳐 불신만으로 세상을 바라보고 살았던 수미다. 열등의식에 사로잡혀 혼자 생각하고 혼자 단정 짓고, 혼자 판단하고, 그리고 혼자 괴로워하고 또 울고…….

그렇게 차가웠던 마음에, 사랑의 눈물이 강을 이루었다. 그 사랑의 물결은 더욱더 뜨겁게 넘쳐흘렀다.

정밀검사를 받기 위해 다시 입원을 했다. 마음이 점점 편해졌다. 이제는 병원에 모든 것을 맡기는 수밖에 다른 길이 없으니까. 하지만, 남편이 그녀 곁에 있다는 확신이 생기고 보니 무서울 게 없었다.

이튿날 아침이었다. 수미에게 맞는 신장이 나타났다는 기적의 기별이 병실로 날아들었다.

'아, 이럴 수가…….'

진실로 진실로 기적이 이루어졌다. 50%만 맞아도 이식이 가능한데 거의 100%가 들어맞는다고 했다. 당장에 이식수술을 할 수 있게 된 것이다.

꿈인지 생시인지 분간이 안 돼 실감이 안 났다. 그 애가 수미를 보고 웃고 있었다. 지금은 40대의 아줌마가 되어 있을 터인데도 옛날 모습 그대로였다.

"어떤 사람이에요?"

남편은 모른다고 했다. 기뻐서 상기되었던 얼굴에 언뜻 그늘이 드리우는 듯했다.

공교롭게도 수술 날짜가 티나의 입학식과 맞물렸다. 기적적으로 거의 100% 맞는 신장을 이식받게 되었는데도 불구하고 딸은 남편처럼 흥분하지 않았다. 집을 떠날 때도 별말이 없었고 수술 받는 날 아침에도 전화 한 통 없었다. 그래도 섭섭한 감정은 없고 그냥 담담했다. 입학식에 혼자 간 것이 도리어 미안했다. 대학생이 되었다 하더라도 이제부터는 엄마를 떠나 혼자 살아가야 할 티나가 걱정스럽기도 했다.

'혼자 살아가야 할 티나?'

갑자기 앞이 캄캄해지면서 엄마를 떠나서 보다는, 엄마 없이 혼자 살아가야 할 딸이 상상되었다. 신장이식은 대수술인데 부정적인 그 1%에 수미가 해당될 수도 있기 때문이다.

암 판정을 받고 생사의 갈림길에서 살려달라고 하나님께 매달려 기도할 때에 수미는 자기 자신 생각만 했다. 엄마 없이 혼자 살아가야 할 딸은 염두에 없었다. 딸 걱정은 손톱만큼도 안 한 것이다. 엄마로서의 자격을 완전히 잃었었던 것 같다.

'티나야! 미안하다. 아! 이런 내가 무슨 엄마란 말인가? 티나는 자립심이 강하고 현명해 혼자 힘으로도 넉넉히 살아갈 수 있다고 믿는 잠재의식이 있었기 때문에 그랬을까? 나에게는 남을 걱정하는 마음이 없단 말인가? 고아로 자라서? 피붙이까지도?'

한데, 수술받는 날 아침, 그녀가 기숙사에서 '혼자 살아가야 한다.'는 생각을 하다가, 그 생각이 이어져 하나의 깨달음이 정수리를 친 것이다. 참으로 혼란스럽다. 엄마 없이 혼자 살아가야 할 하나밖에 없는 딸 걱정을 지금에야 하다니.

'과거는 다 잊고 이제부터는 딸을 많이많이 사랑해주리라 다짐했는데……'

12

'여기가 어딜까?'

캄캄한 어둠 속에서 뭔가 허여스름한 물체가 주위를 빙빙 돌고 있었다.

하얀 새였다.

언젠가 한 번 나타났다가 티나의 방으로 사라진 바로 그 새였다.
 '아, 하얀 까마귀다.'
 새끼 새가 먹이를 날아와 아픈 어미 새의 주둥이에 넣어준다는 하얀 까마귀였다. 천 년의 길조를 알리는 전설의 하얀 까마귀였다.
 아무것도 분간이 안 되는 상태인데도 새의 형체는 분명히 잡혔다. 하얀 까마귀가 훨훨 나르며 수미 주위를 맴돌고 있었다.
 그리고 잠시 사라졌다가 무슨 소리와 함께 다시 나타났다. 귀가 열리기 시작한 것이다.
 '이게 무슨 소리지?'
 아주 낮고 느린 목소리였다.
 "네가 그동안에 너무 힘들게 살아, 이제는 이 세상에서 더 살고 싶지가 않은 모양이구나. 세상만사 보는 것조차도 두려워 눈을 뜨기가 싫으냐? 눈뜨기 싫어도 이제는 일어나거라."
 수미는 깜짝 놀라 벌떡 일어났다. 나지막하고 느린 목소리가 다시 이어졌다.
 "그렇지, 일어나야지. 얼른 하얀 까마귀 날개에 매달려라."
 순식간에 하얀 까마귀 날개에 매달린 수미가 훨훨 날고 있었다.
 아주 멀리서 무슨 소리가 또 들렸다.
 어디에서 들리는지 방향을 잡을 수도 없고 무슨 소리인지 감을 잡을 수도 없었다. 수미는 전신의 힘을 귀에다 모았다. 미세했던 소리가 조금씩 분명해졌다.

그 소리는 눈물을 흥건히 머금고 누군가를 애타게 부르고 있었다.

"엄마, 엄마."

티나의 목소리였다.

'티나는 지금 동부에 있는데 어떻게 음성이 바로 옆에서 들리지? 꿈인가?'

"티나야, 어딨니? 엄마 여기 있어. 엄마 여기 있다고."

입을 열었는데 소리가 안 나왔다. 눈을 뜨려고 애를 써도 뜰 수가 없었다. 그러나 티나의 음성은 분명하게 들렸다.

"엄마. 벌써 사흘이 지났어요. 의사 선생님은 아무 이상이 없다고 하는데, 왜 아직도 안 깨어나는 거예요. 제발 일어나세요."

'아참, 내가 신장이식 수술을 받았지. 그러니까 수술 후, 사흘이 지나도 못 깨나고 있다는 얘기네.'

순간, 아주 낮고 느린 목소리가 휙 하는 바람 소리가 되어 가슴을 스쳤다. 수미의 의식을 돌아오게 한 바로 그 목소리였다.

"…… 눈뜨기 싫어도 이제는 일어나거라……."

가슴을 스친 바람이 불꽃이 되어 피어나기 시작했다.

티나가 울고 있었다.

"엄마, 제가 잘못했어요. 내가 못된 딸이었어요. 나는 엄마가 나를 미워하는 줄 알았어요. 아무 관심도 없고요. 그래서 엄마 관심을 끌려고 빗나갔나 봐요. 제가 너무 철이 없었어요. 나 때문에 엄마가 속이 썩어서 병이 든 것도 모르고……. 암에 걸린 것도 다 나 때문이에요. 지금 생각하니 내가 너무 나빴어요. 정말 못됐었어요. 미안해요. 엄마. 엄마, 빨리 깨어나요. 앞으로는 제가 잘할게요. 엄마…… 엄마…….”

'티나가 티나가, 엄마한테 잘못했다고 빌다니……. 아니다. 아니다. 엄마가 잘못한 게 더 많다. 엄마라는 사람이 어린 너랑 똑같이 굴었으니 말이다.

티나야, 엄마는 말야. 어릴 적부터 고아원에서 눈칫밥을 먹으며 자랐단다. 누구로부터도 사랑을 받아본 적이 없어. 물론 어머니의 사랑도……. 변명 같지만, 그래서 사랑을 어떻게 줘야 하는지를 몰랐나 봐. 나를 지키기도 벅찼으니까. 눈에 보이는 사실만 인정하고 맘속에 있는 내 자식을, 내 사랑을 보지 못했으니 그게 무슨 엄마냐? 다 내 잘못이야. 내 탓이야, 모두 다 내 탓이야! 미안하다. 티나야. 내 딸 티나야!!'

흐느끼던 티나의 음성이 조금은 가라앉았다.

"엄마, 수술도 잘 되었어요. 엄만 이제 새 생명을 얻었어요. 저도 거듭났어요. 우린 이제 한 생명이 되었다고요. 엄마와 한 몸이 되었고, 마음도 하나가 됐어요."

'티나와 내가 한 생명이 되었다고? 한 몸이 되고 한마음이 되었다고? 그러면 티나가? 티나가…….'

갑자기 온몸이 더워 왔다. 생명의 불꽃이 서서히 수미의 몸에 피기 시작한 것이다. 온몸을 타고 흐르는 기쁨에 손끝이 찌릿찌릿했다. 뜨거운 눈물이 두 뺨을 타고 흘러내렸다.
 그 순간이었다. 티나가 자지러지듯이 소리를 질렀다.
 "엄마! 엄마! 이제 정신이 드세요?"
 수미는 "티나야, 티나야." 하고 계속 불렀다. 입이 조금씩 열렸다. 목청이 터지라 불러대는 그 소리가 작은 신음처럼 새어 나왔다.

 멀리서부터 한 줄기 찬란한 빛이 가슴속으로 스며들었다. 주위가 점점 환해지면서 딸의 얼굴이 어렴풋이 시야에 들어왔다.
 아직도 수미는 하얀 까마귀 날개에 매달려 있었다.

갑자기 핏줄이 팽창해 오는 긴박감에
그녀는 벌떡 일어났다.
 남편에게로 달려가 그의 멱살을 잡고 흔들며
울부짖고 싶었다.

남편이 여자를 안고 있는 장면이
영화필름이 되어 머릿속에서 막 돌아갔다.
뜨거운 분노의 덩어리가 핏줄을 타고 마구 돌아다녔다. 시커먼 돌덩어리 하나를
삼킨 것 같아 숨을 토하는데 바늘로 속을 긁어내는 것처럼 가슴이 쓰라렸다.
머리에서 불꽃이 일더니 팽창했던 핏줄이
여기저기서 툭툭 터지는 것 같았다.
그녀의 몸은 순식간에 피투성이가 되어
침대에 쓰러지고 말았다.

갈림길

 조용한 아침나절이다. 미동도 하지 않고 그림처럼 앉아 있던 하영은 무심결에 벽에 걸린 시계를 쳐다보았다. 평소에는 느끼지 못했던 초침 소리가 유난히도 선명하게 들렸기 때문이다.
 이제 겨우 아홉 시 반이었다. 홀로 앉은 시간이 한나절을 훌쩍 지나버린 것 같았다. 밤새 뒤척이다가 새벽녘에야 잠깐 눈을 붙였었다.
 여느 때 같으면 회사에서 컴퓨터 앞에 앉아 있을 시간이다. 시간이 후딱후딱 초침처럼 지나가버려 점심때도 잊고 살았다. "하영, 런치 타임. 런치 타임." 하고 동료들이 사무실 창을 톡톡 두드려야만 '아, 벌써 열두 시구나.' 하고는 시계를 보곤 했다.

 지금은 휴가 중이다. 며칠 동안 컴퓨터는 켜지도 않았다. 그런데도 홀가분한 기분은 아니다. 가슴이 파르르 떨리며 아스스한 느낌이 쏴 하고 전신에 퍼진다. 사느라고 바빠 예전에는 느껴보지 못한 감정들이 쉴 새 없이 밀려와 그녀는 지금 혼란에 빠져 있다.

외로움이 산더미만 한 파도가 되어 온 집안을 침몰시키고 있었다. 갑자기 정적을 깨며 전화기가 자지러질 듯이 울어댔다. 동시에 남편 얼굴이 확 떠올랐다.

가슴이 철커덩 천길만길 내려앉는 충격 속에 쿵쿵하고 심장이 마구 뛰었다. 하영은 잠시 눈을 감았다. 그리고 한 번 크게 심호흡을 한 다음 수화기를 들었다.

남편이 아닌 동생의 음성이 전화선을 타고 흐르는데 그렇게 허전할 수가 없었다. 잔뜩 화가 난 목소리로 지금 언니 집으로 가는 중이니 꼼짝 말고 있으라는 말에 하영은 한 대 얻어맞은 듯 정신이 멍해졌다.

동생은 어찌 지냈느냐는 안부는커녕, 이쪽 사정은 묻지도 않고 완전히 명령조로 말했다.

'혹시 그 일을 알아버렸나?'

남편이 별거 선언을 하고 집을 나간 지가 보름이 넘었다. 하영은 아직 아무에게도 이야기한 적이 없는데 소문은 빨랐다. 현관을 들어서기가 무섭게 동생은 다그쳤다.

"언니, 형부가 집 나갔다는데, 정말이야? 정말 맞아? 도대체 어떻게 된 거야? 무슨 일이 생겼지. 그렇지?"

바짝 약이 올라 어쩔 줄 몰라 하는 동생을 바라보며 하영은 침착하게 말했다.

"그래, 맞아. 이혼하재. 그래서 시간을 두고 좀 생각해 보자니까 별거 선언하고는 보따리 싸 가지고 자기 발로 걸어 나갔어."

"그동안 잘 먹고 잘 산 게 누구 덕인데 이혼을 하재? 근데 언니, 형부 서울 간 거 알아? 집 나와서 바로 서울 갔대."

동생은 하영의 눈을 빤히 들여다보며 똑똑 끊어지는 차가운 어조로 뒷말을 이었다.

"형부한테 여자 생겼지? 그렇지? 서울 있는 여자지?"

가정의 모든 경제는 하영이 걸머지고, 남편은 빌빌거리며 골프나 치면서 무역을 한답시고 서울을 뻔질나게 들락거리는 것을 눈에 쌍심지를 켜고 바라보던 동생이다.

남편이 사업 관계로 두어 달씩 한국에 머무른다고 하면, 혹시 여자가 생겼는지도 모르니 두 눈 똑바로 뜨고 잘 살펴보라고 했다. 그러나 하영은 동생의 말을 대수롭잖게 여겼었다.

"여자 감춰놓은 지가 벌써 6년이나 됐어. 그동안 감쪽같이 속았으니 기가 막혀 말도 안 나와."

"뭐야, 6년이나 됐어? 한데 그렇게 눈치를 못 챘단 말야? 내가 뭐랬어? 그리고 솔직히 말해서 나 언니한테 너무 서운해. 왜 내가 언니 별거 사실을 남한테서 들어야 해? 뻔하지 뭐. 내가 걱정할까봐 날 위해서 말 안 했다 이거지."

하영의 대답까지 다 해버리며 동생은 서운한 마음부터 털어놓았다.

"그래, 네 말이 맞아. 너한테 말했으면 네가 가만히 있었겠니? 당장 이혼하라고 그랬을 건 뻔한 노릇 아니니?"

하영의 남편은 미국에 유학 와서 경제학 박사학위까지 받았다. 그러나 그는 직장생활이 적성에 안 맞는다면서 회사에 붙어 있질 못했다. 결국은 무역업에 손을 댔고, 그 규모는 보따리 장사나 다를 바 없어 집에다 사무실을 차려놓고 침실도 겸하고 있다.

한국과의 비즈니스라 밤중에도 전화가 걸려와 그들은 자연스레 각방을 쓰게 된 것이다. 하영은 각방을 쓰니 너무 편하고 좋았다.

그런데 하루는 한밤중에 갑자기 잠이 깼다. 왠지 가슴이 답답하고 목이 말랐다. 냉수를 마시려고 부엌을 향하는데 남편의 웃음소리가 불빛과 함께 문틈으로 새어 나왔다.

사업상 무슨 좋은 일이 있나 하고 반가워서 방문을 열려는 찰나, 이어지는 남편의 목소리는 예리한 둔기가 되어 그녀의 정수리를 내리쳤다.

"왜 그래. 내가 널 얼마나 사랑하는지 아직도 몰라? 날 하루 이틀 겪었어? 벌써 6년이야 6년. 그런데도 내가 어떤 사람인지 아직도 모르겠어? 계약이 성립됐으니까 앞으로 네가 원하는 거 다 해줄 수 있어. 내가 곧 서울 가니까 만나서 자세한 이야기 하자고."

잠깐 말이 끊겼다가 다시 이어졌다.

"지난번에 만 불밖에 못 줘서 화났어? 미정아, 미정아, 그러지 말고 내 얘기 좀 들어 봐."

저쪽에서 뭐라고 그러는지 남편은 "미정아, 미정아." 하고 여자 이름을 애타게 부르다가 조용해졌다.

하영은 다리가 후들후들 떨려서 도저히 그 자리에 서 있을 수가 없었다. 남편의 방문을 열 수는 더더욱 없었다. 까마득한 벼랑의 낭떠러지로 굴러 떨어져 걷잡을 수 없는 급류에 휘말린 것같이 정신이 혼미해진 그녀는 겨우 발걸음을 옮겨 자신의 침실로 향했다.

이럴 수가, 어떻게 이런 일이……. 그냥 확 방문을 열어젖힐 걸 그랬나? 아니지. 우선은 어떻게 대처를 해야 하나 냉정하게 생각을 해야 한다. 어떻게 해야 하나, 어떻게 해야 하나? 그냥 모르는 척하고 동태를 살펴봐? 만일에 그냥 지나가는 바람이면 평생을 모르는 척해? 6년을 넘게 알았다고 하니 지나가는 바람 같지는 않다.

6년 동안이나 남편한테 딴 여자가 있었는데 그렇게 몰랐을 수가? 그 여자를 사랑하는 것이 입에 발린 소리가 아니라 분명한 사실일지도 모른다. 사랑? 어휘조차 잊은 지 오래다. 다시금 남편의 목소리가 뼛속을 후비며 파고들었다. 뭐 지난번엔 만 불밖에 못 줘서 화났느냐고? 그렇담 그 전엔 더 많은 돈을 갖다 바쳤다는 말 아닌가?

갑자기 핏줄이 팽창해 오는 긴박감에 그녀는 벌떡 일어났다. 남편에게로 달려가 멱살을 잡고 흔들며 울부짖고 싶었다. 내게는 돈 한 푼 갖다 주지 않고 그 여자한테 다 갖다 바쳤어? 6년 동안이나? 아니, 내게서 솔솔 빼간 돈들이 다 그 여자한테로 흘러 들어갔단 말이지?

남편이 여자를 안고 있는 장면이 영화필름이 되어 머릿속에서

갈림길

막 돌아갔다. 뜨거운 분노의 덩어리가 핏줄을 타고 마구 돌아다녔다. 토할 길 없는 시커먼 돌덩어리 하나를 삼킨 것같이 답답해 숨을 토하는데 바늘로 속을 긁어내는 것처럼 가슴이 쓰라렸다.

머리에서 불꽃이 일더니 팽창했던 핏줄이 여기저기서 툭툭 터지는 것 같았다. 그녀의 몸은 순식간에 피투성이가 되어 침대에 쓰러지고 말았다.

"뭐 만 불밖에 못 줘서 뭐가 어쩌고 어째?"

사랑보다도 돈 문제에 더 치가 떨리는지 동생은 언성을 높이며 흥분하다가 한심해서 죽겠다는 듯이 인상을 잔뜩 찌푸리고 말을 이었다.

"그래서, 속을 끙끙 앓으면서 얼마 동안이나 모른 척하고 있었어?"

"사흘. 그 이상은 도저히 나 자신을 속일 수가 없었어. 밤마다 그 여자한테 전화하는 것 같아 잠을 잘 수가 있어야지. 그 여자랑 전화하는 형부 목소리가 환청으로 들리며 밤새 귓가에 맴도는 거야. 형부 방 앞으로 자석에 끌려가듯 가려고 하는 내 발을 침대에 묶어놓는 것도 힘이 들었고."

"뭐, 그 여자? 쌍욕을 해도 시원찮을 년한테 뭐 말라빠진 그 여자야. 언니, 똑똑히 들어. 그년은 나쁜 년이야. 또 형부도 나쁜 놈이고."

한껏 옥타브를 높이며 비약하는 그녀에게 하영은 대꾸할 말이 없었다.

"왜, 형부 욕하니까 듣기 싫어? 언니, 제발 정신 좀 차려."

옥타브가 조금은 낮아지면서 동생은 말을 이었다.

"언니 같으면 영원히 자신을 속일 수도 있었을 텐데 말야. 하여튼 언니는 위대해. 나 같음, 문 박차고 쳐들어가 이판사판 바로 결판 내버렸을 거야. 그건 그렇고, 어쨌든 간에, 언니가 먼저 이야기를 꺼냈단 말이지? 그러니까 뭐래."

"어쩜 그렇게 뻔뻔스러울 수가…… 위치가 완전히 뒤바뀐 기분이었어. 나는 눈물이 나서 말도 이어갈 수가 없었는데 형부는 너무나 당당했어."

남편은 그랬다. 안 그래도 이혼을 하자고 말을 꺼내려는 참이었다고. 거짓말이라도 좋으니 차라리 잡아떼며 오해라고 해주기를 바랐다. 제스처라도 좋으니 하영의 치맛자락을 붙들고 잘못했으니 용서해달라고 비는 시늉이라도 해주기를 바랐다.

그날 일을 생각하니 갑자기 가슴 밑바닥으로부터 뜨거운 것이 치밀어 오르면서 눈물이 쏟아졌다. 감정이 웬만큼은 정리가 된 줄 알았는데 그게 아니었다. 그리고 광목 끈으로 단단하게 매듭을 짓고 가슴 깊이 자리 잡고 있던 말이 자신도 모르는 사이에 입 밖으로 튀어나왔다.

"글쎄 뭐라 그런 줄 아니? 정말 사랑한대. 남자들이 흔히 피우는 바람이 아니라, 사랑이래. 사랑. 그런데 그다음 말이……. 정말

기가 막혀, 그걸 가지고 뭘 그리 울고불고 야단이네. 당신한테 남자가 생겼대도 난 아무렇지도 않겠다. 갈라서면 간단하잖아? 글쎄 그러잖니?"

무릎 꿇고 빌어도 시원찮을 마당에 남편은 아내 앞에서 그런 뻔뻔스러운 말을 서슴없이 했다. 아무리 아내가 싫어졌다 하더라도 앞에다 대놓고 그런 말을 할 수는 없는 법이다. 법적으로 묶어 놓은 아내의 위치를 그렇게 무시해서는 안 된다.

도대체 부부라는 관계가 무엇인가? 만인 앞에서 슬플 때나 기쁠 때, 등등, 검은 머리 파뿌리 될 때까지 서로 위하며 살겠다고 서약한 것도 말짱 헛것이란 말인가?

남편은 마음이 변했다. 하영으로부터 아주 완전하게 마음이 떠나버린 것이다. 아무리 사람의 마음이 변하는 것이라고는 하나 불같은 정열을 품고 그토록 사랑했는데 이토록 얼음장같이 냉랭해질 수가 있단 말인가?

대학 시절, 그들은 아주 열렬히 연애를 했다. 둘은 항상 그림자처럼 붙어 다녔고 그가 하영을 얼마나 사랑하는가는 몸짓 손짓을 빼고도 눈빛만 보아도 알 수가 있을 정도였다.

그들의 사랑 이야기는 모르는 친구가 없을 정도로 유명했고 아주 잘 어울리는 한 쌍이라 다들 부러워했다.

머리 좋은 수재에다, 훤칠하게 잘생기기까지 한 아주 멋진 남자, 그녀 또한 여자들도 반하고 싶을 만치 한없는 매력을 지녔었다. 많은 남자들이 하영의 주위를 맴돌았으나 그가 하영에게 퍼부어대는 맹렬한 공세에는 아무도 당할 수가 없었다.

그들은 졸업 후 바로 결혼을 하고 미국 유학길에 올랐다. 모든 친구의 흠모 대상이 되었던 두 사람은 참말로 그림같이 아름다운 한 쌍의 부부였다.

"가만 생각해 보니까 말야. 그 여자가 몇 번인가 미국에도 왔었어. 서울에서 바이어가 와서 무슨 컨벤션 쇼에 간다고 며칠씩 집을 비운 적이 있었거든. 그리고 공항에 나갔던 날도 술을 많이 먹어 운전을 못 한다고 안 들어왔었어. 정말 감쪽같이 속았어. 바이어랑 같이 다닌다고 해 돈까지 대주었으니……. 참 기가 막혀 말이 안 나와."

그동안 빈껍데기하고 살면서 그것도 모르고, 사업차 서울 나간다고 하면 새 양복에다 새 구두에다, 친구들 만나면 기죽지 말라고 돈까지 두둑이 지갑에 넣어주었다.

그 돈으로 여자 만나서 연애질하고 다니는 걸 하영은 꿈에도 몰랐다. 남편의 수입이 어느 정도인지도 몰랐고, 여자한테 척척 목돈을 갖다 바치는 것도 까맣게 모르고 있었다.

그리고 남편이 젊은 여자의 날렵한 몸매와 매끄러운 살갗에 길들여져 가면서 아내의 평퍼짐하고 축 늘어진 모습으로부터 멀리 도망치고 있다는 사실도 까맣게 몰랐다.

옛날의 흔적은 조금도 찾아볼 수가 없는 하영이 돼버렸기 때문이다. 하얗고 예쁜 얼굴에 키도 크고 늘씬해 친구들 중에서도 유난히 눈에 띄던 그녀였다.

예뻤던 여자도 안 예뻤던 여자도 반세기 이상의 인생을 살다보면 평준화가 돼버리지만, 잘 늙은 얼굴은 우아하고 편안해 보인다.
그러나 그녀는 그렇게 늙지를 못했다. 피곤함에 찌든 얼굴에, 눈언저리뿐 아니라 얼굴 전체의 피부가 축축 늘어져 있다. 체중도 많이 불어 사이즈 식스가 이제는 그 두 배보다도 더 늘어났다. 옷도 편한 것이 좋아 홀렁홀렁한 바지에 블라우스만 걸치고 다닌다.
그녀는 혼자 쓰는 자신의 사무실에 앉아 컴퓨터만 들여다보기에 멋과는 점점 거리가 멀어졌고, 또 너무 바쁘다 보니 자기를 가꿀 시간도 마음의 여유도 없었다.
반면에 남편은 늘 멋지게 차려입어 그 모습이 삼십 대 같다. 오십 대 후반라고는 도저히 상상이 안 된다. 헬스클럽에 쉬지 않고 다니면서 운동으로 단련된 몸도 청년과 다를 바 없다.
하영은 미국 굴지의 은행에서 컴퓨터 프로그래머로 일하고 있다. 그녀가 쓴 프로그램이 미국 전 지역에서 사용되기에 언제 뭐가 잘못될지 몰라 그녀는 항상 대기 상태에 있다. 전화가 오면 한밤중이라도 벌떡 일어나야 한다. 일감을 집에까지 가지고 와 밤새 컴퓨터 앞에 앉았을 때도 있다. 착실하고 책임감이 강한 하영은 항상 최선을 다하고, 성취감 속에서 일하는 보람을 느낀다.
그녀는 한 번도 일하는 것을 고생이라고 생각한 적이 없다. 자기 자신을 위해, 가정을 위해, 또 사회발전을 위해 여자도 자기 능력에 맞춰 일을 해야 한다는 것이 그녀의 신조다. 연봉도 무지하게 높아 하영의 수입만 가지고도 아이들을 사립대학에 보낼 수가 있었다.

그런데 이제는 너무 피곤해 좀 쉬고 싶다. 가끔은 머리가 무거워 터져버릴 것만 같고 온몸이 쑤시고 아프다. 혈압약을 먹기 시작한 지도 근 십 년이 가까워져 온다. 일한 지가 30년이나 되었는데도 시스템이 바뀔 때마다 그녀는 열병을 앓고, 요즘 들어선 자꾸만 일이 겁이 난다.

"사실을 알고 또 형부가 이혼을 요구하는데도 처음엔 도대체 실감이 안 났어. 이혼은 절대로 할 수 없다는 생각뿐이었어. 왜 그랬을까? 이게 사랑이라는 걸까 하고 의심이 가더라고. 미국 와서 바쁘게 살다보니 사랑 같은 거는 생각할 겨를도 없었거든. 그런데 여자가 있는 사실이 확인이 되었는데도, 형부가 나한테로 돌아올 것이라는 희망이 생기는 거야. 그냥 용서해달라고 한마디만 하면 내 마음이 눈 녹듯 다 녹아내릴 것만 같고, 형부 가슴에 안겨서 엉엉 울고 싶었어. 그래서 이런 감정이 사랑인가 하고 골똘히 연구를 해 봤어."

동생은 갑자기 깔깔대고 웃었다.

"그래서, 연구 결과 어떤 결론이 나왔어?"

"지금도 모르겠어. 정말 뭐가 뭔지 모르겠어. 그런데 내가 형부에게 기대를 걸 만한, 한 가지 사건이 있었어."

남편이 집을 나간 그날, 하영은 그의 방을 뒤져 전화 빌을 찾아

냈다. 거기까지는 신경을 못 쓴 탓인지 남편은 흔적을 남겨놓았었다. 똑같은 서울 전화번호의 나열, 남편은 그 여자한테 매일 밤 전화를 걸었었다. 한 지붕 밑에 아내가 버젓이 자리하고 있는데 두렵지도 않았을까?

열에 받쳐 온몸을 부르르 떨며 다이얼을 돌리고 있는 자신을 발견하고 하영은 깜짝 놀라 수화기를 내던졌다. 그리고 다시 곰곰이 생각한 결과 전화를 걸어봐야겠다고 결론을 내리고 무슨 말을 어떻게 해야 할 지 준비를 한 후, 떨리는 가슴으로 다시 다이얼을 돌렸다.

신분을 밝히니 미정이라는 여자는 아무 말이 없었다. 화들짝 놀라는 모습이 눈앞에 그려졌다. 이상하게도 하영은 여자의 나이부터 물었다.

그녀보다는 무려 열네 살이 아래였다. 잠깐 침묵을 지킨 그녀는 모든 사실을 다 시인한 후, 용서를 빌었다. 일이 너무 쉽게 풀어지는 듯해 하영은 의아했다. 미안하다고 지극히 공손한 목소리로 사죄를 하면서 한때의 바람으로 생각하고 남편을 용서해주라는 것이었다.

우습게도 하영은 그 여자의 신세 한탄을 들어야만 했다. 듣고 보니 그 여자도 불쌍했다. 말 못 하는 자폐증 아이가 있어 무거운 십자가에 눌려 산다고 했다.

결혼하려면 그러한 자기 환경을 이해하고 아이를 자기 자식처럼 돌봐줄 수 있는 남자하고 해야 하는데 남편은 그런 사람이 아니라고 했다. 그러니 그와의 결혼은 꿈에도 생각해본 적이 없단다.

사실은 지금, 나이는 좀 많으나 재력도 있고 마음도 따뜻한 남자가 있어 곧 결혼할 것이라고 했다.

그렇다면 남편은 그 여자에게 뭐였단 말인가. 결혼할 남자는 따로 두고 그냥 심심풀이로 놀았단 말인가? 아니면 돈 때문에? 돈 때문이라면 남편 외에도 여러 남자를 두었을 수도 있다. 괘씸한 생각도 잠깐이었고, 그 여자가 어찌나 서럽게 흐느끼며 하소연을 하는지 하영은 그만 말려들고 말았다. 그리고 곧 다른 남자와 결혼을 한다는 말에 밀렸던 숙제를 끝낸 것 같은 홀가분한 기분이 되었었다.

"그래서 형부가 언니한테로 도로 돌아올 것 같단 말이지?"

동생은 한심하다는 듯이 하영을 빤히 바라보며 물었다.

"여자는 순진하고 진실해 보이더라. 얘기를 듣고 있노라니 어찌나 불쌍한지."

하영의 말이 채 끝나기도 전에 동생의 목소리가 귀청을 때렸다.

"도대체 언니는 뭐야? 바보야아- 천사야? 아니면 내 앞에서 괜히 그러는 위선자야? 뭐? 순진하고 진실해? 순진하고 진실한 년이 남자 꼬셔서 6년 동안이나 돈 뜯어내? 그년이 완전 포장을 하고 쇼하는 것도 모르고 아주 홀랑 넘어갔구나. 머리채는 못 휘어잡았을망정 한바탕 욕을 퍼부어도 시원치 않을 마당에 그년이 불쌍하다고? 그래서 같이 울어주기라도 했어?"

하영은 잠자코 있었다. 동생은 계속 껄끄러운 말들만 했다.

"그러니까 형부가 돌아오면 대환영 하겠다아-- 그 말이지? 언니, 언니가 이혼을 하기 싫은 이유가 뭔지 내가 정확히 가르쳐줄게. 그건 사랑 때문이 아냐. 체면 때문이야 체면. 주위의 시선 때문이야."

그렇다. 동생의 말이 맞는지도 모른다. 하영은 그렇게 가정교육을 받았다. 세상은 나 혼자 사는 것이 아니니 항상 참고, 현실을 그대로 받아들여야 한다는 마음으로 살았다. 그렇지만 동생은 다르다. 10년이라는 나이 차 때문만은 아니다. 친자매인데도 그들의 성격은 어릴 때부터 판이하였다. 지금도 언니를 대하는 동생의 말투가 신경질적이지만 그대로 들어준다.

"언니 가정은 겉으로 보기엔 미국 와서 성공한 대표적인 케이스야. 어쨌든 형부는 무역회사 사장이고, 언니 또한 무지하게 돈 잘 버는 머리 좋은 프로그래머잖아? 아이들도 일류 사립대학 졸업하고 좋은 회사에 다니며 쭉쭉 잘 뻗고 있으니까 말야. 그래서 속이 곪았어도 언니는 그걸 남에게 보이고 싶지 않은 거야."

동생의 입에서 또 무슨 소리가 나올지 몰라 하영은 부모님한테로 화제를 돌리면서 동생의 이혼 사건을 끄집어냈다.

"실은 엄마랑 아버지 때문에 더 망설여지기도 해. 너 이혼한 지 얼마 되지도 않았는데 나까지 이혼한다고 그래 봐라, 그 심정이 어떠시겠니?"

부모님 이야기가 나오자 동생은 하영을 비꼬았다.

"언니 효녀인 줄 세상이 다 아니까 이제 그 위선 좀 작작 떨어. 괜히 부모 평계 대지 마. 난 다 알아. 언니 자신이 이혼한다는 게 창피해서 그런 거야. 이혼녀라는 말을 듣기 싫기 때문이야. 나 이혼한 것도 남들한테는 쉬쉬하잖아? 언니는 정말 고리타분해. 지금이 조선시대인 줄 알아?"

　1년 전 동생이 이혼할 때 부모님은 펄펄 뛰며 만류를 했었다. 이제 하영이까지 이혼을 한다고 하면 부모님은 어떤 얼굴을 할까?

　딸 둘이 다 이혼녀라는 꼬리표를 달게 된 것을 주위에서 알게 될 텐데. 위신과 체면을 금쪽같이 귀히 여기는 부모님의 심정을 생각하면 하영은 가슴이 답답해 온다.

　동생은 그녀의 남편이 여자관계를 완전히 청산했다면서 무릎을 꿇고 빌었지만, 자신이 원해서 이혼을 했다. 그의 까다로운 성격에 지치고 시중 들기 귀찮아 남편을 발길로 내지른 것이다.

　디스크 수술을 두 번이나 한 동생이기에 건강이 안 좋아 더 이상 남편의 시중을 들 수가 없다는 것이 표면에 나타나지 않은 이혼의 이유였다. 한 살이라도 젊을 때부터 좀 편하게 살아보자는 이기심의 발동이다.

　그런 남편과 계속 같이 살다가는 디스크가 언제 또 재발할지 모르고, 늙기도 전에 자기가 쓰러질 것이 뻔하기 때문이라나? 물론 표면에 나타난 이유는 남편의 바람기였다. 동생이 그러한 의중을 하영에게 토로했을 때, 그녀는 그럼 못 쓴다고 극구 말렸다.

　"어떻게 남편 시중 들기 싫다고 이혼을 하니? 그건 말도 안 된다. 네가 몸이 약하니까 앞으론 남편이 너 시중을 들어줄지 모르잖아?"

　"언니는 지금까지 내 얘기 다 듣고도 그만 소리 해? 끼니때마다 진수성찬을 해 바쳐야 하고, 평생 물 한 그릇도 자기 손으로 안 떠

먹는 사람이 내 시중을 들어? 눈앞에 어른거리기만 해도 뭘 시켜 어떤 때 난 살살 피해 다녀."

"네 남편 돈 잘 벌어 너 하고 싶은 거 다 하고 사는데, 그런 것도 안 하고 살래?"

끝까지 동생 편을 들어주지 않는 언니를 그녀는 섭섭해 했었다. 부모님도 눈물을 흘리며 딸을 설득했지만, 동생의 마음은 흔들리지 않았다.

"언니, 부모님 걱정은 조금도 하지 마. 나하고 언니하고는 경우가 달라. 언니가 이혼하겠다고 하면 쌍수를 들고 환영할지도 몰라. 지난번에 엄마가 그러더라. 언니 얼굴이 누렇게 떠 있더라면서 어디 아픈 게 아닌가 하고 걱정하셨어. 전자파니 뭐니 하는 소릴 들으셨는지 컴퓨터 중독 병에 걸렸으면 어쩌지 하고는 병 이름까지 만들어 붙여 내가 웃었다고. 언니가 평생 가장 노릇 하고 있으니 형부 못마땅하게 생각하는 거는 당연지사지 뭘 그래."

"하지만 막상 이혼한다고 하면 반대하실 거야. 그리고 지니하고 제인도 맘에 걸려. 결혼할 때 부모 이혼이 걸림돌이 될 수도 있잖아?"

사실 그것은 하영 자신이 딸들 결혼에 내세운 결혼 조건 중의 하나였다. 양친부모 밑에서 화목하게 자란 남자면 좋겠다고 두 딸에게 말한 바 있다.

지극히 침착한 하영에게 감전이 된 듯 동생은 흥분을 가라앉히고 조용히 말했다.

"걱정도 팔자다 팔자야. 부모 걱정 애들 걱정. 아휴 골치 아파. 지니하고 제인, 둘 다 미국 남자하고 사귀는 거 언니도 잘 알잖아? 결혼까지 할 모양이던데, 언니가 하도 고리타분하니까 애들이 나한테 하소연하더라. 언니한테 못하는 얘기 나한테는 다 해. 그러니까 애들 문제는 조금도 신경 쓸 거 없어. 지니 보이프랜드 엄마는 두 번이나 이혼했대."

하영도 짐작한 바 있다. 사귀는 미국 남자가 있다고 해, 그들과는 친구 관계로 끝내고 결혼은 한국 남자하고 하는 것이 엄마의 희망 사항이라고 말했었다.

"나한테 못 하는 얘기라니, 내가 알아서는 안 될 비밀이라도 있어?"

"아니, 비밀은 무슨 비밀. 언니가 너무 봉건적이고 고지식하니까 결혼하겠다는 말을 못하고 지금 고민 중에 있다는 얘기지. 둘 다 엄마 생각을 얼마나 많이 하는데 그래."

뒤가 캥키는 일이 있는지 동생은 얼른 화제를 돌렸다. 하영은 더 이상 묻지 않았다.

"이런 일이 생겼으면 진작 애들하고 의논을 했었어야지. 정말 언니 하는 짓 보면 내가 답답해서 미칠 것 같아. 이럴 땐 그 인간도 같이 애들 만나야 하는 건데 서울로 내뺐으니 할 수 없고. 이따가 시간 맞춰서 애들한테 전화부터 걸자고. 언니한테 맡겨놓았다간 질질 끌어 죽도 밥도 안 될 게 뻔해. 생각 같아선 빨가벗겨 내쫓아버렸음 속 시원하겠지만 미국법에 따라야 하니까 우선 변호사부터 선정해야지."

변호사 선정이라는 동생의 말에 하영은 정신이 번쩍 났다. 동생한테 하소연을 하다 보니 이야기는 어느새 이혼으로 결론이 지어진 것이다. 갑자기 생각이 갈팡질팡해 혼란스러워지기 시작했다. 하영은 동생의 눈치를 살피며 조용히 말했다.

"너무 그렇게 서두를 것 없어. 형부가 온 다음에 애들한테 알려도 돼."

동생은 어이가 없다는 듯 조소 어린 눈빛으로 하영을 빤히 바라보며 빈정대는 어조로 입을 열었다.

"왜? 그 인간이 와서 언니 앞에 무릎이라도 꿇고 빌 것 같아? 아니면 언니가 다시 시작해보자고 애원할 거야? 어쨌든 이혼하기 싫다 이거지. 언니의 사전에는 이혼이란 두 글자는 없다 그런 말인가?"

하영은 움찔하며 도리어 변명을 했다.

"아니 그게 아니고. 이혼을 한다 하더라도 당장 급할 건 없다는 거야."

"참 답답하네. 언니는 회사 일이나 남을 위하는 일에는 머리가 팽팽 잘 돌아가면서 왜 자신을 위해서는 옳은 결정을 못 하는 거야?"

'어떤 게 옳은 결정인데?' 하고 한마디 하려 하다가 하영은 잠자코 있었다. 이런 문제에 어떤 결정이 옳고 그른 것인가를 따질 수는 없다. 사람에 따라 옳고 그름이 뒤집어질 수가 있으니까 말이다. 모든 세상사가 그렇다. 코에 걸면 코걸이고 귀에 걸면 귀걸이가 된다.

그날 밤, 하영은 잠을 못 이루고 자꾸만 뒤척거렸다. 지금까지 최선을 다해 열심히 살았건만, 가정은 깨졌다. 남편한테 여자가 있는 것을 6년 동안이나 모르고 살았다니…… 하영이 남편한테 아내 노릇을 제대로 못한 것은 사실이다. 돈만 벌었지, 뭐 잘해준 게 하나도 없다. 남편이 진짜로 원하는 게 뭔지, 그걸 모르고 살았다.

스산한 바람이 가슴속을 훑고 지나갔다. 썰렁하고 추웠다. 이불을 잡아당겨 목에까지 끌어올렸다. 그러나 그 한기는 바깥이 아닌 맘속으로부터 새나오고 있었기에 그녀의 몸은 자꾸만 오그라들었다.

갑자기 인기척이 났다. 누군가가 현관문을 열고 있었다. 하영은 침대에서 발딱 일어났다. 다른 생각을 할 겨를도 없이 순간적으로 남편이라는 확신이 들었다. 부리나케 거실로 향했다. 그리고 불을 켰다. 남편이 커다란 가방을 들고 현관 문지방을 막 넘어서고 있었다. 어디서 그런 용기가 났는지 하영은 소리를 질렀다.

"아니, 여기가 어디라고 발을 들여놔요? 못 들어와요."

그리고는 집 안으로 들어오려는 남편을 두 손으로 힘껏 떠밀었다. 무방비 상태에서 갑자기 당하는 일이라 남편은 문밖 시멘트 바닥에 가방과 함께 나뒹굴어 졌다. 문을 쾅 닫고 돌아서는데 그렇게도 후련할 수가 없었다.

꿈이었다. 꿈을 깨고도 하영은 날아갈 듯이 기분이 가벼웠다. 갈증을 해소한 것 같은 충족감이 차올랐다.

그런데 그는 간보다 더 시급한 것은 부신의 종양이라 했다.
그것도 두 개나 있다는 것이다.
"간에 있는 것보다 훨씬 더 큽니다. 전문의한테 빨리 가봐야 합니다.
분명히 조직검사를 해야 한다고 할 테니 당장 하셔야 합니다."
 닥터 A는 크기에 대해서는 언급을 하지 않았었다.

닥터 C는 또 한 한마디를 덧붙였다. "혈전이 많습니다." 하고.
확인하는 의미에서 혈전이 뭐냐고 물었더니
그는 얼른 '아니 그것도 몰라요?' 하는 식으로 나를 바라봤다.
"응어리들이 핏줄을 타고 떠다니는 겁니다.
쉽게 말해서 피가 혼탁한 거지요."
 응어린지 덩어린지 기분이 더러웠다.
간 CT에 별게 다 잡힌 모양이다.
안 그래도 가끔 심장이 둥둥거릴 때가 있다.
파르르 떨린다고 표현을 해야 하나?
혹 떼러 갔다가 혹 붙인 격이 되었다.

나는 살고 싶다

　두 주일 전쯤부터 얼굴이 부으면서 불긋불긋한 반점이 생겼다. 반점 부분에 버짐 같은 것이 피어서 만지면 까끌까끌했다. 그리고 가려웠다. 눈도 가렵고 코도 가려웠다. 남편이 깜짝 놀라 '아니, 그거 대상포진 아냐?' 하고 빨리 병원에 가보라고 재촉했다. 주위에 대상포진에 걸려 고생한 이들이 더러 있어, 그 증세를 동원해보니 그건 아니었다.
　환절기에 나타나는 알레르기 현상이 틀림없었다. 예전에도 이런 증상이 더러 있었으나 내버려두면 저절로 낫곤 해, 이번에도 그러려니 했는데 낫기는커녕 며칠 만에 더 심해졌다.
　아침에 눈을 뜨니 눈두덩이 통통 부어 있었다. 왼쪽 눈은 쌍꺼풀 수술을 갓 한 것 모양 벌게져서 그 두께가 평상시보다 두세 배나 커졌고, 오른쪽 눈은 쌍꺼풀이 아예 풀어져 단추 구멍이 돼버렸다. 애꾸가 따로 없었다. 부기야 가라앉기 마련이지만 쌍꺼풀이 안 올라가면 어쩌나 하고 은근히 신경이 쓰였다.

병원에 가야 하나 하고 망설이다가 좀 더 두고 보기로 했다. 암만해도 닥터 A한테 가야 하는데, 그는 분명히 '아니, 아직도 CT를 안 찍었어요? 간 전문의한테도 안 가셨네요.' 하고 핀잔을 줄 것이 뻔했기 때문이다.

몇 달 전쯤, 초음파 검사를 거쳐 간 CT를 찍었는데 거기에서 종양이 발견되었고, 폐에서도 뭐가 잡혔었다. 부분적으로 케베티 현상이 생겨 뿌옇게 보인다는 것이었다. 케비티라면 보통 충치에나 해당하는 말이지만 총괄적인 뜻은 구멍이 났다는 소리다.

'폐에 구멍이 났다고? 근데 내가 이렇게 멀쩡할 수가 있단 말인가.'

또한, 설상가상으로 신장 위에 있는 부신에서도 종양이 발견되었다. 그것도 하나가 아닌 두 개가. 부신이란 것은 양쪽 신장 위에 삼각형 모양으로 붙어 있는 작은 내분비선이다.

간 전문의한테 가서 정밀검사를 받고, 폐와 복부 CT를 다시 찍으라고 한 지가 벌써 두 달이 넘었는데도 나는 차일피일 미루기만 하는 중이었다. CT를 찍고, 전문의한테 가고……, 그래서 무슨 이상이 발견되는 경우, 그다음은? 그렇게 하나 이렇게 하나, 남은 시간은 거기서 거기일 수 있다. 사실, 이제는 살 만큼 살았다.

초음파 검사를 하지 않았다면, 그냥 모르는 게 약이었을 걸, 괜히 했나 하고 슬슬 후회가 되었다.

시일이 지나니 다행히 부기도 반점도 점점 나아갔다. 그러나 눈두덩의 부기는 쉽게 가라앉지 않아 눈은 여전히 애꾸눈 상태였다.

그러던 중, 닥터 A한테 갈 수밖에 없는 불상사가 생겼다. 아침 산책을 하다가 돌부리에 걸려 앞으로 꼬꾸라진 것이다. 순간, 하늘에 떠 있던 해가 땅으로 툭 떨어져 산산조각이 났다. 암흑세계 속에서 뭔지 모를 깨알만 한 입자들이 분주하게 움직였다. 눈을 뜰 수도 없고, 일어날 수도 없었다. 숨이 가빠지면서 몸이 벌벌 떨렸다. 봄의 문턱에 들어선 엘에이 날씨치고는 쌀쌀한 편이었으나 추워서 떨릴 정도는 아닌데 이상했다. 턱이 덜덜거리며 뼈까지 뒤틀리는 것 같았다.

엎어진 채로 한참을 그러고 있다가 겨우 몸을 꿈적거려 우선은 바닥에 퍼져 앉았다. 불행인지 다행인지 그날따라 산책로는 유난히 한산해 한둘 보이던 사람들도 눈에 띄지 않았다. 몸은 계속 떨리고 왼쪽 어깻죽지부터 손끝까지 쥐가 나면서 막 찌릿찌릿했다. 그중에서도 손바닥이 제일 심했다. 저리다는 감각을 넘어서서 세포 하나하나가 몸부림을 치며 톡톡 튀는 느낌이었다. 불에 덴 것같이 화끈화끈했다. 꼬꾸라지면서 나도 모르는 사이에 왼손을 콱 짚었는데, 온몸의 무게가 왼손바닥에 쏠렸던 모양이다. 그제야 손목의 통증이 느껴졌다. 오른손으로 바닥을 짚고 겨우 일어났다. 양팔을 움켜잡고 벌벌 떨면서 발걸음을 떼는데 얼굴이 쓰라렸다.

꼬꾸라지면서 왼쪽 뺨이 시멘트 바닥에 쓸린 것이었다.

집에 와서 거울을 보니 왼편 눈언저리 바깥에서부터 광대뼈, 그 아래로 뺨에까지 상처가 나 있었다. 부기가 남아 있는 상태에서 또 상처를 입으니 얼굴이 참 가관이었다. 왼손을 짚지 못하고 그대로 얼굴을 시멘트 바닥에 처박았더라면 정말 큰일 날 뻔했다. 상상만 해도 소름 끼친다. 오한이 나며 계속 몸이 떨려 나는 이불을 덮고 누웠다. 쓰라린 기운이 몰려들며 얼굴이 저절로 씰룩거렸다.

저녁 늦게야 집에 들어온 남편이 내 얼굴을 보고는 인상을 구겼다. 시간이 지나니 퍼렇게 멍이 나오면서 눈언저리가 무겁고 골치까지 지끈거렸다.

"당장 병원에 달려갔어야지, 하여튼 병을 키운다고 병을 키워."

이번에는 나도 병원에 가봐야겠다는 생각을 했다. 얼굴의 상처는 둘째 문제이고 손목은 엑스레이를 찍어봐야 할지도 몰랐기 때문이다. 많이 낫긴 했으나 얼굴의 반점도 아직 흔적이 있고 부기도 다 빠지지 않은 상태이니 이참에 그것도 물어봐야 하겠다 싶었다. 그러다가도 그냥 침으로 해결이 될 것 같아 한마디를 했더니 남편의 목소리가 한 옥타브 올라갔다.

"당신이 뭐 의사야? 왜 맨날 혼자 진단하고 혼자 처방하고 그래?"

이것저것 다 복합이 된 말인 것을 알기에 나는 잠자코 있었다.

병원을 향하면서도 닥터 A가 CT 얘기를 꺼낼 예상을 하니 미리부터 스트레스가 쌓였다. 예상대로였다. 그는 한심하다는 듯이 "아니 아직도 복부 CT도 안 찍고 간 전문의한테도 안 가셨어요?" 하고는 나를 바라보지도 않고 서류를 뒤적거렸다.

다행히 뼈에는 아무 이상이 없었다. 온몸의 무게를 손바닥 하나로 지탱을 했는데도 손목뼈에 이상이 없는 것은 내가 생각해도, 그건 기적이었다. 닥터 A는 몸이 너무 큰 충격을 받아 떨리고 저리고 한다면서, 만일 심장에 그 정도의 충격이 가해졌다면 바로 마비가 올 수 있는 불상사라 했다.

얼굴이 부은 것도, 시멘트 바닥에 쓸려 난 상처가 멍이 시퍼렇게 들었는데도 그는 대수롭잖게 넘어갔다. 아니나 다를까, 화제는 다시 CT로 옮겨갔다. 눈에 보이는 것보다 속에 이상이 있는 것이 더 큰 일이라는 것처럼 그는 허락서에 적힌 대로 폐와 복부 CT를 빨리 찍으라고 아주 짜증스럽게 말했다.

"다른 사람들은 이거 해달라 저거 해달라, 하지 않아도 되는 것을 해달라고 해서 골치가 아픈데, 미세스 박은 꼭 해야 하는 것을 왜 안 하십니까? 공짜로 다 해주겠다고 하잖습니까?"

보험에서 백 퍼센트 커버되지만 의사가 허락을 해야 되는 일이니 그의 말에도 일리는 있다. 환자가 의사의 말에 따르지 않는다는 것은 그로서는 기분 나쁜 일이다. 미안해서 얼른 핑계를 댔다.

"그동안 제가 다른 일 때문에 좀 바빴어요."

"아니, 이보다 더 바쁜 일이 어디 있습니까?"

그의 목소리가 커졌다. 그는 처방을 써주면서 날씨도 춥고 바람도 차니 산책도 하지 말고 당분간은 집 안에서 푹 쉬라고 했다. 그러면서 한마디를 덧붙였다.

"요즘은 환절기에 이상기온이라 독감이 극성을 부리고 있습니다. 노인네들은 감기가 폐렴으로 되기 쉬우니 각별히 조심해야 합니다."

의사의 말은 듣는 순간은 노인네라는 말이 나를 지칭하는 줄을 몰랐다. 이제 살 만큼 살았으니 CT를 또다시 찍을 필요가 없고, 전문의한테도 안 가겠다고 다짐을 했었는데 노인네라는 단어가 내게 생소하게 들리다니. 병원 문을 나서면서야 내가 노인네인 줄 알았으니 쓴웃음이 일었다.

병실을 나오기 전에 간호사로부터 주사를 한 대 맞았다. 닥터 A는 대기실까지 따라 나와 남편한테 인사를 하며 다시 강조했다. CT, 빨리 찍으라고. 남편이 혹시 그 뒷말을 이을까 봐 나는 "네, 곧 찍을게요." 하고 말한 후, 얼른 그의 팔을 잡아끌며 부리나케 병원을 나왔다.

"왜 그렇게 질질 끌고 있지? 내일 당장 가자고."

남편의 목소리에 짜증이 섞여 있었다. 얼마간 잠잠하더니 또 시작이었다.

"내가 알아서 할 테니 제발 좀 가만있어요."

"알아서 못 하니까 그러지. 이제는 뭐 인생 다 살았다고? 요새는 100세 시대라고 100세. 자알 하면 앞으로 30년은 너끈히 살 수 있는데 인생을 포기한 사람처럼 왜 그딴 소릴 하지? 진짜 이젠

난 몰라. 당신 일은 당신이 알아서 하라고."

끝났나 했더니 목청을 확 돋우면서 한 마디를 덧붙였다.

"정 그러면 애들한테 얘기할 거야."

장기에 이상이 있다는 말을 듣고 나는 애들한테는 절대로 얘기하지 말라고 남편에게 신신당부를 했었다. 차라리 남편도 몰랐더라면 좋았을 것을……. 하는 것이 내 솔직한 심정이다.

"알았어요. 알았어. 곧 CT도 찍고, 다 한다고요."

애들을 갖다 붙이는 것이 비겁해 내 목청도 확 올라갔다.

의사한테는 핑계 삼아 바쁜 일이 있었다고 말했지만, 실은 나는 요즘, 책 출간을 준비하고 있다. 눈이 퉁퉁 부은 것도 컴퓨터에 너무 매달려 있은 탓이 작용을 했는지도 모른다.

지금 나는, 소설가라는 이름표를 달고 있다. 직장 생활하랴, 애들 넷 키우랴 등등, 젊었을 적에는 눈코 뜰 새 없이 바빠 문학의 길이 어디에 있는지조차 알지 못했다. 그러다가 20여 년 전에 늦깎이 중의 늦깎이로 소설가가 되었다. 주위에서 '책 안 내세요?' 하는 얘기를 많이 했고, 나 역시 책을 출간하고 싶었으나 망설이기만 했다. 이제는 이것저것 정리할 단계에 들어섰구나 하고 마무리를 해보니, 책 출간도 그중의 하나였다.

그러던 중, 어느 날 아침 뭔가가 '탁' 하고 머리를 쳤다. 정신이 움찔했다. 성인병이란 성인병은 다 붙어 있는데다 이제는 몸속 여기저기에 혹까지 생겼다는 사실이 돌덩어리가 되어 나한테로 굴러온 것이다. 마음이 급해졌다. 내 생애에 책을 한 권은 남기고 싶었기 때문이다.

부리나케 컴퓨터를 열고 작업을 시작했다. 그동안에 써놓은 단편들이 책 세 권 정도는 족히 될 만했다. 이미 끝을 낸 장편도 얌전히 기다리고 있었다. 단편집을 먼저 낼까? 아니면 장편을 먼저 낼까? 또는 두 권을 한꺼번에 내버릴까 하는 생각을 해보았으나 우선은 단편집을 먼저 내기로 결정을 보았다. 작품은 그 색깔이 아주 다른 것으로 열 편 정도가 쉽게 선정이 되었다.

장편도 곧 내야겠다고 마음을 굳혔다. 구성에서부터 수 없는 퇴고에 이르기까지 3년에 걸쳐 완성된 소설이고, 인터넷에 연재로 올려 독자와의 소통이 이루어졌기에, 읽는 이들이 웬만큼은 감동을 받을 수 있으리라는 느낌을 갖고 있기에 더 그랬다.

지난 20여 년 동안, 참 열심히도 소설을 썼다. 줄줄 나올 때는 밤을 홀딱홀딱 새 가면서 한 달에 서너 편을 쓴 적도 있다. 하룻밤에 끝이 난 소설도 있어 나 자신이 놀라기도 했다. 자다가도 문장 한 줄 때문에 벌떡벌떡 일어나 컴퓨터 앞에 앉곤 했다.

6개월 전에 보험을 바꾸게 되어 주치의가 된 닥터 A는 남편의 대학 후배이다. 이번에 바꾼 H 보험은 기존의 보험과는 달리 의사가 한정되어 있었는데, 마침 닥터 A가 거기에 속해 있었다. 더구나 병원의 위치도 집에서 가까워 단번에 그가 우리 주치의로 결정이 되었다. 왠지 아는 닥터는 별로 내키지를 않는 것이 내 솔직한 심정인데, 남편은 나와는 반대로 아는 사람이니까 더 좋다고 했다.

닥터 A에게로 옮긴 후의 첫 피검사 결과가 아주 나빴다. 콜레스테롤이 그렇게 높게 나올 줄은 몰랐다. 오랜 세월 동안 약을 복용해, 항상 정상 유지를 해왔었기에 한 달을 건너뛰었다고 해서 400에 육박하리라고는 상상 못 한 일이다. 중성지방도 400을 훨씬 넘어 있었다. 닥터 A가 펄쩍 뛰면서 '혈압도 높은데 이대로 가다간 심장마비가 당장 올 수 있습니다.' 하고 한심한 표정을 지었다. 당 수치 역시 높았다. 이래저래 약들은 계속 먹어야 할 팔자임이 틀림없다.

보험을 옮기기 바로 전, 약이 떨어졌었는데 다시 주문하는 과정에서 약간의 문제가 생겼었다. 한데 이번 기회에 약을 한 번 끊어볼까 하는 마음이 강하게 치솟았었다. 혈압은 200을 오르내릴 적이 있으니 겁이 나서 어쩔 수 없었고, 콜레스테롤약과 당뇨약을 끊어 시험해본 결과. 약 복용 여부가 그대로 반영이 된 것이다.

닥터 A가 간 초음파 검사를 권했다. 근 20여 년 동안이나 콜레스테롤약을 복용했고, 더구나 혈압약은 그 훨씬 이전부터였고, 현재는 세 종류나 복용하고 있다. 거기다가 당뇨약까지. 그러니 간이 어지간히 힘들었을 것은 자명한 사실이다.

닥터 A는 뭐가 집히는 게 있는지 "혹시 체중이 줄지 않았습니까?"하고 물었다. 사실 체중이 줄긴 했다. 속으로는 좀 찔끔했으나 나는 그냥 쪼금 빠진 것 같다고 대수롭지 않게 말했다.

그 사흘 후, 보험회사에서 허락서가 날아왔다. 무슨 검사를 하거나 전문의한테 가야 할 경우는 주치의가 병원을 정해주고, 보험회사로부터 허락서를 받아야 하는 것이 H 보험의 규율이다. 그리고 허락서 유효기간은 석 달 동안이지만 언제든지 재발송 받을 수 있다. 주치의가 다 알아서 해주니 도리어 편했다.

당장은 안 해도 되는 검사이니 차일피일 미루었다. 그리고 초음파 검사를 해서 무슨 이상이 있을 경우는 CT를 찍어야 하고, 또 무슨 이상이 있을 경우는 조직검사를 해야 하고, 또 그다음은 수술, 그리고…… 그 다음은…… 생각을 해보니, 차라리 모르고 사는 것이 더 나을 것 같았다.

'만일, 무슨 일이 있다손 치더라도 나는 절대로 치료는 받지 않는다.' 하는 생각이 굳어졌다. 그러다가도 '설마 나한테 무슨 일이 있으려고. 설마 나한테.' 하는 자신감이 붙었다.

닥터 A가 지시한 방사선과 병원으로 가서 닥터 B로부터 초음파 검사를 받았다. 오른쪽으로, 왼쪽으로, 하면서 의사가 시키는 대로 몸을 움직일 때는 내내 눈을 감고 있다가 대답을 하면서 나는 실눈을 뜨고 의사의 얼굴을 엿보았다. 표정이 심각했다. '뭐가 이상이 있어요?' 하고 묻고 싶었지만 참았다. 검사를 끝내고 의사는 사라졌다. 밖으로 나오니 결과는 주치의를 통해 연락이 갈 것이라고 직원이 말해주었다.

검사 결과를 기다리는데 계속 찜찜했다. 아니나 다를까? 간에 뭐가 보이니 CT 촬영을 해야 된다는 것이었다. 남편이 몰랐으면 좋았을 걸, 전화가 왔을 때 마침 옆에 있어 다 듣고 말았다.

"암이 아니면 다행이고 만일 암이라 해도, 수술이니 뭐니 그런 거 안 하고 그냥 그대로 받아들일 거야. 사람이란 언젠가는 가는 건데 이만함 살 만큼 살았잖아."

"그딴 소리 하지도 마. 분명히 아무 일도 없을 거야."

허락서가 날아왔다. 한 장이 아닌 두 장이라 눈여겨보았더니 간 전문의한테 가는 것까지도 미리 보냈었다. 초음파 검사 결과, 나타난 것이 악성종양처럼 보인 것이 틀림없었다. 이런저런 생각을 하며 미루고 있는데, 어쨌든 CT는 찍어봐야 한다고 남편이 성화를 부렸다. 일단 찍어보고, 그다음 일은 어찌하든 간에, 결과가 나온 후에 상의를 하자는 거였다. 처음에는 안 찍겠다는 맘이 강했는데, '에라…… 일단 찍긴 하자. 이상이 있대도 치료를 안 하면 그만이지 뭐' 하는 배짱이 생겼다.

다시 피검사를 한 결과, 모든 것이 CT를 찍는 데에 별 하자는 없었다. 당 수치도 내렸고, 콜레스테롤도 중성지방도 확 내려 정상으로 돌아와 있었다. 약의 효능은 대단했다. 닥터 B가 내 기록을 보면서 알레르기, 천식, 혈압, 당뇨 등의 사항에 관해 물었다. CT를 찍을 때, 주사를 맞아야 하는데 나의 경우는 혈압과 당뇨에 문제가 있으니 부작용이 따를지도 모른다는 말을 했다. 아주 심각한 얼굴로 콩팥이 확 망가지기라도 할 듯이 설명을 해 덜컥 겁이 났다. 괜히 들쑤셔서 도리어 병을 만드는 게 아닌가 하고.

그러나 주된 것을 해결하기 위해서는 부작용은 감수해야 되고,

현재의 내 몸 상태를 잘 아는 닥터 A가 지시를 한 것이니 믿고 따르기로 결정하고 촬영실로 들어갔다.

사전 준비가 끝나고 주사를 맞을 즈음에 닥터 B가 들어왔다. 조금 전의 심각했던 얼굴이 많이 완화되어 있었다.

"연세치고는 콩팥이 아주 양호합니다."

기분이 한결 나아졌다. 촬영이 끝났다기에 바로 일어나려고 하니 테크니션이 좀 더 누워 있으라고 했다. 가운을 여미면서 매무새를 고치는데 문이 열리면서 닥터 B가 들어왔다. 그리고 아주 큰 소리로 말했다.

"아이고, 물혹이네요. 간 뒤에 딱 붙어 있기에 나는 그게 암인 줄 알았거든요."

용수철이 튕기듯이 나는 발딱 일어나 앉았다. 암이 아니고 물혹이라는 것이 참말로 다행이고 기쁘다는 그의 진심이 느껴졌다.

"어마, 선생님 감사해요. 근데 금세 그렇게 알 수가 있어요?"

"그럼요. 제가 확실하게 봤습니다."

CT 사진을 본 결과 암이 아닌 물혹이라고 판정이 난 것이다. 아주 자신만만하고 확신에 찬 태도였다. 그가 암세포를 물혹으로 전환해주기나 한 듯이 나는 감사하다는 말을 연거푸 했다. 내가 알기로는 검사 결과를 그 자리에서 알려주지 않고 항상 주치의한테서 먼저 보내는 것이 원칙인데, 그는 바로 알려준 것이다. 그렇게 고마울 수가 없었다. 초음파상에 나타난 종양을 보고는 분명 암이라고 생각했었는데 물혹으로 판정이 나 그도 기뻤던 모양이다.

암일지도 모른다는 생각을 하며 '그냥 담담하게 받아들이자.' 하고 태연하고 의연했던 나이다. 그런데 물혹이라는 말에 용수철이 튕기듯이 발딱 일어나 앉았으니, 의연하고 태연했던 것은 나의 가면에 불과했단 말인가? 남편 앞에서 큰소리친 것도?

간 전문의 허락서도 무시해버렸다. 닥터 A한테 전화를 걸어서 결과를 다시 확인해야 마땅하지만 나는 잠자코 있었다.

며칠 후, 닥터 A로부터 전화가 왔다. 그런데 이게 웬 말인가? 간뿐이 아니었다. 신장 위쪽에 있는 부신에도 종양이 발견되었고 폐에도 케베티 현상이 있다고 했다. 그는 기침이 나느냐, 식은땀이 나느냐, 가래가 끓느냐 등등을 물어봤으나 내게는 그런 증상이 전혀 없었다. 그는 허락서가 곧 올 테니, 받으면 지체하지 말라고 힘을 주며 말했다.

아마도 간 CT 찍을 때 여기저기가 잡힌 모양이다. 그러나 나는 아무것도 묻지 않았다. 간 얘기가 다시 나왔다. 아니나 다를까 그는 빨리 전문의한테 가서 조직검사를 해야 한다고 강조했다. 나는 조금 망설이다가 닥터 B가 얘기해준 것을 말해버리고 말았다.

"분명히 물혹이라고 했는데요?"

그러나 닥터 A 말은 달랐다. 악성인지도 모르니 조직검사는 꼭 해야 된다는 것이다. 전화를 끊고 나니 고개가 갸우뚱해졌다. 간에, 또 부신에 혹이 생기고 폐에 구멍이 나고……. 이것들이 다 약 부작용 같은 느낌이 들어서다. 인터넷에 들어가 약 부작용을 살펴보면 무시무시하다. 지금 내가 먹고 있는 약들도 마찬가지다.

허락서는 바로 날아왔다. 그리고 차일피일하는 중에 불상사가 생겨, 나는 어쩔 수 없어 닥터 A를 찾은 것이다.

닥터 A한테 다녀온 다음부터는 뭔가 숙제를 미루어놓은 것같이 가슴이 답답했다. 간 전문의한테도 가고, 복부 CT도 찍어야겠다는 쪽으로 마음이 움직였다.

몸이 떨리는 것도 안정되었고 왼팔 전체가 찌릿찌릿하고 손이 저리는 것도 많이 없어졌다. 손목도 시큰거리지 않았다. 얼굴의 멍도 빠지고 상처도 딱지가 떨어져 말끔해졌다. 그러나 부기가 약간 남아 있어 오른쪽 쌍꺼풀은 여전히 풀어진 채로였다. 만일의 경우, 한쪽만 쌍꺼풀을 한다고 하더라도 양쪽 눈이 똑같지리라고는 장담 못 할 일이라 마음이 찜찜했다.

'이젠 살 만큼 살았으니 암이라 하더라도 수술이나 치료는 안 하겠다며? 그러면서 뭐, 눈꺼풀 내려왔다고 쌍꺼풀 수술을?'

컴퓨터 앞에 앉으면 온갖 잡념을 잊을 수가 있어 좋다. 이제 출판사도 결정했으니 원고만 넘기면 된다. 몇 년 동안이나 망설이기만 하던 일을 실행에 옮기고 나니 염려가 기쁨으로 전환이 되었다. 교정을 보는 데에 시간이 꽤 걸렸다.

수없이 퇴고를 한 작품인데도 수정할 곳이 눈에 띄었고, 어느 것은 아예 구성을 바꿔버리기도 했다. 이렇게 한참이 지난 후에도 더 낫고 새로운 아이디어가 떠오른다는 것, 참 신기했다. 한창 소설 쓰기에 몰두할 때였다. 한 친구가 그랬다.

"그러다가 암 걸리면 어쩌려고 그러니? 좀 쉬어가면서 슬슬 해라."

간의 혹에 대해서 닥터 B는 분명히 물혹이라고 했는데, 닥터 A는 조직검사를 받아야 한다고 했다. 그렇지만 나는 물혹이라는 데에 더 확신이 갔다. 그러니 전문의한테 못 갈 것도 없다. 폐와 복부 CT는 좀 미루더라도 간 전문의한테는 가봐야 되겠다고 결정을 했다. 결정을 하고 나니 도리어 기분이 가벼워졌다. 허락서 만기가 열흘 남았을 때였다.

위장 전문의인 닥터 C는 간 CT 사진은 볼 필요가 없다면서 결과 서류만을 한참 들여다봤다. 간의 종양에 대해서는 내가 잔뜩 기대하고 있는 물혹 얘긴 하지 않았다. 당장은 조직검사를 안 해도 될 것 같으니 한 석 달 후에 그 진행 과정을 지켜보자고 했다. 만일 간염이 있을 경우는 심각한 우려가 있으나 현재 상태는 양호하니 좀 더 두고 보자는 것이 그의 결론이었다.

그런데 그는 간보다 더 시급한 것은 부신의 종양이라 했다. 그것도 두 개나 있다는 것이다. 그러면서 서류 아래쪽 한 부분에 진하게 동그라미를 쳤다.

"간에 있는 것보다 훨씬 더 큽니다. 전문의한테 빨리 가봐야 합니다. 분명히 조직검사를 해야 한다고 할 테니 당장 하셔야 합니다."

닥터 A는 크기에 대해서는 언급을 하지 않았었다.

닥터 C는 또 한 한마디를 덧붙였다. "혈전이 많습니다." 하고.

확인하는 의미에서 혈전이 뭐냐고 물었더니 그는 얼른 '아니 그것도 몰라요?' 하는 식으로 나를 바라봤다.

"응어리들이 핏줄을 타고 떠다니는 겁니다. 쉽게 말해서 피가 혼탁한 거지요."

응어린지 덩어린지 기분이 더러웠다. 간 CT에 별게 다 잡힌 모양이다. 안 그래도 가끔 심장이 둥둥거릴 때가 있다. 파르르 떨린다고 표현을 해야 되나? 오래전에 심장 정밀 검사를 한 적이 있다. 그때 의사가 판막이 늘어나 있다고 한 것만 기억이 난다. 혹 떼러 갔다가 혹 붙인 격이 되었다.

집에 오자마자 간 CT 검사 결과를 찬찬히 들여다보았다. 결과가 나온 지 몇 달이 지났는데도 그간에 나는 그걸 꺼내보기가 싫었다. 일일이 사전을 봐 가며 공부하듯 해야 하니 귀찮았다. 나는 사이즈가 표기된 부분을 눈여겨보며 깨알 같은 글씨에 시선을 박았다. 간, 폐의 종양과 구멍은 둘째 치고, 닥터 C가 동그라미 친 부분이 확 눈에 들어왔다.

왼쪽 신장 부신에 두 개의 혹이 있었다. 둘 다 간의 종양보다 훨씬 컸다. 혈전에 관한 것은 쉽게 눈에 띄지 않아 그대로 넘겼다.

맨 아래에는 닥터 B의 사인이 두 살짜리가 볼펜을 쥐고 벽에다 낙서를 해놓은 것처럼 그려져 있었다.

서류를 덮었는데, 부신에 있는 두 개의 혹이 가슴에 걸려 인터넷에 들어가 찾아보았다. 좌우 신장 위쪽에 각각 고깔모자처럼 삼각형으로 달린 부신은 아드레날린 등의 호르몬 분비샘이라는 설명과 함께 그림까지 자세하게 그려져 있었다.

부신에서 분비되는 호르몬이 지나칠 경우에 나타나는 증상도 확실하게 나와 있었으나 내게는 해당 사항이 아니었다. 그곳에 혹이 있으면 분비샘을 막아 호르몬이 적을 수는 있어도 많을 수는 없으니까 그렇다.

그런데 몇 개는 들어맞았다. 고혈압에 가슴이 두근거리고 머리가 아프고 더러는 불안하고…… 그러나 이런 것은 누구에게나 다 해당 사항이 될 수 있는 일이다.

그 작용도 상세하게 적혀 있었는데, 다행히 종양이 암이 될 확률은 0.01%이고 4.5cm가 넘을 경우에는 정밀검사를 할 필요가 있다고 나와 있었다. 반가운 소식이었다. 내 것은 4.5 이하이기 때문이다.

아드레날린 호르몬이라는 단어를 접하니 은근한 미소가 얼굴에 번졌다. 이 단어를 내가 처음 읽게 된 것이 '이상의 날개'였고, 시작부터가 강렬해, 도입부는 그냥 줄줄 외워댔기 때문이다. 반세기도 더 지나버린 아득한 옛날 일인데 지금도 기억에 생생하다.

초음파 검사를 하기 전에 나는 만일에 무슨 일이 있다 하더라도 그에 따른 모든 조치는 거부하겠다는 쪽으로 결정을 했었다. 한데 사람의 마음이 이리도 간사한 것일까? 시일만 질질 끌었지, 나는 의사의 지시에 그대로 따르고 있었다.

복부와 폐 CT 촬영 날을 예약했다. 허락서의 효능이 끝나는 하루 전이었다. 방사선과는 역시 닥터 B의 병원이었다. 닥터 B와 면담 시에 여러 가지 묻고 싶은 것이 있었는데 이번에는 그가 의자에 앉지도 않고 선 채로 허락서를 보면서 "CT는 왜 찍지요?" 하고 물었다. 그는 나를 기억 못 했다. 첫날, "아이고, 물혹이네요." 하고 나를 기쁘게 해준 그가 아니었다.

"선생님, 몇 달 전에 간 CT 찍었는데요, 거기에 다른 장기에서도 뭐가 보인다고 했어요."

간호사가 간 CT 결과 서류를 가지고 왔다.

'그럼 폐나 신장 부신에 대한 거는 닥터 A랑 상의 안 하셨나요?'

이렇게 물어보려고 하는데 그가 말을 바로 이었다. 이번에는 주사 맞지 말고 그냥 찍자는 것이었다. 반가웠다. 그가 금세 사라지려고 해, 나는 얼른 간의 종양 얘기를 꺼냈다. 전문의도 물혹이라는 말은 하지 않았기에 그로부터 물혹이라는 것을 다시 확인하고 싶었기 때문이다. 내 말이 채 끝나기도 전이었다. 그는 사무실을 향해 뒷걸음질을 치면서 말했다.

"간 얘기는 이미 나하고는 끝났습니다. 그건 그쪽 분들과 상의하세요."

말이 끝났을 때는 이미 그는 사라지고 없었다. 자기랑은 상관없으니 알 바 아니라는 식이었다. 그에게 닥터 A한테 묻지 못한 것들을 이것저것 좀 자세하게 물어보려고 했던 내 계획은 몽땅 수포로 돌아갔다. 답답한 가슴으로 촬영실로 들어갔으나, 촬영이 끝나고 나니 속은 후련했다. 숙제를 끝낸 기분이었다.

집에 오는 길에 트레이드 조 마켓에 들렀다. 먹기 좋게 만들어 진열해놓은 온갖 먹거리가 구미를 당긴다. 그중에서도 내 시선을 끄는 것은 단연, 신선한 야채와 과일이다. 예전에는 유기농만 먹는 친구를 우습게봤는데, 요즘은 내가 유기농만 골라 담는다. 그리고 '오늘은 뭘 먹지?' 하고 먹는 생각을 하면 기분이 좋아진다. 열심히 걷고 열심히 챙겨 먹으니 몸도 가뿐하다. 이제는 부상의 여운도 사라졌다. 얼굴도 제 모습으로 돌아왔다. 무엇보다도 풀어진 쌍꺼풀이 제자리를 찾게 되어 감사했다.

그간에 단편집 원고를 출판사에 넘겼고, 또 장편 교정도 보았으니 몸도 마음도 더 가뿐해져 하늘을 훨훨 날 것 같다.

복부와 폐 CT를 찍은 다음 날이었다. 아침나절에 닥터 A의 전화를 받았다. 결과가 벌써 나왔나 하고 수화기를 들었는데, 그의 목소리가 급하게 이어졌다. 그의 말이 워낙에 빠르고 약간 고음이긴 하지만 그날따라 유난히 귀에 거슬렸다. CT 결과가 안 좋았다. 지난번 간 CT에서 잡힌 것에 비해 눈에 띄게 나빠졌다는 것이다. 어디가 어떻게 나빠졌는지에 대해서는 말을 않고 무조건 전문의한테 가서 정밀검사를 받으라고만 지시했다.

"빨리 정밀검사를 해야 합니다. 이대로 계속 진행을 할 수도 있으니 질질 끌지 마시고 오늘 당장 가세요."

나는 얼른 "아직 허락서도 안 받았는데요?" 하고 반문했다.

"허락서랑 검사 결과는 이미 전문의한테 가 있으니 그냥 몸만

가시면 됩니다."

 도대체 어디로 가라는 말인가? 다시 물으려고 하는데 간호사의 음성이 들렸다. 그리고 부신, 폐, 두 전문의의 전화번호를 주면서 간 전문의한테도 꼭 가야 한다고 했다. 허락서는 그날 오후에 받았다. 우편으로 오던 것이 팩스로 날아왔다. 석 장이었다. 간, 폐, 그리고 호르몬 전문의였다. 참 빨리도 보내주었다. 어지간히 급했던 모양이다. 내가 급해야 할 상황인데도 나는 닥터 A를 향해 구시렁거렸다.

 "그것들이 자란다고 하더라도 하루 사이에 얼마나 자란다고……."

 허락서를 받은 지 두어 시간 후, 나는 닥터 오피스로부터 한 통의 전화를 받았다. 호르몬 전문 병원이었다. 내일 아침 아홉 시까지 오라는 것이다. '정말로 내가 위급한 상황에 처했나? 부신의 종양 두 개가 4.5cm를 넘었나? 그러니까 조직검사를 하자는 것인가?' 하는 생각이 스치면서, 얼굴이 붓고 붉은 반점이 생긴 것도 그 때문이었을까? 하고 잠시 반문해보았다. 그러나 그건 아니었다. 이제는 말짱하게 다 나았으니까.

 갑자기, 한 편의 드라마가 떠올랐다. 그때 나는, 길 가다가 복통을 일으켜 잠깐 지나친 환자 하나를 찾기 위해 그토록 정성을 쏟는 병원 측의 배려에 감동하며, 눈물까지 흘렸다.

 생명의 소중함을 다시 한 번 깨우쳐준 드라마였다. 왈칵, 닥터 A에게 고마운 마음이 솟구쳤다.

이제 나는, 연극이 끝날 즈음이라 하더라도 무대 위에 쪼르르 올라온 다섯 닥터들을 환영해야 한다. 맨 나중에 합세를 한 호르몬 닥터부터. 그리고 퇴장 여부는 그다음에 결정해도 될 것이다.

도대체 실감이 안 난다. 건강이 더 좋아진 것 같은 요즘이다.

'속에서 그런 변화가 일어나고 있는데, 바깥으로는 이렇게 멀쩡할 수가? 나이가 들면 종양도 더디 자란다고 하는데, 혹시 다른 사람과 바뀌지나 않았나? 아니면 혹시 검사에 무슨 착오가 있지 않았나?'

의문에 의문이 꼬리를 잇는데, 불현듯 '저절로 나아버릴 수도 있어.' 하는 희망의 끝자락이 어렴풋이 보였다. 설사 그것이 허망한 꿈이라 하더라도 나는 그 끈을 꼭 붙들고 싶다.

그날 밤, 나는 잠을 이루지 못하고 뒤척거렸다. 문득, 장기에서 나타난 이 현상들이 지금에야 내 현실로 다가온 것이 다행이라 여겨졌다. 이제는 아이들 넷 다 제짝을 만나 가정을 이루고 있으니 그렇다. 다 손을 놔버려도 아무 아쉬울 것이 없는 요즘이다.

적막한 밤이라 그런가? '쿵! 쿵! 쿵! 쿵!' 심장 뛰는 소리가 선명하게 들린다. 닥터 C가 언급한 응어리들이 핏속에서 요동을 치는 듯하다.

살고 싶어 몸부림을 치는 것일까?

벌떡 일어나 컴퓨터 앞에 앉았다. 장편도 곧 출간해야겠다는 판단이 섰기 때문이다.

"나는 세상 살 때 천국과 지옥에 대한 확신이 없었어.
근데, 여기 와 보니 있긴 있네.
내 생각엔 여기가 천국 같아. 육체의 고통이 없으니까."
"차암, 유 여사님도…….
여기서는 영혼만 있지 육체의 감각은 없어요.
꼬집어보세요. 하나도 안 아프지요?"
"그러네. 정말 아무런 감각이 없네.
그리고 말야, 우리를 창조하신 분이 신(神)이시라면,
세상 사람들이 말하는 것처럼
그렇게 극악무도한 형벌을 가하겠어?
우리를 창조했으면 부모나 다름없는 분이고,
더구나 사랑의 하느님이신데 말이야.
부모의 입장에서 볼 때도, 자식이 아무리 죽을죄를 지었다 하더라도
그런 가혹한 형벌을 가할 수는 절대로 없지 않을까?"

그녀의 말이 왜 그리 반갑게 가슴을 쳤는지, 모를 일입니다.
저는 여기 있다가 곧 지옥으로 떨어진다는 상상을
무의식중에 하고 있었나 봐요.
"맞아요. 맞아.
만일 지옥이 있다 하더라도 이미 육체의 감각이 없는 상태이니
불구덩이에 떨어져도 하나도 뜨겁지 않을 거예요."

내 영혼 어디에

1
허공에서 내려다보니

텅 빈 허공…… 아무리 두리번거려 봐도 아무것도 없어요. 삭막한 허공뿐이에요. 풀 한 포기 보이지 않고, 아무런 소리도 들리지 않아요.

저 아래를 내려다보니, 세상은 여전히 잡다하게 잘도 굴러가고 있네요. 끝도 없이 줄줄이 이어지는 자동차의 행렬은 마치 개미떼의 행진 같아요. 저렇게 서둘러서 어디로들 가는 걸까요?

앗, 위험해! 저 트럭은 왜 저렇게 험하게 달리는 거지? 위험해!

갑자기 마음에 파문이 일기 시작했어요. 누가 큰 돌멩이 하나를 잔잔한 호수에 던졌나 봅니다.

제일 먼저 눈에 들어온 호텔 파라디소…….

천국이라는 이름과는 달리, 층마다 요란하게 불을 밝히고 우뚝 서 있는 거대한 모습이 마치 창세기에 나오는 바벨탑 같습니다.

헬리콥터가 호텔 상공을 돌며 빛을 비추네요. 미국에서는 범죄 현장에서 흔히 볼 수 있는 장면인데, 여기서는 축하의 분위기를 강조하기 위해 나르는 모양입니다.

제일 꼭대기 층의 크리스털 룸에서는 지금 한창 파티가 준비 중이로군요.

"오, 엔젤라!! 여기 있었구나. 뭘 그렇게 열심히 보고 있어?"

마침, 지나가던 유 여사가 저를 보고 아주 반가워했어요.

"혼자 보기 아까운 세상 구경하고 있어요."

"구경? 무슨 구경인데?"

"저- 어- 기--. 저-, 파티장 보이시죠? 휘황찬란한 불빛에 눈이 부셔요."

"어디……? 우와, 무슨 파티인데 저렇게 화려하지? 화환도 어마어마하게 많군. 서울 시내 꽃들이 총출동한 것 같네. 헬리콥터까지 떴잖아! 정말 굉장하다, 굉장해."

파티장 얘기를 하다 말고 그녀는 번쩍거리는 호텔 파라디소 야광에 시선을 돌리며 바로 말을 이었어요.

"호텔 파라디소라…… 이름이 멋있군. 그럼, 저 꼭대기 파티장은 그랑파라디소잖아? 천국의 문…… 그렇겠네. 여기서는 하늘과 가장 가까운 곳이니까. 하. 하. 하. 하."

"네? 그랑파라디소요?"

"왜 있잖아, 알프스산 말야. 통틀어서 몽블랑이 최고봉이지만 이탈리아 쪽에서 최고봉 이름은 그랑파라디소야. 그 뜻이 천국의 문이래. 아마도 하늘과 가까워서 그런 이름이 붙여졌겠지?"

그랑파라디소는 천국의 문이 될지언정 크리스털 룸은 천국의 문이 될 수는 없지요. 절대로, 절대로…….

제 맘도 모르고 유 여사는 저를 보고 눈을 찡긋하며 미소를 지었습니다.

"그런데 무슨 파티이지?"

"김청하 자서전 출판기념회예요. 저기, 사진도 커다랗게 붙어 있네요."

슬픔도 아픔도 이미 다 초월했다고 생각했는데, 아닌 모양이에요. 막상 눈에 보이니 또 슬퍼지는 걸요.

"아! 영화배우 김청하로구나."

"유 여사님도 아시는군요."

"그럼. 알지. 워낙에 유명한 배우였잖아. 모르면 간첩이지!"

"그럼…… 의대 여학생이랑 스캔들이 터져 신문에 크게 난 것도 아세요?"

김청하와 얽힌 옛날이야기가 나도 모르게 그만 입 밖으로 튀어나오고 말았습니다. 저는 어릴 적부터 하고 싶은 말도 꾹 참고, 꼭 해야 할 말도 제대로 못 했는데, 여기 온 후부터는 그냥 말이 술술 나와요. 참 신기해요.

"응, 기억나! 아주 옛날 일인데도 생각이 나네. 신문에 온통 톱기사로 나고, 그야말로 난리가 났었지. …… 그런데, 엔젤라는 그때 미국 살았을 텐데 어떻게 알지?"

잠시 말문이 막혔어요. 하지만 참을 수가 없네요.

"그게 그러니까…… 제가…… 바로 그 의대 여학생이에요."

"뭐, 뭐라고? 엔젤라가? 어머나! 그게 정말이니?"

유 여사가 깜짝 놀랐어요. 하긴 놀랄 만도 하지요. 옛날 일이긴 하지만, 대단한 화제의 주인공이 눈앞에 있으니…….

저는 그녀가 아주 옛날 일인데도 그 사건을 기억하고 있다는 사실이 놀라웠고요. 그녀가 말을 이을 새도 없이 제 입에서는 속사포로 말이 쏟아졌습니다.

"근데요, 기사 내용은 진짜가 아니라 완전히 조작된 거였어요. 모두 가짜 뉴스였다고요, 가짜 뉴스! 소설을 쓴 거예요. 신문사들이 김청하 편에 서서 나를 아주 나쁜 년으로 만들어버렸어요. 처가가 재벌이니 기사를 그렇게 조작한 거죠. 그 사람은, 도저히 결혼생활을 더는 지탱할 수 없고, 이제는 세상의 이목 같은 거 두려워하지 않겠다고 하면서 나만 있으면 된다고 했어요. 그런데 그 며칠 후에 신문에 기사가 터졌는데…… 완전 거꾸로 저한테 몽땅 뒤집어씌웠지 뭡니까? 세상에 그럴 수가 있나요? 그만한 힘이 있으면 애초에 기사를 못 나가게 막았어야지, 안 그래요?"

참느라고 참았는데도 그만 울음이 터지고 말았습니다.

"그리고…… 더 견딜 수가 없는 건요…… 자서전에 제 얘기는 단 한 줄도 언급되지 않았다는 거예요. 나를 안고 사랑한다는 말을 수없이 되풀이하면서 우주를 모두 가진 것처럼 희열에 찼던 그가 어쩜, 자서전에는 내 얘기를 단 한 마디도 안 쓸 수 있단 말예요? 자신의 인생에 오직 하나뿐인 전무후무한 사랑이라며, 이런 감정은 생전 처음이라고 그러고서는…… 아무리 눈을 닦고 봐도 내 얘기는 없어요. 단 한 줄도."

앞뒤 가리지도 않은 말들이 마구 쏟아졌어요. 도무지 걷잡을 수가 없네요.

"있는 사실을 그대로 써야 자서전이지, 맨 거짓말만 늘어놓은 게 뭔 자서전이에요? 안 그래요? 벌써 20년이라는 세월이 흘렀고 나는 이미 세상 사람도 아닌데, 이제는 진실을 밝혀도 되잖아요? 자기 성공한 얘기만 잔뜩 늘어놓고, 와이프만 무지무지 사랑한다고 그러고…… 그럼 나를 잊었단 말인가요?"

여울이 소용돌이치듯 감정이 격해져 눈물이 줄줄 흐릅니다. 묵묵히 얘기를 듣고 있던 유 여사가 제 손을 꼭 잡았어요. 그리고 눈물을 닦아주고, 등을 도닥거려 주며 한참을 생각에 잠긴 듯하다가 입을 열었어요.

"엔젤라, 진정해. 김청하가 자서전에 어떻게 네 얘기를 쓰겠니? 잘 생각해 봐! 네 얘기를 한 줄도 언급하지 않았다고 해서 너를 잊은 건 아냐! 그건 분명해! 자서전을 쓰면서 네 생각을 더 많이 했을 거야. 엔젤라와의 일은 책에 실리면 안 돼. 그게 망자에 대한 예의야. 망자가 무슨 말인지는 알지?

네가 바라는 대로, '예전의 신문 기사는 모두 조작이었다. 실은 나 김청하는 강 엔젤라를 진심으로 사랑했다. 내 인생에 전무후무한 유일한 사랑이었다.' 이렇게 썼다면 책은 더 재미있어 지고, 또 불티나게 팔리겠지. 하지만, 그건 너를 두 번 죽이는 거야. 그리고 자신의 인격이 바닥에 떨어지게 되지 않겠어? 부인이 멀쩡하게 살아 있는데 말이야. 독자들도 미친놈이라고 손가락질할 거고……."

저를 위로하느라고 하는 그녀의 말이 제게는 도리어 섭섭하게 들렸어요. 저도 모르게 목소리가 날카로워졌어요.

"왜 못 써요? 와이프 눈치 보느라고 못 썼겠죠. 지금 출판기념회도 둘이서 쇼하는 거라고요. 둘 다 몽땅 거짓으로 뭉쳐 있는 인간들인데 무슨 쇼를 못 하겠어요? 더구나 배우였으니 얼마나 연기를 잘하겠어요? 세상에서 말하는 소위, 쇼윈도 부부 있죠? 저 둘이 그렇다고요."

감정을 주체 못 하고 음성이 극도로 고조되어 얼굴이 붉으락푸르락하는 저를 보고 그녀가 놀랐나 봅니다. 그녀는 턱짓으로 그들을 가리키며 제 말에 무조건 동조를 해주었어요.

"그래 맞아. 쇼윈도 부부. 저 둘은 쇼윈도 부부임이 분명해."

"그러니 자서전도 엉터리 소설이고요, 옛날 신문 기사들도 완전히 지어낸 소설 아니겠어요? 일면에 톱기사로 실렸고, 한 바닥이 다 제 얘기로 도배를 했었는데, 기억나세요?"

"아니. 자세한 기사 내용까지는 기억 안 나네…… 워낙 오래된 옛날얘기잖아. 그냥, 스캔들 대상이 미국 교포 의대생이었다는 것만 생각나. 그 의대생이 엔젤라였다니…… 아휴, 정말 너무 놀랍다."

'인기 영화배우 김청하, 미국에서 의대 재학 중인 재원 강 모 양과…….'

신문 일 면에 톱으로 기사가 터졌을 때, 세상은 떠들썩했고, 사실은 왜곡되고 기사는 제멋대로 부풀려졌습니다. 임신 중이라는 보도에는 아연실색을 했죠.

영화 촬영 때 내가 따라가서 그를 유혹했고, 여행 가방에다 여자 팬티를 집어넣어 부부 사이를 갈라놓으려고 했다는 등등…… 흥미 위주의 자극적 기사들…… 나를 천하에 나쁜 년으로 몰아세운 겁니다.

억울하고 분해서 또 눈물이 납니다. 유 여사가 내 손을 꼭 잡았어요. 손길이 참 따스하네요.

"우리 그만 다른 데 가서, 좋은 얘기하자."

"아녜요. 괜찮아요. 전 출판기념회, 끝까지 봐야 해요."

저는 감정을 진정시키려고 애쓰며 울음을 멈추고 큰 숨을 한 번 내쉬었습니다.

2
천사의 얼굴을 한 악마

출판기념회 축하객들이 하나둘 모습을 드러내기 시작했습니다. 의상들이 아주 멋져요. 무슨 오스카 시상식이나 되는 것처럼 여자들은 롱드레스에 남자들은 나비넥타이까지 맸네요.

리셉션니스트는 지금 한창 인기를 누리고 있는 걸그룹 멤버들이고요. 제가 봐도 정말 예쁜 아가씨들입니다. 그녀들이 얼굴을 내밀어 준 것만도 하객들에게는 엔도르핀을 선사하는 셈이 되겠죠.

매우 넓은 파티장이 아주 근사하게 꾸며져 있습니다. 일류 호텔리어가 디자인을 했을 테니 오죽하겠어요? 붉은색의 카펫 분위기와 맞게 테이블과 의자 커버는 베이지로 색깔을 맞추고, 의자 등에는 리본이 보기 좋게 둘려 있어요. 높은 천장에서부터 길게 드리운 크리스털 샹들리에가 불빛 속에서 보석처럼 반짝여요.

테이블 위에는 식욕을 돋우는 꽃들이 화사하게 분위기를 휘어잡네요. 그리고 은은하게 빛을 발하는 글라스웨어들과 접시는 조용하게 중심을 잡아주고요. 심리적 안정감과 시선으로 느껴지는 온화함이 조화를 잘 이루고 있습니다. 샹들리에의 불빛을 받은 천장과 바닥까지도 기품 있는 분위기를 자아내요.

"저기 오른편에 머리 희끗희끗하고, 구불구불 파마한 남자 있죠? 저 남자가 김청하예요. 지금은 파라디소 그룹의 총수가 됐죠."

"여전히 잘생겼구나! 멋지게 늙었네! 야, 참 멋있다!"

그 잘생긴 외모에 아내가 반해 결혼한 줄 알았는데, 사실은 그게 아니었대요. 그가 톱스타로 한창 이름을 날릴 때, 회사 파티에 초대됐었는데, 그때 장인 눈에 먼저 들었다고 해요. 일류 배우면서도 경영의 귀재였다나 봐요. 결혼 후, 바로 회사로 들어오라고 했지만, 그는 배우의 길을 고집했다고 합니다.

그러나 결국은 영화배우의 길에서 파라디소 그룹의 길로 전환을 했군요.

갑자기 파라디소라는 제목의 영화 한 편이 생각납니다. 시네마 파라디소…… 전 어릴 적부터 영화를 굉장히 좋아했어요. 제 꿈이 영화배우였으니까요. 김청하도 영화에서 처음 보고 반했답니다. 겨우 중학생이었을 때이니, 제가 참 조숙했나 봐요. 좀 부끄럽기도 하네요.

그즈음에 시네마 파라디소를 봤는데, 얼마나 감동을 받았는지 모릅니다. 한 번만 본 게 아니라 열 번 이상이나 봤어요. 지금도 기억에 생생해요.

그러고 보니 지금 번쩍번쩍 빛나고 있는 파라디소, 저…… 호텔 이름이 톱스타인 김청하와 참 걸맞네요. 물론 외면적으로 말입니다. 그러나 내면적으로는 그 반대입니다.

"중앙에 보라색 드레스 입은 여자 보이지요? 김청하 와이프예요. 파라디소 그룹 외동딸이에요. 어쩜 저 여자는 저렇게 안 늙어

내 영혼 어디에

요? 그야, 계속 최고로 가꾸었을 터이니 늙는 게 오히려 이상하겠죠. 물론 성형 수술이 큰 몫을 했겠지만요."

심플한 보랏빛 롱드레스가 유난히 눈에 띕니다. 그녀는 여전히 아름답고요. 예전에는 느끼지 못했던 우아함마저 갖추고 있군요. 60이 넘은 여자라고는 도저히 상상이 안 됩니다.

"저 여자는 기부의 천사로 유명해요. 고아원이나 양로원을 방문해 후원금을 척척 내놓아 매스컴을 자주 타니까요. 참 한심한 세상이에요. 천사의 얼굴을 한 악마가 그 긴 세월 동안 부와 명예를 양손에 쥐고 사람들을 좌지우지하고 있으니…… 정말 한심해요. 천국그룹에 천사는 없고 악마만 득실득실 하다고요."

험담도 술술 잘 나오네요. 세상 살 때는 아무리 욕을 하고 싶어도 입 꽉 다물고 참았거든요. 감정보다는 항상 이성이 먼저였지요.

"뭐? 천국그룹에 천사는 없고 악마만 득실득실 하다고?"

"얘기를 하자면 길어요. 유 여사님! 오늘은 답답한 제 심정을 하소연하고 싶어요. 들어주시겠어요?"

"그래. 나한테 다 털어놔, 속 시원하게. 그렇지 않아도 네가 너무나 일찍 여기로 온 사연이 참 궁금했거든."

그렇지요. 저는 너무 일찍 여기에 왔어요. 그때 제가 25세였으니까요. 벌써 20년이라는 세월이 흘렀네요.

교통사고였습니다. 그러나 단순한 사고가 아닌 누군가에 의해 조작된 고의적인 사고였어요.

"저 여자, 바로 저 여자예요. 천사의 얼굴을 한 악마인 저 여자가 사람을 시켜 교통사고를 냈다고요."

김청하 와이프를 가리키며 말을 하는 내 음성이 비명처럼 날카로워지면서 부들부들 떨렸습니다. 갑자기 숨이 차고 가슴이 쿵쿵 뛰어 더 이상 말을 이을 수가 없었어요. 눈앞이 몽롱해지며 메슥메슥 구역질이 났어요. 손으로 가슴을 쓸어내리는데 제 얼굴은 저절로 오만상을 찌푸리며 일그러졌어요.

"엔젤라, 진정해. 어머나, 얼굴이 백지장이네. 그 얘긴 그만해라, 그만해! 이러다 사람 잡겠다."

그 지경에서도 '사람 잡겠다'는 그녀의 말에 웃음이 터졌어요. '사람'이라뇨? 우린 사람이 아니라 영혼이거든요. 여기 와서도 사람과 똑같은 형상으로 행세를 하고 있으니 혼돈할 만도 하지만요.

유 여사는 현재 70세인데, 여기 온 지는 1년이 좀 안 됐어요. 여기 오기 10년 전부터 암을 앓았다고 해요. 아주 많이 아팠대요. 나중에는 몸이 기본적인 기능을 못 할 정도까지 갔는데도 생명은 끝도 없이 끈질기더라고 그녀는 담담하게 말했어요.

목으로 음식을 못 넘겨 결국은 기계에 의해 고단백질을 섭취했다고 하네요. 먹는 것이 부실해서 그렇게 말랐었나 봐요. 첨 봤을 때는 어찌나 말랐는지 많이 놀랐거든요.

그런데 자주 보니 이제는 마른 것 같지는 않고, 주름살은 많지만, 얼굴이 참 예쁘다는 느낌이 들어요. 젊었을 적에는 정말 예뻤을 것 같아요.

유 여사…… 그녀는 제가 만난 분 중에서 가장 온화하고 편안한 사람입니다.

어머나! '사람'이라고 하면 안 되겠네요. 아무튼 사전(死前)과 사후(死後)를 통틀어서 그녀는 내게 가장 편안한 존재예요. 유 여사 같은 엄마를 만났더라면, 아마도 내 인생이 확 달라졌을지도 몰라요. 그런 생각이 드네요.

우리 엄마도 세상 햇수로 치면 유 여사와 동갑이에요. 그래서 그녀에게 더 친근감이 가는지도 모르겠어요.

엄마 생각을 하니 또 가슴이 멥니다. 지나고 보니 엄마 말이 다 옳았는데 그땐 왜 그리 지겨웠던지…….

끝까지 엄마 말만 잘 들었다면 이런 비극도 일어나지 않았을 텐데 말예요.

그리고 엄마도 집에서 홀로 그렇게 외롭고 처절하게 돌아가시지는 않았겠죠. 전화 한 통화 없고 찾아오는 이 하나 없는 텅 빈 집에서 방치될 수밖에 없었던 엄마의 시신…….

아, 그다음 상황은 더 이상 말을 할 수가 없네요. 제가 이리로 온 넉 달 후였어요.

3
엄마 엄마, 우리 엄마

제 25년 세상 역사를 펼치려면 우선 엄마가 등장해야 합니다. 저는 한국에서 태어난 후, 갓난아기일 때 미국에 왔다고 해요. 그리고 계속 뉴저지에 살았고요.

아버지는 누군지 몰라요. 어릴 때 멋모르고 "나는 왜 아빠가 없어?" 하고 물었다가 혼이 난 적이 있습니다. 아이가 엄마에게 마땅히 물어볼 수 있는 질문인데도 엄마는 큰 소리로 화를 내며 말했어요.

"아빠는 네가 세상에 태어나기도 전에 돌아가셨어. 임신한 엄마를 두고 죽었어. 앞으로는 아빠 얘기하지 마."

그 당시는 몰랐는데, 지금 생각해보니 아빠가 일찍 먼저 죽은 것이 너무나 원망스러웠나 봐요. 임신한 와이프를 두고…… 하지만, 아빠가 뭐 죽고 싶어서 죽었겠어요? 아무튼 전 왜 돌아가셨는지 물을 수가 없었죠. 그리고 평생을 아빠 얘기는 안 하니 저도 입을 꽉 다무는 수밖에요.

철이 들면서부터 아버지가 있는 애들이 참 부러웠습니다. 아빠가 학교에 데리러 오는 애들을 멀리서 바라보며 이상한 느낌을 받곤 했죠. 가슴에서 싸하게 바람이 부는 것 같았어요. 돌이켜보니 슬픔과 외로움, 뭐 그런 감정이 아니었나 싶어요. 아빠만 없는 것이 아니라 제게는 일가친척이 아무도 없었습니다. 할머니 할아버지도요. 피붙이라고는 딱 엄마 한 사람뿐이었어요.

 저는 엄마가 재혼하기를 간절히 바랐지만, 엄마는 저 하나만 바라보고 평생을 독신으로 살았어요. 정말 부담스러웠습니다. 어쩌면 하나님을 남편으로 삼았는지도 몰라요. 교회에 나가면서 "주여! 주여"하고 기도를 열심히 했으니까요. 그런데 저한테는 교회 나가라고 강요를 안 했어요. 다행스러운 일이죠. 그저 공부만 하라고 했어요.

 그리고 의사가 돼야 한다는 말을 귀에 못이 박이도록 들으면서 자랐습니다. 그것도 보통 의사가 아닌 세계적으로 유명한 닥터가 되라는 것이었어요. 먼 훗날, 역사에 한 획을 긋는 이름의 '닥터 강 엔젤라'가 되라는 거였죠. 딸의 능력을 너무 믿는 것이 문제였어요. 정말 꿈도 야무집니다. 하지만 저는 엄마의 그런 꿈을 꺾는 말을 해서는 절대로 안 되었어요. 불벼락이 내리기 때문이지요.

 목구멍까지 꽉 차 있는 불평불만을 속으로 사이면서 잘도 참고 살았습니다. 물론 엄마는 제 속마음을 조금도 몰랐죠. 겉으로 저는 누가 봐도 효녀 딸이었으니까요.

 아휴…… 공부, 공부. 공부!!! 공부도 엄마를 위해서 했어요. 공부 이외의 제 사생활도 마찬가지였어요. 옷까지도 엄마의 취향에 맞추었어요. 아주 최고급으로요. 머리 모양은 항상 긴 생머리를 고수해야 했고요.

 엄마를 좋아하거나 존경하거나, 그래서가 아닙니다. 그냥 무조건 복종을 해야 한다는 그런 관념이 머리에 박혀 있었던 거예요.

그러니까 저는 엄마가 정해놓은 틀에 꼭 맞춰서 자라온 셈이에요. 말하자면, 사육당한 거죠.

엄마는 제게 한국어 교육도 철저히 시켰어요. 그것만은 정말 고맙게 생각합니다. 그 덕에 한국말을 유창하게 할 수 있었고, 읽고 쓰기에도 아무 문제가 없었으니까요. 학교에서도 한국어 통역은 제가 모두 했답니다.

제가 지금 이렇게 한국말로 하소연을 늘어놓을 수 있는 것도 다 엄마 덕인 셈이지요.

한국 드라마나 한국 영화를 많이 본 것이 큰 도움이 되었어요. 한국 영화는 참 재미있었습니다. 제가 김청하를 처음 본 것도 한국 영화에서였어요.

엄마는 저한테 거는 기대만큼이나 직장에서의 출세에도 집착하는 여자였어요. 이미 40대에 투자회사의 고위직 간부가 되었거든요. 말을 잘해서 재력가들을 많이 끌어 모았던 것 같아요. 출세에 집착하고 욕심이 많으면, 성격상 다른 사람들과 마찰이 많은 법인데, 그렇지 않았나 봅니다.

필요에 의한 가식이었을까요? 아니면 하나님을 잘 믿어서일까요? 교회에 헌금도 굉장히 많이 했어요. 한 번은 우연히 주보를 보게 됐는데, 거기에 헌금 1년 통계가 나와 있지 않겠어요? 참 웃깁니다. 그런 걸 왜 공개하는지 모르겠어요. 하여튼 깜짝 놀랄 지경이었지만, 저는 못 본 척 침묵했습니다.

엄마는 직장 동료들뿐만 아니라 투자자들에게도 선물을 잘하는 것 같았어요. 크리스마스 때에는 선물할 명세서를 다 작성하고서 미리미리 세일 품목을 사서 모았어요.

언젠가는 고급 찻잔 세트를 백화점에서 몽땅 사재기를 했는지 집에다 쌓아 놓아 깜짝 놀라기도 했었지요. 물론 저한테도 뭐든지 최고로 잘해주셨고요. 너무 지나칠 정도로요.

자신을 위해서도 돈을 무척 잘 썼어요. 성형수술을 완벽하게 다 했으니까요. 아마 수만 달러가 들었을 걸요? 제가 중학교 때였던 것 같아요. 쌍꺼풀 수술하고 코 높이고 턱도 깎고요…… 아주 완전히 딴 여자가 됐지 뭡니까? 피부과에 정기적으로 다니면서 레이저 치료도 받았어요.

그래도 까무잡잡한 피부는 그대로이고, 체격이 커서 그런지 억세 보이는 것은 여전했어요. 물론 수술 전보다는 훨씬 세련되고 멋있어진 건 사실이지만요.

또한 엄마는 최고급 명품들로 치장을 했습니다. 샤넬이나 크리스천 디올, 구찌 등등 명품들만 구입을 했지요. 그렇게 해서 사람도 명품이 된다면 얼마나 좋을까요.

엄마는 부동산 투자도 아주 잘했습니다. 부동산 브로커 라이선스도 가지고 있었고요. 엄마와 단둘이 사는 데도 우리 집은 어마어마한 저택이었어요. 물론 지역도 좋고, 백인들만 사는 비싼 고급동네였죠. 제 기억으로는 이사를 열 번 이상 다닌 것 같아요. 물론 이사할 때마다 집은 눈사람 굴리듯 커지고 또 커졌죠. 정말 신기했습니다.

저는 유치원부터 대학까지 일류 사립학교만 다녔습니다. 그리고 집에서만 다녔어요. 대학교는 다른 애들처럼 집을 떠나, 아니 엄마를 떠나 타주의 학교에 가고 싶은 마음이 굴뚝같긴 했지만, 저는 항상 엄마 옆에 붙박이처럼 붙어 살아야 한다는 그런 감정이 무의식 속에 박혀버린 것 같았어요. 물론 엄마도 역시 저를 끼고 살아야 했고요.

집을 떠날 필요가 없었던 제일 큰 이유는 엄마가 애초에 집 위치를 잘 정했기 때문이었다고 할까요? 유치원부터 중학교까지는 아주 가까운 거리였고, 그 후부터는 학교의 위치가 우리 집에서 항상 한 시간 정도 거리였으니까요.

그런데, 엄마는 식당 팁에는 어찌나 짜게 구는 지 창피할 정도였어요. 푼돈에는 아주 인색해요. 그러면서도 맛있는 반찬이 있으면 더 달라고 해서 싸 가지고 오고요. 정말 쩨쩨하기 그지없었어요.

우리 집 뒷마당에는 과일나무들이 즐비했었어요. 그런데 엄마는 다닥다닥 수없이 달려 있는 대추를 따도 남들과 나눠 먹을 줄을 몰랐어요. 넘치도록 집에다 쌓아두고, 찌고, 말리고 해서 냉동고에 더 들어갈 틈이 없으면 그중에서 작고 못생기고 흠집 난 놈만 골라서 남을 주었지요. 그러면서 말은 잘도 했어요.

"아유, 올해는 대추 수확이 별로네요. 다 요 모양 요 꼴이지 뭐에요. 그래도 제법 달고 맛있어요."

어마나! 내가 왜 엄마의 나쁜 점을 얘기하고 있는 거죠? 평생을 입 다물고 혼자서만 느껴온 사실인데 말입니다. 아, 그러네요. 이제야 언어의 자유를 누리게 됐으니까요. 꽉 막혔던 체증이 쑥 내려간 듯 속이 아주 후련합니다.

아무튼, 엄마의 이런 성격들이 저는 정말 지겨웠습니다. 제가 엄마 성격을 안 닮은 것은 정말 천만다행 아닐까요? 생긴 것도 하나도 안 닮았어요. 모녀지간으로는 상상이 안 될 정도로 다르게 생겼어요. 성형수술 전이나 후나 안 닮은 건 마찬가지였어요.

그래서 가끔 저는 '아버지라는 사람이 나처럼 생겼었나?' 하고 상상을 해보기도 했죠. 피부가 하얗고 예쁘장하게 생긴 남자를요. 거기다가 시커멓고 남자처럼 생긴 엄마를 나란히 그려놓고는 '서로가 너무 반대로 생겨서 끌렸나?' 하고 혼자 슬그머니 웃기도 했어요.

어쨌든 엄마는, 자기를 안 닮고 예쁘게 생긴 딸을 늘 자랑스럽게 여겼어요.

4
천국도 아니고 지옥도 아닌

지금 와 생각하니 엄마는 참 훌륭한 분이었어요. 직장생활을 하면서도 매우 알뜰한 살림꾼이었으니까요. 딸과 단둘이 살면서도 김치는 꼭 손수 담그고, 밑반찬도 갖추갖추 준비해 놓곤 하셨어요. 조기를 박스로 사 와서 소금물에 담가 절이고 꾸들꾸들 햇볕에 말려 냉동실에 잔뜩 보관했고요. 참 부지런한 분이었습니다.

남편이 있었더라면 정말로 보필 잘하며. 떠받들고 살았을 거예요.

최고로 행복했을 남자 하나, 바로 내 존재를 있게 해준 그 남자…….

과연 누구였는지 참 궁금합니다.

남편이 있었더라면 엄마가 그렇게 억센 여자가 되지 않았을 거예요. 딸한테도 그리 집착도 않았을 거고요.

"직장생활, 가정생활, 이 모두가 다 저 하나 잘 되기만을 바라고 열심히 노력하며 산 엄마인데 제가 왜 그리 지겨워했는지 후회막심해요. 공부도 엄마를 위해 한다고 생각했고, 모든 걸 다, 나는 없고 엄마를 위한 것이라고 생각했으니 한심하기 짝이 없네요."

유 여사가 뜻밖의 질문을 했습니다.

"늦게라도 어머니의 사랑을 깨달았으니 어머니도 기뻐하실 거야. 근데, 어머니는 만났니?"

"아뇨. 여기엔 안 계시는 것 같아요. 만나서 먼저 속죄부터 하려고 아무리 찾아 헤매도 보이지가 않아요. 어디 다른 데 계신가 봐요."

"다른 데? 그럼, 여기 말고 또 다른 데가 있단 말이야?"

"네. 분명히 다른 데가 있어요. 여긴 우리가 알던 천국도 아니고, 지옥도 아닌 것 같아요."

"글쎄. 나는 세상 살 때 천국과 지옥에 대한 확신이 없었어. 근데, 여기 와 보니 있긴 있네. 내 생각엔 여기가 천국 같아. 육체의 고통이 없으니까."

"차암, 유 여사님도…… 여기서는 영혼만 있지 육체의 감각은 없어요. 꼬집어보세요. 하나도 안 아프지요?"

"그러네. 아무런 감각이 없네."

"육체는 허상에 불과할 뿐이에요."

"그럼 엔젤라의 예쁜 얼굴과 날씬한 몸매는 뭐지?"

"그저 형체만 있는 거지요."

"이렇게 다 만져지고 하는데도?"

"네. 영혼의 눈과 가슴이 느끼는 거겠죠. 그러니 육체가 늙지도 않는 대요. 여기 올 때 모습을 영원히 지니고 있는 거죠."

"그럼 나는 70세로, 엔젤라는 25세로 영원히 사는 거로구나. 영원히 늙지 않는 나라. 그러니까 천국 아닌가? 엔젤라가 천사이니 우리가 천국에 있는 게 아니겠어?"

"아니에요. 저는 이름만 천사지, 절대로 천사는 아니에요. 여기 오기 전에도 이름과는 너무나 먼 거리의 세상을 살았어요. 그리고 전 지금 슬픔과 고통과 분노를 그대로 품고 있으니 여긴 절대로 천국은 아니에요. 천국이라면 제 맘이 편해야 되잖아요? 엄마가 여기 안 계신 걸 보니 더 그래요. 엄마는 천국 가신 게 분명하거든요. 딸 하나를 위해 자신을 송두리째 바친 분이니까요. 하나님도 열심히 믿었고요. 남한테 좀 짜게 굴었지만, 교회에는 헌금도 많이 했어요. 그리고 재산을 몽땅 자선기관에 기부하셨어요. 익명으로요."

"그래. 듣고 보니 네 말이 맞는 것 같아. 여긴 천국도 아니고 지옥도 아닌 곳 같아. 엔젤라 말대로 어머니는 천국 가신 게 분명하고 말이야."

"근데 말이죠, 여기서 세상 구경은 할 수가 있는데, 천국 구경은 왜 못 할까요? 제가 천국에 가고 싶다는 뜻은 아녜요. 엄마를 한 번이라도 만나고 싶을 뿐이에요. 저는 여기 온 것만 해도 감지덕지하거든요. 어쨌든 저는 세상을 떠들썩하게 한 불륜녀잖아요? 어머니까지 죽음으로 몰아넣은 못돼먹은 딸이고요."

아무리 생각을 해봐도 저는 진짜 너무 잘못한 것이 많은 죄인입니다. 세상 살 때는 전혀 느끼지 못한 사실입니다. 감옥에 가는 죄를 지어야만 죄인이라고 생각했으니까요. 그리고 좋은 일을 한 적도 없어요. 어머니가 하라는 대로만 하고 살며 온갖 것 다 누리면서 호의호식을 한 것뿐입니다.

"혹시 여기가 지옥이 아닐까요? 나무도 없고 풀도 없고, 도대체 눈에 보이는 것이라고는 텅 빈 공간뿐이잖아요? 유 여사님한테는 미안하지만요······."

"아냐. 괜찮아. 엔젤라는 아직 육체의 고통을 안 당해봐서 몰라. 육체의 고통에 비하면 마음의 고통쯤은 아무것도 아냐. 나는 여기 오기 전, 암을 앓았어. 정말, 정말, 많이, 많이 아팠어.

나중에는 대소변도 정상으로 못 보고, 음식도 정상으로 못 먹고…… 신체 여기저기에 구멍을 뚫어야 했으니까. 그렇다고 목숨이 금방 끊어지는 것도 아니고…… 정말 혼났어. 육체적 고통만 없다면 여기가 지옥이라도 난 얼마든지 환영이야. 어쨌든 우리 육체에 감각이 없는 것, 그건 내게 큰 복이야 축복. 그러니까 여기가 내겐 지옥이 아닌 천국이야. 천국."

오죽 아팠으면 여기가 천국이라고 좋아할까 생각하니 그녀가 참 안 됐습니다. 보이는 것이라고는 오직 허허로운 허공뿐인 이곳을…….

같은 장소를 두고 두 영혼은 극과 극으로 다르게 생각하고 있네요. 어찌 보면 둘 다 맞는지도 모릅니다. 모든 게 다 생각하기 나름이잖아요? 사후의 세계도 이러한데, 사전의 세계야 오죽하겠어요?

5
아, 초록이 그립다

갑자기 유 여사가 화제를 바꾸었습니다.
"내가 하나 궁금한 게 있는데 말이야, 엄마를 찾으려 그리 오래도록 헤매고 다녔으면 다른 사람들도 많이 봤을 거 아냐. 그중에 세상 살 때 알던 사람을 만난 적이 있어?"

"아뇨. 한 명도 없었어요. 저도 그게 너무나 이상해요. 실은, 저는요, 세상 살 때 아는 사람들이 별로 없었어요. 친하게 지내는 사람도 없었으니 서로 봐도 잘 기억을 못 할 거예요. 더구나, 저마다 여기 온 시기가 다 다르니 옛날 얼굴이 아닐 거니까 더 못 알아보겠지요. 알아볼 만한 인간은 내 친구들밖에 없는데 게네들은 아직 젊잖아요. 친구들도 그래요. 늙어서 여기 오면 못 알아보기 십상이겠죠."

"글쎄. 그럴 수도 있겠지. 또 여기는 무한대의 플레이스라 엔젤라가 아직 못 가본 곳이 많아서 그럴지도 모르고⋯⋯ 아니면 말야, 여긴 천국도 아니고 지옥도 아닌 그냥 허공이 아닐까?

그러니까 우린 아직 하늘나라에 올라가지를 못하고 세상을 떠도는 영혼이고."

"네. 그럴지도 몰라요. 제가 많이 돌아다녀 봤지만 여긴 끝없는 허공뿐이었어요. 쓸쓸하기 그지없어요."

"그래서 말인데, 나는 여기가 연옥이 아닌가 하는 생각이 들어. 확신은 없었으나, 진짜 사후세계가 있을까 하는 그런 생각은 해봤거든. 암으로 고생할 때 더 그랬어. 물에 빠진 사람이 지푸라기라도 잡는다는 말, 있잖니.

그래서 성당에도 나가고 기도도 해보고 했지만 왜 그런지 절실한 마음이 안 생기더라. 이렇게 사후세계에 와서 눈으로 확인을 하고서야 깨달았으니 한심하기 짝이 없구나. 맞아, 여기가 연옥이 확실해."

한데, 저는 사후세계를 생각조차 안 하고 세상을 살았으니 더 한심합니다. 죽으면 그냥 모든 것이 끝나는 줄로만 알았어요.

실은, 제가 다닌 사립대학이 크리스천 학교였어요. 그런데도 믿음이 생기기는커녕 자꾸 거부감만 커져서 종교로부터 더 멀어졌답니다. 외부에서 목사들을 초청하여 부흥회를 열곤 했는데, 너무 황당한 설교들을 했기 때문이죠.

하지만, 유 여사는 뭔가 확실한 것을 느꼈나 봐요. 그렇게 보이네요.

"연옥은 천주교에서 얘기하는 곳이야. 천당으로 가기에는 죄가 좀 있고, 지옥으로 가기에는 죄가 그리 무겁지 않은 영혼이 회개하고 정화되는 곳이 연옥이라고 했어.

우리가 어찌 죄를 짓지 않고 살 수 있겠니? 모두 다 지옥 가야 마땅하지. 안 그래? 그래서 하느님께서는 인간의 죄를 없애주시려고 온갖 방법을 동원해 노력하시는 것 같아. 우리를 천국으로 이끌어 주시려고 말야."

차분하게 이어지는 연옥에 관한 그녀의 얘기를 저는 열심히 들었어요.

"천주교에서는 인간은 세례성사를 통하여 원죄뿐만 아니라 이전까지 자신이 지은 죄의 사(赦)함을 받는다고 가르치지. 세례성사 이후에 지은 죄는 고해성사를 통하여 죄의 용서를 받고…….

그러므로 하느님은 이처럼 죄를 지은 인간들에게 사랑의 행위로써 악의 길에서 벗어날 수 있게 해주시나 봐. 진실로 성화될 수 있도록 기도나 자선, 희생 등의 행위를 하여 천국에 갈 수 있도록 말야.

 실은, 성당에 나갔지만 난 고해성사도 안 했단다. 그러니까 죄가 쌓이고 쌓였을 거야. 그 벌을 좋은 행위로 갚아야 하는데 그걸 못하고 여기 왔으니 그 잠벌(暫罰)을 여기에서 받아야 하는 거지."

 "잠벌이 뭐예요?"

 "세상에서 회개 안 해 남아 있는 죄에 대한 벌이야."

 "믿음이 별로 없었다고 하셨는데, 어쩜 그렇게 많이 아세요?"

 "아냐. 많이 아는 건 절대 아니고, 좀 알려고 노력은 했었어. 성경도 읽고 책도 많이 보고 그랬지만 가슴에 와 닿지가 않았어."

 사후세계에 와 있으면서도 저는 깨달음이 안 오고 자꾸 갈팡질팡합니다.

 "만일 여기가 연옥이라면, 세상에서 말하는 그런 지옥도 있다는 건가요? 활활 타는 불 속에서 영원히 고통을 당해야 하는 그런 지옥 말예요."

 "글쎄, 여기서 육체의 고통이 없는 건, 우리 영혼이 육체의 형체는 있어도 감각이 없어서라고 했잖아? 봐, 꼬집어도 안 아프고 말이야. 그러니 영혼은 어딜 가도 감각이 없는 게 아닐까? 그러니 지옥의 불구덩이에 떨어져도 뜨거운 걸 못 느끼지 않을까?"

 "그렇죠? 정말 그렇겠지요?"

 그녀의 말이 왜 그리 반갑게 가슴을 쳤는지, 모를 일입니다. 저는 여기 있다가 지옥으로 떨어진다는 상상을 무의식중에 하고 있었던 것 같아요.

"그래. 그리고 말이야, 우리를 만드신 분이 신(神)이시라면, 세상 사람들이 말하는 것처럼 그렇게 극악무도한 형벌을 가하겠어? 지옥 불구덩이에서 영원히 고통을 당하고, 숨 막히는 오물통 속에서도 영원히 고통을 당해야 하고…….

우리를 창조했으면 부모나 다름없는 분이고, 더구나 사랑의 하느님이신데 말이야. 부모의 입장에서 볼 때도, 자식이 아무리 죽을죄를 지었다 하더라도 그런 가혹한 형벌을 가할 수는 절대로 없지 않을까? 그래서 사후세계에서는 육체적 감각을 없게 했는지도 몰라."

"맞아요. 맞아. 이미 육체의 감각이 없는 상태이니 지옥의 불구덩이에 떨어진다고 하더라도 유 여사님 말대로 뜨거운 걸 못 느낄 거예요."

한 얘기를 또 반복하면서 저는 저 자신을 위로하고 있다는 느낌이 들어, 좀 슬퍼졌습니다.

"그래도 보이는 것이라고는 활활 타오르는 붉은 불길밖에 없으니 눈이 못 견뎌 미쳐버리지 않겠니? 우리가 세상 살 때 말야, 잔디며 풀이며 나무들이 모두 다 초록이었잖아. 그 초록이 붉은색이었다고 상상을 해봐. 우리 눈이 얼마나 피로했겠니?"

눈이 피로해도 좋아요. 세상에서 말하는 그런 지옥만 아니면 저는 얼마든지 좋습니다. 상상의 지옥을 정의 내렸으면 그걸로 끝나야 하는데, 유 여사가 또 다른 지옥을 언급하네요.

"그런데 말야. 성경에서 그랬어. 불이 타오르는 데도 캄캄한 지옥도 있다고 말야. 지옥에서 불이 타오른다면 환해야 하는데 어둡다고 한 것은 무엇 때문일까? 불이라고 하면 시각적으로 보이는 가시적인 불만 있는 게 아니라 시각적으로 볼 수 없는 불가시적인 불도 있다는 것일 거야. 아마 천국이 빛이라면, 지옥은 어둠에 비교해서겠지?"

아무튼 온통 빨갛든, 시커멓든 간에 고통만 없으면 되는 거 아니에요? 이제 지옥 얘기는 그만하고 싶습니다. 이러다가 세상에서 말하는 그런 지옥으로 결론이 나면 안 되니까요. 유 여사는 붉고 시커먼 지옥 얘기를 중단했어요. 제 맘을 읽은 듯합니다.

"아, 그러고 보니 초록이 그립다 그리워."

그녀가 아련한 표정을 짓기에 제가 물었어요.

"세상이 그리워요?"

그녀가 화들짝 놀라며 부인했어요.

"아니, 난 여기가 좋아. 고통이 없는 곳에 왔는데, 세상이 그리울 리가 있니? 정말이야. 이론적으로 볼 때는 여기가 연옥이라 생각되지만, 나한테는 천국과 마찬가지야"

순간, 저는 엄마가 가신 천국을 생각했습니다.

크리스천 대학에 다닐 때, 일주일에 두 번씩 채플 시간이 있었으나 지금 기억에 남은 것은 별로 없어요. 천국에서는 각종 보석

내 영혼 어디에 **215**

으로 지은 집에서 살게 되는데 그 집들이 1천 층, 2천 층, 3천 층으로 구분된다고 한 얘기는 생각이 나네요. 그 당시 우리 집이 저택이라서 이쯤이면 2천 층은 될 테니, 나는 천국에서 살고 있구나 하는 생각을 했었죠.

그러면서 '참 말도 안 되는 웃기는 소릴 하네.' 하고 콧방귀를 뀌었습니다. '천국도 완전 부르주아 지향주의잖아?' 하고요. 하지만 마지막 한 구절만은 맞는 것 같았어요.

*'천국의 자기 집에 들어서면 감격해서 먼저 감사의 눈물을 흘린다. 집 안의 전체적인 빛깔과 색상, 내부 구조와 구석구석에 장식된 각종 소품이 주인의 마음에 꼭 맞게 준비되어 있기 때문이다.

예를 들어 음악을 좋아하는 사람에게는 연주할 수 있는 악기가 있고, 책을 좋아하는 사람에게는 독서할 수 있는 아늑한 공간이 있다.

다세대 주택이나 아파트 같은 1천 층이 이렇고, 2천 층의 집은 완전히 독립된 단층의 개인 주택 형태로 세상의 어떤 호화로운 저택이나 별장에 비할 수 없을 만큼 크고 웅장하며, 꽃과 나무들로 화려하게 단장되어 있다.

3천 층의 집은 거대한 규모의 복층 구조로 되어 있는데 이 세상의 어떤 백만장자라도 흉내 낼 수 없을 만큼 아름답고 황홀하게 꾸며져 있다.

정금과 각색 보석들로 꾸며진 화려하게 단장된 정원과 아름다운 호수, 골프장, 수영장, 산책길, 무도회장 등의 모든 시설이 갖추어져 있다.

그리고 천국은 어느 곳에 살든지 괴로움도 억울함도 분노도 없고 다만 안식과 기쁨이 넘쳐흐른다.'
〈* 인터넷 '천국이란?'에서 인용.〉

그런데요…… 제는 그런 곳에 엄마가 가셨다고 믿고 싶어요. 1천 층이라도 대만족이에요. 기쁨 안에서 안식을 취할 수만 있는 곳이라면…….

6
옛사랑의 추억

출판기념회장 입구에는 하객들이 줄줄이 늘어서 있습니다. 김청하가 만면에 웃음을 띠고 축하객들과 일일이 악수를 하고 있네요. 부와 이력이 붙은 세련되고 듬직한 모습이 과연 성공한 대기업의 총수 같군요. 젊었을 적보다 더 멋있어 보입니다.

희끗희끗한 머리는 일부러 염색을 안 한 것 같습니다. 65세의 나이와 잘 어울리며, 아주 멋지게 잘 늙었네요. 나이를 따져보니 제가 참 한심해요. 그땐 스무 살이라는 나이 차이도 아무 상관이 없었죠. 아니 나이가 많아서 더 듬직하고 좋았어요, 마치 아버지처럼…….

출판기념회를 내려다보며 "혹시 내가 아는 사람이라도 있나?" 하고 유 여사가 이리저리 살펴보다가 씩 웃었어요.

"우와! 유명한 영화배우들은 다 모였군. 재계, 정계의 거물들도 많이 왔구나. 아, 저기 보이는 하얀 투피스 입은 여자가 대통령 비서실장이야. 하루도 빠짐없이 날마다 매스컴 타는 여자."

"아, 저도 텔레비전 뉴스에서 저 여자 본 적이 있어요. 말을 조리 있게 아주 잘하던데요. 근데 정치하는 여자가 왜 저렇게 예뻐요?"

"그러게 말이다. 이제 겨우 마흔인데 출세도 무지 빨라. 그렇게 똑똑하대. 사법고시도 수석으로 붙었대. 거기다가 아버지가 대법원장이었으니, 완전 금수저를 물고 태어난 인간이야. 남편도 막상막하. 바로 그 옆이 남편인데 해성그룹 상속자야."

"참 팔자 좋은 여자네요."

"그런데 그 팔자 좋은 여자 때문에 우리 큰아들이 너무나 큰 상처를 받았단다."

"네……?"

"응, 사법연수원에서 만났는데, 우리 아들이 저 애를 많이 좋아했어. 둘이 사귀면서 집에도 데리고 왔었어. 아주 인사성도 밝고 상냥해서 내 맘에도 쏙 들었었거든. 그땐 물론 어느 집 딸인지는 알지도 못했지. 결혼까지 할 줄 알았는데, 결국은 우리 아들이 차인 거야. 해성그룹 상속자가 나타나, 그리로 가버렸거든. 해성그룹 알지? 파라디소보다도 자산이 더 큰 재벌이야. 소위, 말하는 정경유착이라는 거지."

"그래서 아드님은 어찌 됐어요? 결혼했죠?"

"물론이지. 아주 좋은 여자를 만났어. 중학교 선생님인데 가톨릭 신자야. 내가 성당에 나간 것도 며느리의 인도였단다. 나중의 결론은 저 애한테 차인 것이 참 다행한 일이었다는 거야."

아들이 겉으로는 태연한 척했으나 그 맘을 누구보다도 잘 아는 유 여사였어요. 오죽하면 아들 안 보는 데서 눈물을 흘렸을까요? 다행히 아들은 굳건히 일어섰고, 새로운 사랑도 찾아와 전화위복이 되었다고 합니다.

잠깐 어나운서 코멘트가 있더니 저녁 식사가 시작됐어요. 기념회를 끝내고 밥을 먹는 게 아니라 축하객들은 오는 대로 먹기부터 하네요. 뷔페가 아니라 정식 코스인 양식입니다.

"저게 일인당 25만 원짜리란다. 돈지랄이야 돈지랄. 어디 보자, 어떤 음식이 나오나."

유 여사가 빈정대듯 말했어요. 그리고 아들을 찼다는 비서실장 테이블에 시선을 옮겼어요.

최고급 요리들이 줄줄이 나오는데, 저걸 다 어떻게 먹을까 할 정도였어요. 아프리카에서는 아이들이 기아에 시달려 죽어가고 있는데, 유 여사 말대로 돈지랄이 틀림없습니다. 와구와구 먹는 모양새들이 천국의 문이 아닌 지옥의 문에 다다른 사람들 같네요. 잘 먹은 귀신들은 때깔도 좋다더니 정말 그러네요. 얼굴이 다들 번들번들합니다.

"저 애는 얼굴이 보름달같이 환하네. 아무튼 짝을 잘 만났어. 우리 아들도 짝을 잘 만났고. 양쪽 다 끼리끼리 어울리게 만난 거야."

음식에서 눈을 떼지 못하고 열중하던 유 여사가 사랑 타령을 늘어놓기 시작했습니다.

"사랑? 상대방으로부터 버림을 받았을 경우, 그 당시는 죽고 싶도록 괴로우나 지나고 보면, 아무것도 아냐. 그리고 실연의 아픔이 없는 것보다는 있는 것이 훨씬 나아. 그게 바로 옛사랑의 추억이란다."

옛사랑의 추억이라……. 김청하와의 열애가 내게는 옛사랑의 추억이라 할 수는 없겠죠. 아마 유 여사에게는 그런 사연이 있나 봅니다.

"나도 누구 하나 찾아보려고, 두리번두리번 보긴 했으나 여기엔 없더라고. 자살한 사람이니 지옥 갔겠지? 그러니까 여기는 확실히 지옥은 아냐." 하고 장 여사가 무심하게 말을 흘렸어요. 꼭 남의 말을 하듯이…….

"누군데요?" 하고 나도 예사롭지 않게 물었어요.

그랬더니 그 대답이 천만뜻밖이었어요. 깜짝 놀랐습니다.

"내 옛날 애인."

"네……? 근데 어쩜 그렇게 담담하게 말해요? 자살까지 한 사람이라면서요?"

"진짜 아무런 슬픈 감정이 없어. 무(無)야. 무(無)! 완전 무(無) 야."

유 여사는 술술 자기 얘기를 풀어놓기 시작했어요.

그녀는 미대를 졸업한 후, 모교에서 강사로 일 하다가 파리로 유학을 갔대요. 유학이라는 이름만 붙었지 실은 피눈물 나는 현실도피였답니다. 사랑하는 남자가 있었는데 그만, 중간에 한 친구가 끼어들어 뺏어갔다고 하네요. 그것도 그녀가 여러 가지로 도움을 준 아주 가까운 친구였다는데…… 정말 나쁜 여자였나 봅니다. 그들과 같은 하늘 아래 살기가 정말 싫었대요.

그런데 놀라운 사실은 그 남자가 자살했다는 거예요. 그들이 결혼해서 잘 살겠지 하고 한국을 떠났고, 아무도 그들 얘기를 해주는 친구도 없었고, 또 듣고 싶지도 않았는데…… 그 1년 후에 소식이 날아들었다고 합니다. 남자 집에서 너무너무 반대가 심해 결혼은 못 했다고 하네요. 그 나쁜 여자도 남자가 자살한 후에 종적을 감추어버려 그 뒤 소식은 아무도 모른다는 정말 소설 같은 이야기입니다.

7
지상에 있는 하느님의 나라

그 후, 유 여사는 프랑스에서 한국 남자를 만나 결혼을 했고, 남편 역시 유학생이었대요. 전공은 기계공학이었는데, 공부 끝내고는 프랑스 정부 기관에서 5년 정도 일하다가 귀국했다고 합니다. 그녀는 아들 셋을 연년생으로 낳는 바람에 일찌감치 화가의 꿈을 접고, 아이들 키우고 남편 내조하며 평범한 하우스 와이프로 살았다는군요.

"내가 지금은 70이 넘었고 더구나 바짝 말라서 볼품이 없지만, 학교 때는 참 예뻤단다. 어릴 적 별명이 프랑스 인형이었어. 남편 말이 내가 예뻐서 첫눈에 반했대, 하. 하. 하. 여기 오니까 자화자찬도 막 나오네. 영혼은 자유로운 존재이니 말도 막 나오나 봐."

저 역시 마찬가지입니다. 영혼의 자유가 좋긴 좋아요. 남의 험담, 심지어는 엄마를 쩨쩨하기 그지없는 욕심쟁이라고 말해놓고도 마음의 거리낌이 없거든요.

유 여사의 남편은 그녀에게 첫눈에 반했다고 고백하면서, 몇 번 만나고 구혼을 했다고 합니다.

한 가지 특이한 사실은, 그녀의 남편이 무신론자였다는 점이에요. 무신론도 하나의 종교라고 정의를 내린 이도 있지만, 그의 생각은 달랐다고 해요. 현대 사회에서 학문적인 이유를 떠나 인생에 있어 어떤 견해를 가진다는 점에서, 무신론은 종교가 아닌 사상에 가깝다는 거죠. 물론, 창조론보다는 진화론 쪽이었고요.

남편이 얘기할 때는 진지하게 또 재미있게 들었지만, 지금 기억에 남아 있는 것이라고는 겨우 몇 마디뿐이래요.

"그이가 무신론자이고 진화론을 믿긴 했지만, 과학적인 증거를 내세우며 막무가내로 종교를 반박하는 강력파는 아니었어. 오히려 큰며느리 집안이 철저한 가톨릭인 것을 아주 좋아했단다. 아들이 영세 받고 가톨릭 신자가 되는 것도 적극적으로 찬성을 했었어.

종교는 자유이고, 어느 종교를 믿든 간에 세상을 바르게 살아가면 된다는 확고한 신념을 가졌었지. 세상을 바르게 살아가기 위해서는 종교가 많은 도움을 주는 건 사실이라고 하면서 말이야."

듣고 보니 무신론자인 그분의 말씀이 참 그럴싸하네요. 공감이 갑니다.

"그이는 하늘에 있는 하느님의 나라가 아닌 지상에 있는 하느님의 나라를 꿈꾸는 사람이었어. 그리고 신(神)도 인간이 나약하기 때문에 만들어진 존재이고, 사후의 세계도 세상을 바르게 살라고 지어낸 허상이라고 했어."

무슨 생각이 났는지 잠깐 큰 숨을 쉰 다음, 그녀는 제게 속삭이듯 말했습니다.

"내가 꿈에 나타나서 '사후세계는 존재해요. 당신 와이프가 지금 사후세계에 와 있어요.'라고 꼭 말해줄 거야. 그러고 싶어. 세상을 내려다볼 수는 있어도 발걸음은 못 하니 꿈에라도 나타나 보려고 지금 노력 중이야."

"우리가 노력하면 세상 사람들의 꿈에 나타날 수 있다는 말씀이세요?"

"그건 나도 몰라, 그저 내 희망 사항일 뿐이야."

유 여사의 남편은 신은 믿지 않았으나 모든 사람을 감싸주는 성격의 소유자였다고 합니다. 타인의 불행에는 같이 울어주며 온몸을 던져 도와주었고요.

한 남자로부터 호되게 실연을 당한 그녀의 슬픔도 그분을 만나고부터는 아름다움으로 승화가 되었다고 합니다.

특히 아내가 아플 때의 헌신적인 간호는 말로도, 글로도 표현할 수가 없을 정도였대요. 그녀가 투병하면서 10년 동안이나 살 수 있었던 것도 남편의 은공이었어요.

그 10년 동안에 아들 셋을 다 결혼시켰다고 하네요. 참 대단합니다.

"며느리도 보고, 손주 녀석들도 다섯 명이나 볼 수 있었으니 더 이상 뭘 바랐겠니? 감사, 감사, 그저 감사뿐이었지. 이제 죽어도 여한이 없겠다는 말이 저절로 나왔어. 육체적인 고통은 날로 심해 갔지만, 남편의 진심이 늘 내 맘속에 자리해줘서 내 의지가 잘 버텨낸 것 같아. 그리고 큰며느리가 주말에는 꼭 찾아와서 날 돌봐주었어. 그 애 덕에 어쨌든 종교라는 것도 갖게 되고 말야."

그녀는 모든 것을 다 이룬 듯 아주 행복해 보였습니다. 남편과 큰며느리에게 진심으로 감사해하는 그 마음이 제게도 따스하고 진하게 전해졌어요. 한데, 남편이 무신론자인 것이 암만해도 걸리나 봐요.

"엔젤라가 엄마는 분명히 천국에 계신다고 확신하는 것이 참 부러워. 엔젤라 엄마가 딸을 위해 올인을 한 것처럼, 우리 남편도 아내를 위해 올인을 했는데도 내게는 그런 확신이 없어. 세상에서는 참으로 좋은 일 많이 했는데도 말이야.

내가 아프고부터는 나랑 같이 성당에도 나갔지. 종교가 내게 도움이 될 수 있다는 마음에서였을 거야. 어쨌든 매주 성당에 가고, 성령대회에도 참석을 하고 했으니…… 우리가 있는 여기는 올 수 있겠지?"

갑자기 유 여사가 주춤했어요.

"어머나, 오늘은 엔젤라 얘기를 들어준다고 그래 놓고 내 얘기만 너무 늘어놓았네. 미안해. 미안해."

"아녜요. 아녜요! 저는 더 좋았어요. 사후세계에 와 있으면서도 뭐가 뭔지 모르는 제게 도움 되는 말씀해 주시고, 또 저한테 세상 살 때 얘기해 주셔서 감사한 마음이 커요. 유 여사님과 더 친해진 것 같아서 기쁘고요."

"그건 그러네. 이렇게 과거 얘기를 시원하게 털어놓으니 나 역시 너랑 한층 더 가까워진 기분이 들어. 자, 이제 엔젤라 얘기 제대로 들어보자. 아직 본론은 시작도 안 했잖아."

8
사랑의 도피 행각

이제 얘기는 본론으로 들어갑니다.

"유 여사님, 제 꿈이 뭐였는지 아세요? 영화배우였어요. 여섯 살 땐가? 텔레비전에 나오는 아역 배우를 보다가 제가 엄마한테 말했어요. '엄마 난 쟤보다 더 잘할 수 있어요. 아는 사람 있으면 나 데리고 가서 소개해 주세요.' 하고요. 저한테 그쪽으로 끼가 많았던 것 같아요. 생긴 것도 자신이 있었고요.

물론 엄마는 노발대발했죠. 아주 어릴 적이었는데도 기억에 생생해요. 태어날 때부터 엄마는 저를 의사 만들기로 작정을 했는데 영화배우가 어디 가당키나 한 말인가요?"

어릴 때부터 저는 영화나 드라마가 참 좋았어요. 내용도 다 이해를 했으니 제 머리가 그쪽으로 아주 발달해 있었나 봅니다.

"중학교 때, 시네마 파라디소라는 영화를 봤는데 어찌나 감동을 받았는지 지금도 기억에 생생해요. 한 번만 본 게 아니라 열 번쯤 봤을 거예요."

"그랬어? 나도 그 영화 봤는데, 참 감동적이었어. 그 영화 한국서도 상당히 인기였어. 시네마 천국이라고 그 당시에 내 주위에 안 본 사람이 없었단다. 근데 엔젤라는 열 번이나 봤다니, 정말 놀랍다. 만일 영화 쪽으로 나갔더라면 배우 겸 평론가가 될 뻔도 했잖아? 그 영화에서 주인공 토토가 나중에는 세계적인 영화감독이 되듯이 말야."

"네, 맞아요. 원치도 않은 의사의 길에서 영화의 길로 진로를 바꾸었더라면 얼마나 좋았을까요? 김청하를 영화에서 처음 봤던 시기도 바로 그때였어요."

엄마는 제 한국어 교육을 위해 무척 애를 썼는데, 그중 하나가 한국 영화나 드라마를 열심히 보게 해준 것이었어요.

"어느 영화에서 김청하가 학교 선생님으로 나왔는데 정말 멋있었어요. 겨우 열네 살짜리 여자애가 남자를 좋아하는 감정을 느낄 정도였어요. 영화 속의 남자에 빠져들다니…… 너무 이상하죠? 그럴 수 있나요?"

"물론 그럴 수 있지. 그건 지극히 자연스러운 감정이야."

"근데 비슷한 또래도 아니고…… 알고 보니 김청하 나이가 그때 서른이 넘었더라고요. 그러니까 저하고는 근 20년이나 차이가 나는 거예요."

"오히려 그렇게 나이 차이가 있어서 엔젤라가 더 좋아하게 된 거 아닐까? 아버지가 안 계신데서 오는 외로움과 빈 마음을 김청하로부터 채웠을 수도 있었을 테니 말이야."

"네. 유 여사님 말씀 들으니 그랬을지도 모른다는 생각이 드네요. 아니, 정말로 그랬었나 봐요. 김청하랑 같이 다니는 상상을 아주 많이 했거든요. 상상만 해도 행복했어요."

정말 그때 얼마나 많은 상상을 했는지 모릅니다. 둘이서 손잡고 다니며 맛있는 것도 사 먹고, 디즈니랜드에 가서 놀이기구 타면서 깔깔 웃고, 심지어 그가 나를 업고 다니는 상상도 했어요.
 영화에도 그런 장면이 있었거든요. 소풍을 갔는데, 한 여학생이 다리가 아프다고 징징거리니 선생님인 김청하가 얼른 업어주더라고요.
 "하지만, 그 감정이 오래 지속되지는 않았겠지?"
 "어머! 어쩜 그렇게 잘 아세요? 네, 맞아요. 김청하랑은 금세 끝났죠 뭐. 끝나요? 시작도 안 했었는데요, 뭐……? 호호호."

 그러나 그 10년 후, 이번에는 진짜 시작이 되어, 결국은 비극을 불러일으키고 말았습니다.

 남들이 다 부러워하는 의대에 입학은 했으나. 도저히 적응을 못해 거의 미칠 지경에 이르렀을 때, 나는 어머니의 허락을 받아 한국에 나올 수가 있었습니다. 1년 휴학한다는 명분으로.
 사실, 고등학교 때까지는 죽도록 노력하면 그 대가를 받을 수 있었으나, 대학은 달랐어요. 아무리 노력해도 따라가는 것도 어려웠습니다. 겨우 졸업은 했고 의대 문턱은 넘어섰지만, 그 이상은 불가능했어요. 제 몸이 풍선처럼 '펑'하고 터져 산산조각이 돼버릴 것 같았어요. 죽고 싶단 생각이 들기도 했지요.
 참으로 알 수 없고, 또 어쩔 수 없는 것이 운명인가 봅니다. 역사는 내가 김청하를 찾아가는 데서부터 시작되었지요. 배우 지망생으로 그를 찾아갔는데, 우린 첫 만남에서부터 연인 사이가 되어

버리고 말았어요.

 배우가 되기 위한 나의 꿈은 어디로 사라졌는지 나는 그의 가슴에 풍덩 빠지고 말았습니다. 중학교 때 잠깐 풋사랑을 경험했으나, 그 후로는 오직 공부에만 매달려 아무런 여유도 없이 살아온 세월, 아버지의 푸근한 사랑은 없고 어머니의 지겨운 사랑밖에 몰랐던 저에게 이성의 사랑이 불길처럼 활활 타올랐죠. 어릴 적의 불씨가 잠재하고 있었던 것일까요?

 정말 즐거운 하루하루였습니다. 눈만 뜨면 천국이라, 잠자는 시간도 아까웠어요. 세상이 이렇게 아름답고, 산다는 것이 이렇게도 신나는 일인 줄을 예전엔 미처 몰랐어요.

 그리고 어머니를 떠나 산다는 것이 이리도 자유롭고 좋은 것인지도 처음 알게 되었죠. 모든 세상사가 그를 통해 눈에 들어왔고 그와 같이 있으면 마냥 행복했어요. 하지만, 그가 워낙에 유명한 배우라 세상의 시선을 피하기란 불가능했습니다.

 "결국은 사랑의 도피 행각을 벌이고 말았죠……제가 완전히 미쳤었나 봐요."

 잠깐 말을 끊었다가 제 입에서는 저도 모르게 괴상망측한 얘기가 쏟아졌어요. 아마 내 잠재의식 속에서 아우성을 치고 있었던 소리인지도 몰라요.

 "그 당시 저는 정말 세상 물정 모르는 순진한 처녀였거든요. 김청하가 조금만 마음을 바로 가졌더라면 연인관계로 가지 말고 나를 바른길로 인도해야 하는 거 아니에요? 시네마 파라디소에서 토토를 이끌어준 영사기사 아저씨처럼요. 그랬더라면 유 여사님 말대로 저는 유명한 배우나 평론가가 분명히 됐을 거예요. 근데, 그는요…… 내 진로를 바로 잡아주기는커녕 배우가 되겠다고 찾아간 나를 잡아먹었어요."

"뭐? 잡아먹었어? 얘, 하버드까지 나온 애가 왜 그리 저급한 표현을 쓰니?"

유 여사가 나무라듯 말을 했지만, 거기에는 웃음기가 잔뜩 배어 있었어요.

"하버드가 어딨고, 저급 고급이 어딨어요? 결국은 다 평준화가 되는 거 아닌가요? 우리도 이제 언어의 자유를 온전히 만끽해도 되고요.

"맞아, 맞아. 엔젤라…… 엔젤라가 하고 싶은 말 다 해. 다- 해."

비겁하기 그지없습니다. 저는 지금 김청하한테 책임을 돌리고 있어요. 실은 그런 생각을 한 적이 있거든요. 김청하는 너를 농락한 나쁜 놈일 수도 있다고요.

그러다가 또 어떤 땐 '아냐. 그가 날 정말 여자로서 사랑했기에 어쩔 수 없었을 거야' 하고 위로도 했고요

갈팡질팡 생각이 엇갈려 헤매고 있는 제 맘을 읽은 듯, 유 여사가 제 손을 꼭 잡으며 조용히 입을 열었어요.

"어쩔 수 없는 게 남녀관계 아니겠니? 진짜 불타는 사랑 앞에는 이성은 깡그리 망가지고 감정만 내달리는 거야. 국경, 나이 등등 아무리 험한 난관도 다 극복한다잖아. 김청하가 그랬어. 너를 진

짜진짜 사랑한 거야."

하지만 그녀의 말이 그리 가슴에 와 닿지 않았어요. 판단력이 특출한 그녀가 속으로는 '진짜 너를 위하고 사랑했더라면 엔젤라를 자기로부터 떼 냈어야지.' 하고 외치고 있는 것 같았어요.

그러나 어찌 보면 지금 이 시점에서는 무조건 나를 위로하고 내 맘을 편하게 해주는 것이 바른 판단일 수도 있지요. 정말 모르겠어요. 멋모르고 날뛴 그때가 지금 생각하면 너무너무 창피합니다. 내가 어떻게 그럴 수 있었을까 하고요. 어릴 적부터 저는 감정보다 이성으로 모든 것을 판단하는 참으로 똑똑한 아이였는데 말입니다.

또 갈팡질팡합니다. 그냥 유 여사의 말을 믿고 싶을 뿐이에요. 그리고 내가 세상에 태어나서 그런 사랑을 할 수 있는 남자를 만났다는 것을 행운으로 생각하고 싶어요.

그를 만나지 못했더라면 사랑이 뭔지…… 또 어떤 감정인지도 모르고 살았을 거잖아요?

그녀가 일부러 큰 몸짓을 하며 자기 얘기를 풀어놨어요.
"뭐 사랑의 도피 행각? 어쩜 그렇게 그 친구 한 짓이랑 똑같니?"
제가 벌인 사랑의 도피행각이 그만 유 여사 연애 얘기로 넘어갔습니다.
"한 번은 남자친구하고 연락이 안 되는 거야. 나중에 알고 보니까 둘이 여행을 갔더군. 난 여행은커녕 손만 잡으려 해도 도사렸거든. 그러니 걔도 내게 감히 신체적인 접촉은 못 했나 봐. 애타게 뜸만 들였지. 걔를 대학 2학년 때 미팅에서 알았는데, 졸업할 즈음에야 겨우 키스를 했을 정도였단다. 왜 그렇게 답답하게 굴었는지 모르겠어. 그런데 그 친구는 나랑 전혀 달랐어. 석 달 만에 불을 확 싸질러버린 거야. 별수 있니? 임신을 했다는데…….”

"뭐요? 임신을요? 그래서 애를 낳았대요?"

"몰라. 그리고 난 프랑스로 떠났고, 1년 후에 소식을 들었을 때도 아기 얘기는 없었어."

유 여사는 화가 머리끝까지 솟아 열불을 토해야 할 상황인데도 어쩜 이리도 평온한지 모르겠어요. 나를 그 친구에 비교하면서도 비난의 눈치도 전혀 없었고요.

나는 기분이 찜찜했어요. 갑자기 뭔가가 뇌리를 쳤어요. 친구 애인을 뺏어간 그 여자나, 와이프가 있는 남자와 애정 행각을 벌인 나나 뭐 다를 게 있습니까? 저울에 달면 내가 더 나쁜 쪽 아닐까요? 나는 '아차!' 싶어서 내 얘기를 계속하지 못하고 가만히 있었는데, 그녀가 말을 술술 이어갔습니다.

"여기서는 세상을 내려다볼 수 있으니 갑자기 그 친구가 생각이 나서 좍 훑어보았는데 안 보여. 벌써 죽었는지도 모르지. 나랑 동갑이니까 그럴 가능성도 커."

"대학 친구였어요?"

"아니. 고등학교 친구야. 걔는 대학을 못 갔어. 실력도 안 되고 가정형편도 안 됐고. 본인은 입 딱 다물고 있었는데, 어릴 적에 부모를 여의고, 작은집에서 자랐다고 해. 참 외로운 아이였어. 나하고 짝꿍을 한 적이 있어서 좀 알게 된 거야. 그래서 더 신경을 써주고 잘해주려는 마음이 늘 있었지.

식모나 다름없이 집안일을 하며 어린 사촌 동생들 치다꺼리를 했다니 어디 공부할 시간이 있었겠니? 내가 맨날 수학 가르쳐주고, 시험 때는 내 시험지도 슬쩍슬쩍 보여주곤 했지. 그러다가 한 번은 선생님한테 들켰지 뭐니."

그때 선생님이 그 친구만 야단을 쳤다고 합니다. 물론 그녀가 시험 답안을 보고 쓰라고 말은 한 건 아니지만, 묵과하는 마음이 분명히 있었겠죠. 그러니까, 친구가 보고 쓰는 것을 알면서도 가리지 않고 펴놓은 채 모른 척한 것이죠.

"근데 말이지, 선생이란 작자가 그 친구 시험지를 그 자리에서 뺏어버렸지 뭐니. 그런 사람, 진짜 선생 자격이 없는 사람이야. 60명이나 되는 반 아이들 앞에서 그런 망신을 준다는 게 있을 수 있는 일이니? 시험 끝난 다음에 교무실로 오라고 조용히 말을 했어야지. 나 역시 공범이나 마찬가지인데, 암말도 못 했어. 그 친구한테 무지 미안했지만 어쩔 수가 없었어. 한데 이 사건이 그 친구한테는 매우 큰 상처가 됐나 봐."

호의가 도리어 역효과를 가져올 수도 있다며 유 여사는 얘길 계속했습니다.

"언젠가는 학교에 계속 결석을 하는 거야. 어쩌다 우연히 알게 됐는데 월사금을 제때 못 내서였다는군. 작은집 형편이 아주 안 좋았었나 봐. 참 가슴이 아팠어. 얼마였는지 지금은 다 잊어버렸는데, 그때 엄마한테 얘길 해서 본인도 반 아이들도 일절 모르게 내가 대신 내주었어. 나중엔 개가 알게 됐지만……."

친구는 졸업 후에 은행에 취직했다면서, 그 돈을 매달 조금씩 몇 번에 걸쳐 다 갚았대요. 그런데 이상한 것은 그 친구가 고맙다는 감정보다 먼저 맘의 상처를 받았다고 합니다. 도저히 이해가 안 되네요.

"나는 다 잊어버렸으니 안 갚아도 된다고 했지만 매달 꼬박꼬박 다 갚고, 마지막에는 시세이도 콤팩트까지 선물로 줬어. 그때 내가 깨달은 게 하나 있어. 나는 순수한 마음으로 호의를 베풀었지만, 상대방은 상처를 받을 수도 있다는 것을 말야."

9
내가 정화가 됐나?

그리고 세월이 흐른 후, 그녀가 대학 강사로 있을 때 연락이 와서 다시 만나게 되었다고 합니다. 친구는 고등학교 졸업한 다음에 은행에서 일하다가 증권회사로 직장을 옮겨 돈을 잘 벌고 있었대요.

"내가 수학 가르쳐준 얘길 하며, 학교 때 나한테 신세를 많이 졌다면서 고급식당에서 비싼 밥을 사주더라. 그때 언뜻 난, 내가 사과를 해야 하나 하고 옛날 생각을 했었어. 내 본 마음은 정말 순수했다고…….”

기가 막혀서 제가 그녀의 말을 잘랐어요.

"뭐요? 사과요? 누가 누구한테 사과를 해요?"

"아냐. 아냐. 왜 엔젤라가 흥분하지? 호호호. 괜히 옛날얘기 끄집어내는 게 도리어 걔를 불편하게 할 것 같아 암말도 안 했어."

그렇죠. 유 여사는 항상 상대방 생각을 먼저 하는 사람이지요.

"알고 보니 증권 투자하라고 연락을 한 것이었어. 우리 아버지를 만나고 싶다는 거야. 당시, 공무원인 우리 아버지하곤 거리가 먼 투자 얘기라 적당히 거절을 했더니, 나보고 증권을 사라잖아. 내가 돈이 어딨니? 그랬더니 개미 투자는 10만 원도 괜찮대. 또 거절할 수가 없어 잃어버릴 셈 치고 10만 원을 넣어주었더니 글쎄 그게 금세 몇 배가 됐지 뭐니? 그러다가 내 애인까지 끌어들이고."

"어머머, 애인은 왜 끌어들여요?"

"학교 때는 별로 몰랐는데, 그 친구 화술이 아주 뛰어났어. 친구 데리고 오라는 바람에 그만 내가 홀까닥했지 뭐. 내 남자친구도 그쪽으론 머리가 비상했어. 전문가인 그 친구한테 조언을 줄 정도였으니까. 그러다가 둘이 불이 붙었나 봐. 헤어지고 나서야 내가 강재우를 많이 사랑했다는 사실을 깨달았어. 바보같이."

남자친구는 그녀와 동급생이었고, 나이는 자기보다 한 살 아래였다고 하면서 '걔'라고 호칭을 했었는데 갑자기 '강재우'라는 이름이 등장했습니다. 유 여사는 호칭이 바뀌었는지도 모르는 것 같았어요. 참 온화한 여자인데도 남자친구에게는 깍쟁이로 굴었나 봅니다.

"한 번은 그러더라. 자길 좀 붙잡아 달래. 어떤 여자가 자기 애를 갖고 싶어 한다나? 그러면서 뭐랜 줄 아니? 나 참, 기가 막혀서……. '완전 무방비 상태에서 날 유혹했는데, 나는 안 했다.' 글쎄 그러잖니?"

유 여사는 그런 말을 그녀에게 한다는 자체가 너무나 자존심이 상했다고 합니다.

"뭐? 안 했어? 뭘 안 했는데? 좋겠네. 그럼 그 여자한테로 가면 되겠네. 안 붙잡을 테니 맘 놓고 가라고. 얼마든지 가라고."

그런 구체적인 일이 발생했는데도 그녀는 상대가 그 친구라는 사실을 생각조차 못 했고, 그리고 소식이 닿지 않을 때도 둘이 여행을 갔으리라고는 정말 꿈에도 상상 못 했다고 합니다. 그 전에, 어쩐지 슬슬 꽁무니를 빼는 것 같다고 느끼기는 했으나, 혹시 여자가 생겼나 하는 그런 생각도 전혀 못 했다고 해요. 유 여사의 차분한 음성이 점점 더 낮아졌습니다.

"내가 왜 그리 눈치가 없었을까? 둘이서 놀아난 걸, 그리도 모르고 있었다니…… 바보같이."

"유 여사님이 너무 착했어요. 그 둘은 착한 것을 도리어 바보 취급하며 유 여사님을 속인 거예요. 아휴, 속 터져. 내가 다 열불 나네."

"그랬을까? 둘이 좋아하게 되어 어쩔 수 없어 그 지경까지 갔으나, 나를 속이는 게 미안하지 않았을까?"

"유 여사님, 꿈 깨세요. 미안하게 생각하다뇨? 임신까지 했다는데도요? 참, 몰라도 너무 모르네요. 그 둘은 천하에 나쁜 연놈들이에요."

아이쿠, 이를 어째요? 너무나 기가 차서 이제는 막말까지 나오네요. 천사라도 화딱지 나서 펄펄 뛸 판인데, 유 여사는 도대체 뭐지요?

"그래 맞아. 그때 우리 친구들도 그랬어. 날 배신하더니 죗값을 톡톡히 받은 거라고 말이야. 근데 한 가지 놀라운 사실은 그 친구가 날 무지무지 질투를 했고, 또 아주 작정을 하고 강재우를 뺏어갔다고 소문이 난 거야. 그 당시 투자자들 모으면서 친구들을 끌어들이고 또 돈 불리는 과정에서 안 좋은 일도 있고 해, 헛소문이 난 건지도 몰라. 아무튼 나는 걔가 날 질투했다는 것도 상상이 안 되고, 작정을 하고 내 애인을 뺏어갔다는 것도 믿을 수가 없어."

그렇게 당하고도, 정말 눈치가 없네요. 착하기 때문에 상대방을 의심 안 하고 약삭빠르지도 못해 눈치가 없는 거 아닐까요?

한데 유 여사는 또 자기한테로 책임을 돌립니다.

"근데 또 달리 보면, 예전에 수학시험 때도 그랬고, 월사금 몰래 내준 것이 자존심이 상해서, 나를 질투했을 수도 있었겠지 뭐. 그리고 강재우도 그래. 내 도도하고 답답한 성격에 싫증을 느꼈는지도 몰라. 생각해 보니 우리가 너무 오래 사귀었어. 그간에 미적지근하기만 했고. 그러니 여러 가지로 타이밍이 들어맞아 둘이 불이 붙은 거야."

그녀는 아련한 추억 속에서 연애 시절 일들을 계속 얘기하고 싶은가 봅니다. 다 용서했다고 강조도 하면서요.

"아마도 강재우가 자살을 했기 때문에 용서가 된 건지도 몰라. 진짜 그래. 강재우는 죽었으니 할 수 없고 그 친구는 어디든 세상에 있다면 잘 살았으면 좋겠어. 그 애도 잘 크고 있으면 좋겠고."

"차암, 유 여사님도…… 그 애라니요…… 아직도 앤가요? 잘 크고 있으면 좋겠다뇨? 그러니까 그때 태어났으면 지금 몇 살인가? 유 여사님이 스물다섯에 프랑스 유학 떠났다고 했으니까 지금…… 마흔다섯. 어머나, 나하고 동갑이잖아요?"

"그러네. 참 세월 빠르다. 벌써 45년이나 지났으니."

"근데 말예요. 혹시 임신도 안 했는데 임신했다고 거짓말한 건 아닐까요?"

"그런 거짓말을 왜 하겠니? 그 친구가 임신을 해서 자기가 책임을 져야 한다고 강재우가 분명히 그랬어."

"제 말은요오…… 혹시 그 친구가 강재우를 붙잡으려고 임신했다고 거짓말한 게 아닌가 하고요. 그런 얘기 드라마 같은 데 잘 나오잖아요."

유 여사가 화들짝 놀라는 시늉을 하면서 갑자기 언성을 높였습니다.

"얘, 우리가 무슨 소릴 하고 있니? 지금 와서…… 이런들 어떠

하고, 저런들 어떠하리니? 다 용서가 된 일인데."

용서했다는 말을 강조하면서도 어떤 미련의 끈이 어렴풋이 보이는 듯합니다.

"어마나, 나 좀 봐. 생전에는 아무한테도 못 한 얘기를 여기 와서 엔젤라한테 다 털어놓았네. 엔젤라가 천사라서 그랬나?"

천사는요? 저는 천사 근처에도 못 갑니다. 천사는 바로 유 여사이지요.

"강재우라는 사람은 자살을 했으니 지옥 갔을 것이고, 그 친구는 유 여사와 동갑이라니 만일 죽었다면 분명히 지옥 갔을 거예요. 그럼 둘이 만났겠네요. 지옥에서."

"아니, 그렇지도 않을 거야. 그 친구는 천국에 대한 확신이 있었어. 자기는 분명히 천국 간다고 말야. 예수를 무척 열심히 믿었거든. 나한테도 주여! 주여! 하면서 전도를 했다고. 하지만 나는 그 친구를 보면 예수 믿을 마음이 더 없어졌어. 본이 안 된 거지."

"근데 유 여사님은 그런 일을 당하고, 또 얘기를 하면서 어쩜 그렇게 평온한 얼굴이에요? 진짜 아무치도 않아요?"

"그-러-엄! 아무치도 않치이……! 정말 아무런 감정이 없어. 맘이 아주 평화로워."

제가 보기에도 그녀는 아주 편안했어요. 그러더니 유 여사는 혼잣말로 "그간에 내가 정화가 됐나?" 하고는 정색을 하며 고개를 갸우뚱했습니다.

"정화요?"

"여기가 연옥이라면 말이야. 그건 그렇고, 앞으로 여기서 아는 사람들 근황을 보노라면 시간 가는 줄 모르겠지? 심심하지도 않고 재미있을 것 같아. 실은 얼마 전에 내가 남편 근황을 살펴봤지 뭐니. 근데 벌써 걸프렌드가 생겼더라고. 옛날 애인이래. 아주 건강해 보여서 좋더라. 곧 결혼한다나 봐."

"뭐요? 결혼한다고요? 와이프 죽은 지 1년도 안 됐는데요?"

그녀의 말이 끝나기도 전에 제 입에서 벼락같이 튀어나온 말입니다.

"응…… 아내가 아파서 뒷바라지하느라고 고생했는데 결혼해서 이제 좀 편하게 살아야지. 그럼!"

"근데 유 여사님은 속상하지 않아요?"

"아니 전혀! 여기 온 지 1년도 채 안 되었는데, 그간에 내가 정화가 됐나 봐. 엔젤라는 20년이나 됐으니 많이 정화되지 않았을까?"

"아니에요. 저는 정화될 수가 없어요. 너무나 억울해서요. 제가 어떻게 죽었는지 아시면 유 여사님도 이해하실 거예요."

울컥하는 감정이 치밀어 오르며 눈물이 핑 돌았습니다.

10
생과 사, 영원한 비밀

비가 억수같이 쏟아지던 그날, 엉엉 울면서 무작정 마구 달리다가 사고가 났습니다. 밤이었고, 차도 별로 없는 한적한 길이었죠. 어딘지도 모르는 길을 목적지도 없이 마냥 가는데…… 갑자기 뭔가 시커멓고 커다란 물체가 앞을 가로막고 있지 뭡니까? 순간, 브레이크를 콱 밟았죠.

그러나 온 세상이 폭발하는 듯한 굉음과 함께 내 차는 앞에 가던 커다란 트럭을 들이받고 말았습니다. 빗길에 차가 미끄러지면서 브레이크가 제대로 작동을 못 한 거였어요.

그렇게 생과 사는 한순간에 결정이 나버리고 말았습니다. 에어백이 터져야 마땅한 상황에 그마저 작동을 안 한 것은 무슨 조화였겠습니까? 핸들이 가슴에 충격을 가하여 심장이 멎은 거였어요.

그런데 웃기는 사실은, 제가 자살을 하려고 빗길을 마구 달렸다나요? 신문에 사건이 터진 지 얼마 되지 않았을 때인지라, 그럴만 했을지도 모르죠. 그러나 천만의 말씀입니다. 한 남자한테서 버림을 받았다 해도 저는 자살할 여자는 아닙니다. 엄마를 두고 어찌 자살을 합니까? 여기서 그게 아니라고 아무리 소릴 질러봤자, 그 소리는 땅에는 닿지 않고 허공만 맴돌 뿐이었어요.

결국은 교통사고라는 결말이 났습니다. 하지만, 아니에요. 단순

교통사고가 아니에요. 누군가에 의해 조작된 사고임이 틀림없어요. 119를 부른 사람은 트럭 운전사였어요. 근데 저는 암만해도 그 트럭 운전사가 수상해요. 일부러 트럭 뒤를 들이받으라고 꽁무니를 제 앞에 바짝 댄 게 아닌가 의심스러워요.

모든 게 다 김청하 와이프 각본임이 틀림없어요.

명백한 증거가 있어요. 그 트럭이 파라디소 운수회사 소속이라는 사실, 그 외 무슨 증거가 더 필요하겠습니까? 어느 으슥한 지점에서 내 차를 밀어버린 후, 뺑소니치기로 각본을 짠 게 분명합니다. 뺑소니차를 못 잡고 영원히 미제사건으로 어둠에 묻혀버리는 교통사고가 허다하잖아요.

그런데 운 좋게도 내가 트럭을 들이받게 된 것입니다. 아마 내 차를 계속 따라오며 기회를 포착하다가 각본을 바꾸었을지도 몰라요.

"저의 죽음은 신문에 한 줄도 나지 않았어요. 흔한 교통사고이니 그냥 지나칠 수도 있겠지만, 제 경우는 다르잖아요. 언론에서 알았다면 가만있었겠어요? 아마 자살이라고 더 부풀렸겠지요. 김청하 쪽에서 모든 증거와 흔적을 다 지워버린 것이 분명해요."

이리하여 저의 죽음은 영원한 비밀로 묻혀버리고 말았습니다.

"근데, 이 무시무시한 음모를 김청하도 알고 있는지가 참 궁금해요. 나를 데리고 놀았으면 그도 나의 존재가 거추장스러웠을 거 아녜요? 그러다가도 '그가 날 정말 사랑했을까?' 하는 의문이 골백번도 더 왔다 갔다 해요. 먼 훗날 어디에서든 만나게 되면 나를 진짜 사랑했느냐고 꼭 물어보고 싶어요. 우리 영혼이 세상은 속속들이 내려다보면서 인간의 마음까지는 읽지 못하니 답답해요."

저는 조금 전에 한 얘기를 되풀이하며, 잠재의식 속에서 또 확인하려 하고 있어요.

잠시 침묵하다가 유 여사가 입을 열었어요.

"물론, 김청하는 엔젤라를 사랑했어. 아까도 내가 얘기했잖아? 너무나 사랑했기 때문에 그렇게 나이 차가 나는데도 연인이 될 수밖에 없었다고 말야. 그건 확실해! 가정을 버릴 각오도 분명히 했고, 와이프한테 이혼하자는 말도 했고…… 하지만, 김청하가 무슨 힘이 있겠니? 생각해 보면 그 사람도 불쌍한 사람이야. 널 데리고 논 건 절대 아니니 그런 생각은 하지도 마."

"그렇죠? 분명 나를 사랑한 거, 맞지요?"

나는 확인을 하듯이 유 여사에게 반문을 했어요.

"그러엄!! 진정 사랑했지. 그러니 미움 풀어. 엔젤라와 마찬가지로 김청하도 널 미치도록 사랑했어. 데리고 논 건 절대 아니야. 널 진심으로 사랑한 건 명백한 진실이야."

유 여사는 진짜로 그렇게 생각했습니다. 강조에 강조를 거듭했으니까요. 그가 나를 진심으로 사랑했다고요. 잠깐 어긋난 생각을 한 것은 분명히 내 오해였어요.

참 이상합니다. 조작된 교통사고로 악에 받쳤던 내 맘이 스르르 누그러지는 거예요, 핸들에 충격을 받아 멎은 내 심장에 위로의 손길이 느껴졌어요.

　그녀는 교통사고를 찬찬히 풀어나가면서 설명을 하기 시작했습니다.

　"내 얘기 섭섭하게 생각하지 말고 들어. 교통사고가 조작된 것이었다고 단정할 수는 없는 일이야. 그 트럭이 파라디소 운수회사 소속이라는 사실이 증거라고 엔젤라는 단정했지만, 그 반대일 수도 있어. 조작을 하려면 왜 자기네 회사 차를 사용했겠어? 증거가 될 수도 있는데 말야. 쥐도 새도 모르게 끝낼 수 있는 개인 트럭을 고용했겠지."

　아! 듣고 보니 그러네요. 왜 그런 머리가 안 돌아갔을까요?

　"어쩌다가 우연의 일치로, 하필이면 그때 파라디소 트럭이 그리로 지나가게 된 걸 거야. 세상에는 기적 같은 우연이 존재하는 법이거든. 엔젤라가 너무 억울하고 분해서 상상을 한 허상이 그만 실상으로 머릿속에 박혀버린 것 같아."

　그럴 수도 있겠네요. 공부밖에 모르고 엄마의 틀 안에서 우물 안 개구리였던 저였으니 하나만 알고 둘은 몰랐나 봅니다.

　"밤에, 빗속에서, 그것도 울면서 무작정 마구 달렸다고 하니 누구에게나 사고가 날 만한 상황이었어. 저만치 앞서가는 차가 눈에 안 들어올 수도 있고 말야, 안 그래?"

　20년 동안이나 꽁꽁 얼어 있던 마음에 유 여사의 한마디 한마디가 불을 지핀 듯 훈훈하게 다가왔어요. '아, 그럴 수도 있겠구나.' 하고요.

사실, 그날 어딘지도 모르고 무작정 달렸던 길이, 알고 보니 우리의 보금자리가 있는 근처였습니다. 귀신에 씌었었나 봐요. 그 길을 달리면서 한 번은 그가 말했어요. 저쪽에 파라디소 운수회사가 있다고요.

이런저런 일들을 맞추어 보니 상상으로 그렸던 시커먼 그림이 지워지고 이제야 환한 그림이 보였습니다. 자서전 이야기도 그래요. 유 여사가 말을 할 때는 귀에 들어오지 않았는데, 지금 생각하니 그의 입장에서는 내 얘기를 도저히 쓸 수는 없었겠다고 이해가 됩니다. 책에는 못 써도 내 생각은 머리에서 떠나지 않았을 것이란 유 여사의 말에 굳었던 맘이 풀어졌고요.

보통 사람이면 누구나 금방 이해가 되는 일인데, 정말 나는 꼭 막혔었나 봐요.

11
엄마의 가슴에는

"엔젤라, 이제 김청하는 그만 보고, 어디 기분 좋은 사람 없나 한 번 찾아보자꾸나."

"괜찮아요. 이제 출판기념회가 시작됐으니 끝까지 보고 싶어요. 지금 제 맘은 참 편안해요. 이상해요. 억울하고 분한 감정이 다 사라졌어요."

"그래? 정말 그러네. 엔젤라 얼굴이 아주 평화로워."

마음이 안정된 것을 저 자신도 확실히 느끼고 있습니다. 이러한 변화가 유 여사 덕분이라는 느낌이 강하게 와닿아 저는 그녀의 손을 꼭 잡았어요. 그녀도 손에 힘을 모으며 저를 보고 환하게 웃었어요.

유 여사가 하객들을 죽…… 둘러보면서 말했어요.

"잘 봐. 엔젤라도 아는 사람 있나 한 번 찾아봐. 미국서 공부 끝내고 한국 와서 날리는 사람들도 많으니까."

"없어요. 우리 친구들은 지금 나이가 마흔다섯 정도 됐으니 얼굴은 알아볼 수 있어요. 그러나 찾아볼 만한 친구가 없어요. 세상을 통틀어도 내려다볼 만한 사람은 김청하밖에 없어요. 여기서도 어머니 빼놓고는 찾아볼 만한 사람도 없고요. 또 '사람'이래. 에이 참……."

"나도 그래. 내가 사람이지 죽은 영혼이라고는 느껴지지 않아. 전혀 실감이 안 나."

우리 둘은 마주보며 싱긋이 웃었어요.

"아버지는 죽었다지만 얼굴도 모르고요."

"참 그랬지. 아버지 얼굴도 모른다고 했지."

"한 번은 엄마한테 물었다가 혼이 났어요. 그게 뭐 혼날 일인가요? '아빠는 네가 태어나기도 전에 돌아가셨어. 앞으로 더 이상 아빠 얘기는 묻지 마.' 하고는 신경질을 팍 냈어요. 그렇지만 이젠 전 엄마를 이해해요. 엄마가 어떤 섭섭한 말을 했어도 저는 다 감수해야 돼요."

"참 그런데, 어머니는 어쩌다가 돌아가셨지?"

엄마 돌아가신 얘기는 정말 입에 담고 싶지 않습니다. 그러나 오늘은 말할 수 있을 것 같아요. 상대가 유 여사이니 저의 모든 것을 다 털어놓고 싶어요.

사고가 난 이틀 후에 엄마가 한국에 도착했고, 저는 한 줌의 재가 되어 미국으로 돌아갔습니다. 엄마는 너무나 침착했어요. 냉혈인간처럼 김청하도 찾지 않았어요.

내 유골함을 안고 미국으로 돌아온 엄마는 직장에 사표를 냈습니다. 물론 교회에도 안 나갔어요. 두문불출 바깥출입을 통 안 했어요. 청소하는 사람, 풀 깎는 사람도 다 끊어버렸어요.

당시, 엄마가 쉰 살이었는데 머리가 어쩜 그렇게 금세 하얗게 세 버릴 수가 있었을까요? 거기다가 얼굴에 얼룩덜룩 하얀 반점이 생기는 거였어요. 피부가 까만 엄마라, 확실히 표가 났습니다.

미국 사람들한테서 그런 경우를 더러 봤어요. 피부에서 색소가 빠지는 병이라고 했어요. 햇빛 때문에 병이 생기기도 한다지만 엄마는 스트레스 때문임이 분명해요. 저 때문이었습니다.

다…… 저 때문에 스트레스를 받아 심한 피부병(백납)에 걸린 것이었어요.

이런 엄마의 모습을 보면서 저는 성경에 나오는 '욥'이 생각났습니다. 한때는 성경을 열심히 읽은 적도 있었거든요. 자식들을 모두 잃고 피부병에 걸려 기왓장으로 몸을 긁는 불쌍한 신세가 된 욥…….

덤덤하게 넘겨버렸던 욥의 처지가 무척이나 아프게 가슴에 와 닿았습니다.

어서 병원에 가봐야 하는데도 엄마는 꿈쩍하지를 않았어요. 얼굴까지 그렇게 되고 보니 더 꼼짝 않고 집에만 있는 거였어요. 의지가 누구보다도 강한 엄마이니 어려운 일을 당해도 꿋꿋이 극복하리라고 믿었는데 그게 아니었어요.

내 유골을 담은 항아리를 껴안고 목 놓아 울었습니다.

그러다가 하루는 혈압이 올라 응급실에 실려 갔습니다. 평소에는 혈압이 안 높았는데 저 때문에 화병이 난 거였어요. 앰뷸런스에 불자동차까지 웽웽거리며 달려와서 온 동네가 번쩍번쩍했습니다. 신을 신은 채로 집 안으로 저벅저벅 걸어 들어온 흑인 두 명이 엄마의 혈압부터 재더니, 바로 들것에 누이고는 웽웽거리며 달렸어요. 그리고 바로 입원을 했고요.

그런데 찾아오는 사람이 한 명도 없었습니다. 응급실에 갈 때도 본인이 직접 911을 불렀어요. 그날 밤, 혈압이 오르는 증상을 느끼셨나 봐요. 그래도 쓰러지지 않으셨으니 얼마나 다행입니까?

엄마가 일체 소식을 끊었다 치더라도 교회에서는 한 번 와봐야 하는 거 아닙니까? 세상인심이 이리도 고약한 줄은 정말 몰랐어요.

그러다가, 결국은 심장마비로 …… 세상을 하직했어요. 제가 여기로 온 지 넉 달 만이었어요. 건강한 아줌마라도 한 분 고용했더라면 그렇게 갑자기 죽음을 맞이하지는 않았을 텐데…….

제가 그랬어요. "엄마, 혼자 있으면 안 돼요. 사람 하나 구하세요."라고 귀에 못이 박이도록 애타게 부르짖었으나 그 소리는 땅에는 닿지 않고 허공만 맴돌 뿐이었죠.

이럴 때 아빠라도 있었으면 얼마나 좋을까 하고 평생 보지도 알지도 못하는 아빠가 그리워지기까지 했습니다.

엄마는 모든 걸 포기하셨는지 몰라요. 그 넉 달 동안에 엄마는 재산정리를 하셨어요. 생명보험까지 제 이름으로 되어 있던 수혜자 명의를 변경시켜, 한 부모 가정 돕기 자선기관에 전 재산을 모두 기부를 하신 거였어요. 이름도 안 밝히고 아무도 모르게…….

어느 날, 한밤중이었습니다. 주무시다 말고 엄마가 가슴을 쥐어뜯으며 괴로워했어요. 그리고 엉금엉금 기어서 냉장고 앞에까지 가서는 몸을 앞으로 구부린 채 옆벽에 기대고는 꼼짝을 안 했어요. 앉은 채로 돌아가신 것이었어요. 두 손을 앞으로 꼭 모아 쥐고요.

몸을 구부리고 머리 숙이며 두 손을 모아 쥔 엄마의 그 모습은 바로 기도하는 자세였습니다. 고통에 신음하면서도 엄마는 기도를 하며 돌아가신 거였어요. 기도를…….

엄마의 가슴에는 시뻘건 손톱자국이 줄줄이 나 있고. 금세 배에 물이 차오르기 시작했습니다. 그리고 시일이 지나면서 엄마의 몸은 풍선처럼 부풀어 올랐습니다.

　아무도 찾아오지 않는 커다란 집, 안에서 굿을 해도 옆집에서도 모를 만치 저택들만 들어서 있는 동네…… 엄마는 이렇게 비참하게 돌아가셨습니다.

　아! 더 이상 얘기를 못 하겠어요. 이제는 영혼마저 죽을 것 같아요. 마음이 많이 평정된 상태였으나 엄마의 죽음은 제게 영원한 괴로움입니다.

　"현명하신 분이 역경을 딛고 일어서지 못한 것이 참 안타깝네."

　유 여사는 처음으로 어머니에 대해 언급을 했어요.

　"친구가 하나만 있었더라도 어머니의 인생이 달라졌을 터인데, 참 안됐구나. 어쩌다가 그렇게 외톨이가 되셨지? 그렇게 슬프게 돌아가셨으나 누구보다도 열심히 노력하며 사셨으니, 어머닌 분명히 천국에 계실 거야. 천국에서 모든 보상을 다 받으시면서 안식을 취하고 계실 테니 안심해.

　앉은 채, 기도하는 자세로 돌아가셨다면서? 거룩한 모습으로……."

　유 여사는 그야말로 완전한 확신을 가진 듯합니다. 저 역시 엄마가 천국에 가신 것을 믿고 싶었는데, 이제야 믿음이 온 것 같습니다.

12
그 친구 이름은…

그때 남녀 한 쌍이 팔짱을 끼고 우리 앞을 지나갔어요. 그들은 우리를 본척만척했고요. 한국 사람이 분명했습니다. 남자도 잘생기고 여자도 무지무지 예뻤어요. 여자는 중년인데 남자는 새파랗게 젊은 영혼이고요. 엄마 얘기를 하는 중이었는데, 갑자기 엉뚱한 소리가 튀어나왔어요.
"저 둘, 혹시 그 못된 인간들 아니에요?"
또 인간이래요. 못된 인간이 죽어서 온 영혼인 것을.
"아냐. 강재우는 저렇게 키가 크지 않았어, 그 친구도 안 이뻤어. 아주 못생겼었어."
"그래요? 근데 어떻게 남자가 넘어갔죠? 얘길 들으면서 저는 그 친구가 아주 예쁜 줄 알았어요."
"남자가 예쁘다고 넘어가는 건 절대로 아냐. 개성과 매력이 더 앞서는 것 같아. 그리고 유머와 센스가 있어 남자를 재미있게 해줘야 해. 남자가 농담하면 빨랑빨랑 알아듣고 웃어야 할 땐 웃어주고 말이야."
"그러니까 그 친구는 못생겼어도 매력적이었군요."
"맞아. 어느 책에 보니까 무슨 일에든 간에 자신의 열정을 백 프로 쏟아붓는 여성에게 남자는 섹시한 매력을 느낀다고 그랬어. 사랑도 마찬가지 아니겠어?

그 친구가 딱 그런 타입이었어. 용기와 도전정신이 아주 뛰어났고 추진력도 강하고. 고등학교 때는 몰랐었는데 몇 년 후에 다시 만나 보니, 완전히 딴 애가 되어 있더라고. 나는 그 친구에 비해 너무 소극적이었어. 돌다리도 두드려보고 건너는 성격이었으니까."

유 여사는 자신의 경험담을 토대로 매력 포인트의 정의까지 내렸습니다.

갑자기 연회장 한쪽 벽에 걸린 그림 한 장이 눈에 들어왔습니다. 끝없이 펼쳐진 해변 그림입니다. 짙푸른 바다 색깔과 함께 모래사장이 아닌 자갈이 깔린 것을 보니 프랑스의 유명한 관광지인 니스 해변이 틀림없네요.

김청하와 추억이 서려 있는…….

사실, 프랑스 영화촬영 당시, 제가 김청하를 따라가긴 했어요. 신문기사에서처럼 그를 유혹하려고 몰래 따라간 것이 아니라, 그가 나를 데리고 간 거예요.

가서는 김청하의 여자로 공개가 돼버렸지요. 그리고 통역관으로도 제가 한몫을 톡톡히 했죠. 감독님은 물론이고, 주연 여배우도 저를 참 많이 예뻐했어요. 저는 공개적으로 그의 여자가 된 것을 기뻐하며, 스텝이라도 된 양 자랑스럽게 행동을 했습니다. 부끄러운 줄도 모르고…….

그리고 촬영이 끝난 다음에는 둘이서 니스의 해변으로 줄달음을 쳤지요. 즐비하게 우거진 야자수는 남국의 정취를 물씬 풍겨왔고, 바닷물은 또 어찌나 파란지 마치 물감을 풀어놓은 듯했습니다.

온통 파아란 바다와 하늘이 맞닿은 곳, 수평선은 경계를 잃은 듯, 그렇게 끝없이 파랗기만 했어요. 다른 바닷가처럼 모래 해변이 아니고, 자갈이 깔린 몽돌해변인 점이 참 특이했고요. 모두가 다 아름다웠습니다.

잠깐 회상에 젖어 있는데 유 여사가 그 나쁜 친구의 이름을 들먹였어요.

"근데 말이지 그 친구가 못생겨 보이는 건 특히 피부가 꺼매서 더 그랬을 거야. 오죽하면 애들이 흑옥이라고 불렀겠니? 그 친구 이름이 '백옥'이었거든."

'백옥'이라는 이름이 순간적으로 저를 슬쩍 스치고 지나갔는데, 그 이름이 도로 홱 돌아섰습니다. 그리고 제 가슴을 파고들었습니다.

'뭐? 백옥……? 백옥이라고?'

가슴 한복판에서 둥. 둥. 둥. 둥. 북소리가 나기 시작했어요.

그녀는 계속 얘기를 이어갔습니다.

"내가 애들 보고 흑옥이라고 그러지 말라고 많이 말렸었어. 걔가 너무너무 싫어했거든."

북소리에 귀가 윙윙거려 유 여사의 말소리가 한데 모아지지가 않았어요.

'세상에 백옥이라는 이름이 어디 한둘이겠어? 아닐 거야 아닐 거야.' 하면서 머리를 세차게 흔들었어요. 머릿속에서 백옥과 흑옥이 좌우로 막 왔다 갔다 하며 골통을 마구 때렸어요.

아……! 그리고 그다음에 이어진 그녀의 한마디……!

그 한 마디가 커다란 둔기가 되어 내 정수리를 내려쳤습니다.

"흑옥보다는 백억이라는 별명이 더 어울리네. 돈 버는 데는 비상한 머리를 가진 애였으니 말야. '이백억', 그 친구 성이 이 씨이니 정말 잘 어울린다."

이런 경우를 보고 청천벽력이라고 하나요?

'이백옥…….'

'이백옥'은 바로 우리 엄마 이름입니다. 하지만, 어머니 한국 이름을 아는 사람은 별로 없었어요. 공식적인 미국 이름인 '비비안 리'로 통했으니까요. 아니기를 바라는 마음 간절했지만, 주고받은 얘기들을 맞춰보니 하나둘, 다 들어맞습니다. 얘기할 때는 도통 느끼지 못한 사실입니다.

아! 그리고 강재우, 그녀의 남자친구 성 씨가 저와 같아요. 유 여사는 알고도 모르는 척, 남자친구와 엄마 이름을 나를 향해 던져본 것일까요? 그건 아닐 거예요. 아무리 영혼이긴 하지만 핏줄까지 꿰뚫는 그런 신기는 없거든요.

엄마가 유 여사의 애인을 뺏어간 그 나쁜 여자라니요? 도저히 믿어지지가 않습니다. 더구나 엄마를 많이 배려하며 도와준 친구를 배반하다니요? 우리 엄마가 그럴 사람은 절대로 아닌데, 뭐가 잘못된 거 아닐까요?

딸의 입장에서는 엄마가 좋게만 보이는 것일까요? 아니잖아요. 저는 벌써 엄마의 단점을 다 드러냈잖아요. 그것과는 다르다고요? 친구의 애인을 계획적으로 뺏어갔다는 것, 이건 쩨쩨한 욕심과는 질적으로 다른, 죄악에 속한다고요? 유 여사에게 미안한 감정이 산더미만 한 파도가 되어 밀려오며 너무나 혼란스럽습니다.

이 일을 어쩌면 좋아요. 유 여사를 볼 낯이 없어요.

이백옥이 우리 엄마라는 사실을 말해야 하나요? 아니면 그냥 가만있어도 될까요?

양심상 도저히 그럴 수는 없을 것 같아요. 이백옥이 엄마와 동명이인이라면 얼마나 좋을까요.

13
저 높은 곳에는 신(神)께서

출판기념회는 화려하게 진행 중인데요…… 저어ㅡㅡ쪽에서 아까부터 반딧불이 하나가 깜박깜박하며 날아오고 있어요. 자세히 보니 반딧불이가 아니라 헬리콥터예요.

반딧불이나 헬리콥터나…… 세상사가 다 보잘 것 없는 한갓 티

끝에 불과한 거 아닌가요? 헬리콥터의 형체가 완전히 드러났는데 왠지 불안해 보이네요. 중심을 잃고 술 취한 사람처럼 갈팡질팡합니다.

기내에는 서너 살 정도의 아이 둘과 쉰 살쯤 되어 보이는 여자가 타고 있어요. 기장이 다급하게 뭐라고 말을 계속하고 있지만 교신이 안 되는지 그의 얼굴이 불안과 초조로 새파랗게 질려 있습니다. 관제탑과의 통신도 끊어지고 더 나를 수 없는 지경에 이른 것이 확실합니다. 단단히 고장이 났나 봐요.

유 여사와 저는 출판기념회는 내팽개치고 헬리콥터에서 눈을 떼지 못하고 있어요. 가까이 올수록 더 불안해 보여요. 헬리콥터는 호텔 파라디소를 지나가지 않고 그 주위를 빙빙 돌고 있습니다. 아마도 호텔 옥상에 불시착을 시도하려나 봅니다. 마침 거기에는 헬리포터 시설을 갖추고 있긴 하지만, 고장 난 헬리콥터가 무사히 착륙을 못 하고 빌딩을 들이받으면 어쩌지요? 9·11 사태라도 재현될 것 같아 마음이 조마조마합니다.

어쩌지요? 어쩌지요? 정말 큰일 났어요. 불시착이 어려운지 헬리콥터는 더 높이 떴어요.

유 여사가 차분하게 말했어요.

"저러다가 빌딩을 들이받으면 어쩌지? 엔젤라는 속이 시원할까? 물론 김청하나 그 와이프 외에는 다 희생양이 되겠지만."

저는 깜짝 놀랐습니다. 몇백 명의 생명이 걸려 있는데 어떻게 저런 말을 할 수 있단 말입니까?

"아녜요. 아녜요. 헬리콥터에 탄 애들은 또 어쩌라고요. 여기 오면 누가 돌봅니까?"

"걱정도 팔자야. 팔자! 저 높은 곳에 신(神)이 계시는데 무슨 걱정이니?"

그녀는 고개를 치켜들고 저 높은 곳을 가리켰어요.

"뭐요? 신(神)이요?"

"그래. 신(神)…… 신(神)은 분명히 있어. 연옥, 천당, 지옥, 거기다가 무신론까지 들먹이며 이런저런 얘기를 했지만, 우리 영혼들이나 저 아래 세상의 인간들은 그 영역에 왈가왈부할 수 없어. 그건 다 신의 영역이야. 하지만, 헬리콥터가 호텔을 들이받는다고 하더라도, 그건 신이 내리는 형벌은 아냐. 그냥 사고야. 내가 암에 걸려 고생을 한 것도 신(神)이 주신 병은 절대로 아니거든. 내 인생이 재수가 없었다고나 할까. 내가 건강관리 잘못한 탓도 크고. 그래도 애들이 다 결혼한 다음에 내가 여기로 왔으니, 다행 아니겠어?"

유 여사의 말 도중에 제가 그만 소리를 바락 지르고 말았어요. 헬리콥터의 꼬리가 옥상 모서리에 설치된 탑처럼 생긴 장비를 막 치려고 했기 때문이에요.

"앗! 앗! 아니, 아아니…… 저걸 어째. 저걸 어째. 오 마이 갓, 오 마이 갓……."

그러나 천만다행으로 헬리콥터는 아슬아슬하게 위험을 피해서 갔고, 차분하게 말을 이어가던 유 여사도 너무 놀라서 "아휴

……" 하고 가슴을 쓸어내렸어요.

"오, 마이 갓! 오, 마이 갓! 하나님!!! 도와주세요. 도와주세요. 하나님!"

하나님이 연거푸 튀어나왔어요. 한국어, 영어 할 것 없이 저는 계속해서 '갓'만 찾고 있어요. 트럭을 들이받는 순간에도 "오 마이 갓"이 저절로 튀어나왔었어요. 지상에서 제가 마지막으로 한 말도 "오 마이 갓"이었지요. 오 마이 갓!

나는 유 여사의 손을 붙들고 울음을 터뜨리고 말았어요.

엄마와 그 여자가 동일인이라 해도 지금 그런 건 아무 문제가 되지 않아요. 헬리콥터만 무사히 착륙하면 여기가 천국이 될 것 같아요.

헬리콥터가 창문을 작살내고 파티장으로 돌진해 폭파라도 하면 어떡해요?

"제발 빕니다. 이렇게 두 손 모아 간절히 빕니다. 무사히 착륙하게 도와주세요. 파티장에 있는 500여 명의 목숨이 신의 손에 달려 있습니다. 신께서는 전지전능하신 분이잖습니까? 제발 그들을 살려주세요. 김청하나 그의 아내에 대한 저의 분노가 이제는 다 풀렸고, 그게 다 제 오해였다는 것을 확실하게 깨달았습니다. 제 잘못이 컸어요. 모두가 제 탓이었어요. 진심으로 회개합니다. 믿어주세요. 그리고 크리스털 룸이 바로 천국의 문이잖아요? 천국의 문을 헬리콥터가 깨부수면 안 되잖아요?"

크리스털 룸이 천국의 문이 아니라고 강력하게 부인했던 제가 어느새 천국의 문이라고 인정을 하며 엉엉 울고 있었습니다. 내 모습이 너무 애절했는지 유 여사가 저를 위로했어요.

"참, 그랬지? 모든 게 다 엔젤라의 오해였다고. 그래서 김청하도 그 와이프도 다 용서하고 보니 맘이 더없이 편해졌다고 말야. 그러니까 엔젤라가 지금 천국에 와 있는 거 아니겠어. 크리스털 룸도 이미 천국의 문이 돼 있고 말야. 맞아, 천국의 문, 그랑파라디소……! 헬리콥터가 절대로 천국의 문을 박살을 낼 수는 없을 테니 안심해."

네, 맞습니다. 유 여사 말대로 이제 모든 게 다 천국이 되어 있어요. 호텔 파라디소도 이름 그대로 천국그룹이 되었고요.

어느새, 나타났는지 비행기 서너 대가 환한 불빛을 호텔 옥상에 비추며 주위를 맴돌고 있어요. 파티 시작할 때 축하의 분위기로 호텔 상공을 돌며 빛을 비추던 것과 똑같네요.

그제야 파티장의 축하객들이 두리번거리며 한마디씩 합니다. "이제는 축하 비행기가 여러 대가 떴구나." 하고요 그러나 분위기가 심상치 않음을 눈치를 챈 분도 있는 것 같아요. "이거 무슨 사고가 난 것 아냐?" 하는 소리가 여기저기서 들렸어요.

헬리콥터는 요란한 굉음과 함께 공중으로 솟구치다가 또 하강을 몇 번이나 반복하다가 드디어 헬리포터에 착륙했습니다. 빌딩도 날려버릴 것만 같은 회오리바람을 일으키면서 기적적으로 불시착에 성공한 거예요. 감사 기도와 함께 기쁨의 눈물이 났습니다.

잠시 후, 정복을 입은 건장한 남자 몇 명이 옥상으로 올라왔어요. 헬리콥터에 극한 상황이 진행되는 동안, 그 위급함을 천상의 우리만 알고 있었지, 지상의 인간들은 아무도 몰랐나 봐요. 호텔 안에 있는 사람들도요.

차라리 다행인지도 모르지요. 만일 사고의 위험성을 알았다면 파티장이 아수라장이 되고, 먼저 빠져나가려고 우왕좌왕하며 야단법석이 나지 않았겠어요? 그러다가 제2의 사고가 유발될 수도 있었으니까요.

'모르는 게 약이다.'란 옛 속담이 참 맞는 말이라고 느껴지면서 실감이 나네요.

유 여사가 말했어요.

"엔젤라의 간절한 기도가 신께 닿았나 봐."

헬리콥터 기내의 두 아이도 여인과 기장의 품에 안겨, 다 무사합니다.

파티장 축하객들이 손뼉을 치며 환호하고 있습니다. 걸그룹은 팔짝팔짝 뛰면서 좋아서 야단이고요. 어떤 이는 만세를 부르고 있네요. 나는 눈물이 범벅이 된 얼굴로 유 여사의 손을 치켜들며 따라서 만세를 외쳤습니다. 평생 만세라는 것은 한 번도 불러본 적이 없는 저예요. 한국 영화에서 보기만 했던 만세입니다. 만세 부르는 장면에서는 울기도 참 많이 울었지요.

이제야 저는 그렇게 원하던 영화의 주인공이 됐습니다. 조연인 유 여사가 말합니다. "만세는 삼창을 해야 해." 하고요.

"만세! 만세! 만세에……!!!'
모든 찌꺼기가 빠져나간 듯 속이 후련합니다.

14
천국과 지옥이 공존하는 곳

이상한 현상이 생겼어요. 여느 때는 한 번도 없었던 일이에요. 하늘도 없고 땅도 없는 허공뿐인 이곳에 수많은 별들이 보석처럼 빛나고 있습니다.

천국은 보석으로 집을 지었다고 하던데 지금 우리가 보석 속에 둘러싸여 있어요. 세상에서 보던 별들이 아니에요. 손에 잡힐 듯, 바로 눈앞에 있어요. 주먹만 한 보석들이 서로 빛을 발하느라 분주합니다.

빛깔도 가지각색이에요. 하늘색, 청록색, 보라색, 분홍색 노란색…… 거기에 거무스름한 색도 있어요. 저것이 흑옥일까요?

흑옥의 저…… 별 속에 엄마가 보여요.

엄마의 어릴 적 모습이 눈앞에 그려지며 작은아버지라는 분과 작은어머니, 그리고 올망졸망한 사촌 동생들도 보여요. 그리고 아기를 업은 한 소녀가 부엌에서 일하다 말고 눈물을 훔치는 장면이 잡혔어요. 유 여사가 말한 바로 이백옥이에요. 내 엄마인 비비안 리…….

일찍이 부모를 여의고 작은집에서 식모와 다름없이 자란 엄마. 올망졸망 사촌 동생들까지 치다꺼리를 하며, 어려운 환경 속에서 월사금도 못 낸 엄마. 얼마나 눈치를 보며 살았을까요?

원하는 것은커녕 밥도 제대로 못 먹고 자랐을 거예요. 아! 불쌍한 우리 엄마. 오죽하면 키워준 작은집하고도 인연을 끊었을까요?

엄마! 어렸을 적부터 살아남기 위해 홀로 애썼을 엄마를 생각하니 눈물이 나네요. 그리고 억척스럽게 변할 수밖에 없었던 엄마를 이해해요.

엄마는 어릴 적부터 아무것도 가진 게 없었잖아요. 타인을 배려하지 못한 것도 이 때문이에요. 저는 다. 다. 다…… 백 프로 이해를 해요. 누가 뭐라든 저는 엄마 편이에요.

성형수술을 한 것도 예전의 엄마를 완전히 지워버리고 싶은 심정에서였겠지요? 그리고 그곳에서의 모든 기억들도 다 한국에 묻어버리고 떠나오신 거지요?

나를 존재하게 한 강재우라는 남자를 사랑하게 된 사실에도 엄마 맘을 알 수 있을 것 같고, 친구를 질투했다면 그 마음도 이해가 됩니다.

그러나 딸이 아닌 입장에서 볼 때는 우리 엄마가 죄인일까요? 유 여사 얘길 들으면서 저도 그랬잖아요? 하지만 엄마는 세상에 살 때 그 죗값을 다 치렀다고 저는 생각해요.

아빠의 주검에서부터 자신의 우상과 다름없는 딸까지 그렇게 떠나보내고 자기 자신까지도 처참하게 생을 마감했으니까요. 어릴 적에도 너무나 힘든 삶을 산 엄마 아닙니까?

그 힘든 삶을 기도로 이겨낸 엄마입니다. 영혼이 떠날 때도, 엄마의 육체는 기도하는 모습이었어요. 기도하면서 세상을 하직하신 엄마…… 평소에도 기도 많이 하신 것, 신께서도 아시죠? 잘 아시겠죠! 이제 우리 엄마, 천국에서 평안하게 영원한 안식을 취해야 해요.

지금 저는 이백옥이 우리 엄마라는 사실을 유 여사한테 말을 해야 하나, 말아야 하나 하는 문제 때문에 고민하고 있습니다.

어쩌면 좋지요? 고백을 해야 마땅한 일이겠으나, 말을 하면 그녀가 저를 미워할까 봐 그게 제일 두려워요. 아예 인연을 끊어버리면 저는 어떡하죠?

'아닐 거야. 이미 모든 것을 다 용서하고 초월한 분이니 괜찮을 거야. 분명 괜찮을 거야. 더구나 여기가 천국이라는 말까지 하지 않았는가? 고백하자. 고백을 안 하면 내 맘이 더 괴로워서 안 돼. 여기가 지옥이 될 테니까.'

드디어 저는 유 여사에게 고백하기로 결심했습니다. 그녀가 어떤 반응을 보일지 두려워서 미리부터 가슴이 두근두근합니다. 나는 기어들어 가는 목소리로 겨우 말을 끄집어냈는데 소리가 벌벌 떨렸습니다.

"유 여사님, 그 친구 있잖아요. 이백옥…… 실은…… 그 여자가 제 엄마예요."

그녀는 놀라지도 않고 나를 잠시 빤히 바라봤어요. 마치 알고 있었기나 한 것처럼, 어쩜 그리도 침착한지 제가 도리어 놀랄 지경이었어요. 깜짝 놀라서 펄쩍펄쩍 뛰어야 마땅하잖아요?

"그래? 그러고 보니 네가 강재우를 많이 닮았구나. 지금 보니 아주 판박이네. 어쩐지, 첨 볼 때부터 낯이 익었다 했지."

그녀의 입 밖으로 강재우라는 이름이 나왔어요.

"참, 아버지 이름도 모른다고 했지?"

아버지라는 단어가 제게는 너무나 생소하네요. 그녀가 뱉어내는 바로 나의 아버지, 강재우…….

"강. 재. 우. 한문으로는 姜. 在. 右."

그녀는 손가락으로 그의 한자 이름을 내 손바닥에 써 주었습니다. 그리고 있을 '재'에 오른편 '우'라고 뜻까지 설명해 주었어요.

아버지라는 이름의 뜻은 제게 아무런 의미가 없어요. 지금 저는 이 일로 인해 유 여사가 저를 멀리할까 봐 그게 제일 걱정입니다. 그녀는 강재우 얘기로 말을 이어갔어요.

"아버지는 참 착한 남자였어. 그리고 똑똑하고, 좋은 집안에서 아무 부족함 없이 잘 자란 사람이고…… 좋은 조건은 다 갖추었었어."

갑자기 그녀가 호들갑스럽게 웃었어요.

"근데 그게 지금 와서 무슨 소용이지?"

그렇죠. 저 역시 그래요. 다만 유 여사 마음이 어떤지 그게 두려울 뿐이에요. 드디어 제가 물었어요.

"죄송해요. 유 여사님. 제가 밉지요? 제가 그들 둘의 자식이라는 사실이 정말 속상해요. 유 여사님이 저 때문에 더 피해를 보았잖아요? 죄송해요. 너무 죄송해서 제가 유 여사님 뵐 낯이 없어요."

어디다 눈을 둘지 몰라 시선을 떨어뜨린 내게, 그녀는 내 손을 꼭 잡고, 얼굴을 가만히 바라보면서 말했어요.

"아냐. 아냐. 그런 소리 하지 마. 나는 특별한 인연을 만나 더 좋은데? 네가 강재우의 딸이니 내 딸이 될 뻔도 한 사이 아니겠어?"

전혀 상상치 못한 유 여사의 말에 제 가슴이 마구 뛰었습니다. 어떻게 그런 생각이 떠올랐는지 참으로 놀라웠습니다. 어찌나 고마운지 감격하여 눈물이 났어요. 두려웠던 마음에 평화가 찾아왔어요.

저 역시, 유 여사가 나의 엄마였더라면 얼마나 좋았을까? 하는 생각을 하며, 만일 그랬다면 지금 내가 어찌 됐을까? 내 인생이 180도로 달라졌었겠지? 하는 상상의 나래를 활짝 펴본 적이 있었거든요.

스물다섯 살에 비운의 죽음을 맞이하지는 절대로 않았을 거라는…….

우린 이심전심했나 봅니다.

"유 여사님, 감사해요. 유 여사님이 저를 멀리할까 봐 얼마나 걱정했는지 몰라요. 지금 전 지옥에서 천국으로 올라온 기분이에요."

"아무 걱정하지 마. 걱정 없이 마음 편하면 여기가 천국 아니겠어? 우리가 살던 세상도 말이야, 천국과 지옥이 공존하는 곳이야. 좋은 눈으로 좋게 보면 세상은 천국이지. 앞으로 그런 인간들이 많아지면 세상도 자연히 천국이 되지 않을까? 우리 남편이 꿈꾸던 지상천국 말야.

내가 또 왜 이래? 철학자도 아닌데. 하. 하. 하…… 뭐! 영혼이 무슨 말인들 못 하겠어? 쟤네들은 듣지도 못하는데."

유 여사는 눈을 내리깔고 저 아래를 향해 턱짓하며 싱긋이 웃었습니다.

주위에는 수많은 별들이 여전히 보석처럼 반짝이고 있어요. 유 여사도 신기한 듯 말을 해요.

"아니 못 보던 별들이 갑자기 어디서 이렇게 쏟아져 나왔지? 저 별들이 말야. 바로 하늘에 핀 꽃이야."

이어지는 다음 말은 아주 의미심장해요.

"파릇파릇 새싹이 돋아 오르고 녹음이 우거질 날도 머지않았나 봐. 그러면 여기도 파라디소가 되지 않겠니? 꽃 피고 새 우는……."

15
우리 남편 결혼식

"엔젤라, 오늘은 아주 기쁜 날이야. 날 따라와 봐. 우리 애들하고 남편 보여줄게."

녹음이 우거진 초원에 온갖 꽃이 만발한 아름다운 공원이에요. 아래에는 바다가 한눈에 내려다보입니다. 그곳에서 결혼식이 펼쳐지고 있어요. 나이 지긋한 70대의 한 쌍이 신랑신부예요.

"우리 남편 결혼식이야. 내가 얘기했지? 옛날 애인하고 사귄다고. 내가 살아 있었다 해도 좋은 친구가 됐을 거야. 어찌 생각하면 내가 남편에게 최고의 선물을 안겨주고 세상을 하직한 것 같아. 남편은 그만한 자격이 충분해."

그녀의 진심 어린 마음에 감동이 절로 되네요.

"정말 보기 좋구나. 아들 셋이 들러리 서고 플라워 보이와 걸은 손자 손녀고. 참 아름답지? 신부 들러리는 내 며느리들이야."

유 여사가 활짝 웃으면서 말했어요. 정말로 아주 기쁜가 봅니다.

신부는 자식이 없대요. 결혼은 했었는데 남편을 일찍 여의고 계속 혼자 살았다고 해요. 그리 오래도록 혼자 살다가 70이 넘어서야 재혼을 하게 됐으니 그들은 정말 특별한 인연인가 봅니다.

신랑신부를 비롯하여 아들 며느리 손주들까지 기쁨에 가득 차 참 행복해 보입니다. '다 이루었도다.' 하고 초월의 경지에 도달한 듯 유 여사도 희열에 차 있고요.

　하지만 저는 왠지 좀 서글퍼요. 죽은 사람만 불쌍하다는 생각이…….

　축가가 은은히 울려 퍼집니다. 영혼을 찬양하는 귀에 익은 찬송가예요. 유 여사와 저는 갑자기 숙연해졌어요.
　그리고 누가 먼저랄 것도 없이 노래를 따라 부르기 시작했습니다. 조용하게 시작된 노래가 점점 우렁차게 고조되어 갑니다.

　땅에서도 하늘에서도 아름답고 고귀한 영혼의 찬양이 울려 퍼지고 있습니다.

인생 역시 수많은 인연과 사연 속에서 세월을 펼친다.

나는 이제, 황혼이 저물어가는 지상에 서서,
시선이 닿지도 않는
저… 위… 천상을 우러러보며
생각에 잠겨 있다.

작가의 말

수많은 인연과 사연 속에서 글로 세월을 풀다

팔 년 만에, 또 한 권의 소설집을 묶는다. 발표작과 미발표작을 합하여 모두 여덟 편을 선정했다. 물론, 여기의 작품들이 그 팔 년 동안 쓰인 것은 아니다. 첫 소설집에 게재되지 않은, 그 이전의 작품들도 있다.

선정된 여덟 편의 소설 외에도 나의 컴퓨터 한쪽 방에는 언젠가는 또 다른 집에서 안주할 수 있기를 기다리는 작품도 있고, 도무지 확신이 서지 않아 발표를 못 할 작품도 있다.

하지만 습작으로 끝나도 나는 만족한다. 발표를 하든 못 하든 간에 글은 자꾸 써야 하기 때문이다.

초등학교 적에, 숙제로 내준 일기를 쓰고, 글짓기 대회에 뽑혀 다닌 것이 내 글쓰기의 시작이었던 것 같다. 그러나 대학 때에는 문법 등, 어학에 흥미가 더 끌렸고, 과제로 내준 작품 분석이 교지에 실리는 행운이 따르기도 했다.

그 후, 세월이 흘러, 늦깎이로 등단하여 나는 소설가라는 이름표를 달았다.

모든 학문이 수학과 연관을 맺고 있다는 것을 알고 있었으나, 글을 쓰다 보니 소설, 역시 그랬다. 응용문제를 풀듯이 글로써 인생을 풀어나가는 것이 소설의 묘미가 아닌가 싶다. 더러는 매듭 지고 끊어지기도 하지만 쓰다 보면 작품에 퐁덩 빠져버린다.

밤을 꼴딱꼴딱 새우기도 하고. 문장 한 줄, 단어 하나 때문에 자다가도 벌떡벌떡 일어난다. 한 줄이라도 맘에 들게 고치고 나면 그렇게 행복할 수가 없다.

어느 땐 애써 쓴 글, 한 뭉텅이가 몽땅 쓰레기가 되기도 하지만, 언젠가는 좋은 글이 나오리라는 확신과 희망을 가지고 쓰고 또 쓰는 것이다.

쓰고 또 버리고, 퇴고에 퇴고를 거듭하면서 나 자신과의 외로운 투쟁을 계속하지만, 나는 즐겁다.

이 소설집의 표제작인 '무지개 사라진 자리'는 두 자매의 이야기를 줄거리로 삼았다. 자식에 대한 부모의 편애와 지나친 집착으로 인해 일어나는 사소한 일상에서부터 큰 사건들의 얘기가 전개된다. 우리가 당면하고 있는 현실에서도 얼마든지 있을 수 있으며, 또 있었던 일이기도 하다.

　잘난 자식과 못난 자식…….

　결국은 대반전으로 막을 내린다.

　이 소설집 중에는 '내 영혼 어디에'라는 중편, 한 편이 포함돼 있다. 소설이란 물론 작가가 산고를 치른 후에 태어나기 마련이지만, 이 작품은 특히 오랫동안 진통을 겪었다. 소재는 오래전의 신문기사에서 얻어졌으나, 이야기가 하늘나라에서 전개되기 때문인지도 모른다.

　'이런 걸 써도 될까?' 하고 몇 번이나 펜을 놔버리려고 망설이기도 했으나 소설은 어디까지나 허구인 창작이니 독자로부터 화살을 맞더라도 이를 감수할 수 있다고 확신하며 끝을 맺었다.

　이 소설은 두 영혼이 대화로써 줄거리를 이끌어간다. 그리고 이 줄거리들은 내세에 대한 완전 허구로 꾸며진 창작이다.

　인간이 죽어서 육체가 땅에 묻히면 흙 속으로 사라지고, 불에 타면 한 줌의 재로 변해 바람 따라 물결 따라 어디론가 사라진다. 육체는 이미 사라졌지만, 영혼은 어디엔가 존재하고 있지 않을까?

　세상에서 말하는 천당과 지옥으로 갈라졌을까? 아니면 구름 따라 흘러가 저 하늘 어느 한 귀퉁이에서 둥둥 떠다니고 있을까?

　여기에서 두 영혼은 후자에 속한다. 어딘지도 모르는 삭막한 허공 속에서 저… 아래… 세상을 내려다보며 그들은 복잡다단했던 세상살이의 옛이야기들을 펼쳐놓는다. 한데… 펼쳐놓고 보니 그들은 기적 같은 인연의 끈을 맺고 있었다.
그리고 오해와 이해와 용서, 화해와 평안…….
이러한 경로를 거치며, 두 영혼은 서로가 구원자가 되어 마음의 기쁨을 얻고 천국의 평안함을 맛보며, 그들이 떠 있는 삭막한 허공도 언젠가는 천국으로 변할 것임을 확신한다.
또한, 인간이 존재하는 지상과 영혼이 존재하는 천상이 서로 마주보며 한통속을 이루고 있음도 깨닫는다.

인생 역시 수많은 인연과 사연 속에서 세월을 펼친다.
나는 이제, 황혼이 저물어가는 지상에 서서 시선이 닿지도 않는 저… 위… 천상을 우러러보며 생각에 잠겨 있다.

조국을 떠나온 지가 어느덧 까마득한 옛날이 되었다.
지극히 봉건적인 집안에서 태어나 외국에 나간다는 것은 상상조차 하지 않고 우물 안 개구리처럼 살아온 나이다. 결혼 당시에도 집안 어른들께서는 외국 간다는 남자와는 선도 못 보게 했었다.
그런데 나는 주재원인 남편을 따라 미국 땅을 밟게 되었고, 그리고 그만 여기에 눌러앉고 말았다. 처음엔 괜히 눈물이 줄줄 흘렀다. 왜 그리 맨날 눈물이 나던지…….
미국 온 지 이 년 후, 첫 귀국 당시의 일이다. 만나는 사람마다 인사가 "많이 말랐구나."였다. 나는 내가 그리 말랐는지도 몰랐다, 어머니는 "미국에서 얼마나 고생을 했으면…" 하시고는 눈물을 글썽이시며 딸 영양 보충시키기에 바쁘셨다.

그렇다고 죽을 고생을 한 것도 아니었다. 아기 낳고 키우며 보통 사람들과 똑같은 삶을 살았다. 낯선 땅에서 낯선 문화 속에 섞이다 보니, 아마도 남의 나라에 살아야 하는 어떤 서러움이 알게 모르게 나를 압박했던 게 아닌가 싶다.

몇 년이 지난 후에는 아이 둘 키우랴, 또 직장생활 하랴, 눈코 뜰 새 없이 바빠 울 겨를도 없었다.

큰아이가 유치원에 입학한 후, 학교 코디네이터 일을 도와준 것이 계기가 되어 나는 이곳 미국 초등학교(Cahuenga Elementary School)에 취직이 됐었다. 코디네이터의 적극 추천 덕분이었다. 하루에 세 시간, 파트타임이었다.

그 당시는 한국 학생들이 하나둘 늘어나는 때이어서, 학생들과 학부형들을 도와주고 학교의 뉴스레터를 한국어로 번역하는 등의 일을 담당했었다.

그렇게 삼 년이 지난 후, 미국 무역회사(Hiram Walker Importers Inc.)에서 풀타임으로 일을 시작했고, 만 이십 년을 그곳에서 한 우물을 팠다.

다행히 어카운팅 부서라 일은 금세 터득이 되었다. 학교 때, 내가 제일 좋아하는 과목이 수학이었는데, 그래서인지 일은 처음부터 이해가 잘 되었다. 영어가 부족해도 책임감을 가지고 정확하게만 하면 되는 일이었다. 그러나 영어 때문에 자존심이 상할 적도 많았고, 스트레스도 많이 받았다.

풀타임 일을 시작한 그즈음에 마침, 이곳 밸리 지역에 남가주한국학교가 생겨 토요일에 한국어를 가르칠 기회가 내게 주어졌다. 영어만 사용해야 하는 직장에서 벗어나, 한국 사람들을 만나고, 한국말로 대화하고, 또 아이들에게 한국어를 가르치니 정말 살맛이 났다. 큰 보람도 느꼈다.

그 보람이 결국은 나 자신의 이득으로 되돌아왔다. 가르치기 위해 공부한 것들이 소설 쓰기에 도움이 되고 있기 때문이다.

미국에서 아이들에게 우리말을 가르치고, 또 우리말로 소설을 쓰는 것은 내 인생에서 참 잘한 일이라 여겨진다.

책을 낼 때마다 망설이고 망설이는 것은 정한 이치 같다. 그러나 출간을 한 후에는, 세 번 다 '참 잘 했다' 싶었으니 이번에도 그러리라 믿고 싶다.

재미 여류작가 오인 동인지를 비롯한 소설집과 장편소설, 모두 다 해드림에서 출판을 했다. 정성을 다하여 정확하게 교정을 봐주시고 멋지게 돋보이는 편집을 해주신 이승훈 대표님께 감사를 드리며 이번에도 해드림출판사에 책을 맡긴다.

힘이 빠져 주저앉고 싶을 때, 확신과 용기를 심어주신 장소현 선생님께 특히 감사를 드린다,

또한 선생님의 인문학 강의를 들으면서 새로운 세계에 심취하게 된 것이 나의 글쓰기에 도움이 되고 있으며, 이 책이 세상 빛을 보게 된 것도 선생님의 격려에 힘입은 바 크기에 다시 한 번 더 고마운 마음을 전한다.

내 소설을 읽어주신 독자들, 그리고 앞으로 읽어주실 독자들께도 머리 숙여 감사를 드린다.

2019년 6월,
로스앤젤레스에서